再放浪一點

成英姝

1.

大廳裡擠滿穿著體面的人寒暄交際，我到場時找不到老賈，沒人碰桌上的餐點，我看著每樣都好，用料精美的法式甜鹹點，很迷你，一口一個塞進嘴，吃了個遍再來一輪，服務生遞來盛著各種飲料的銀盤，高腳杯裡黃澄澄冒泡的一說是香檳，我馬上豪邁地拿了，服務生見我進來跟誰都不招呼，淨是吃，大概暗自猜想這是混水摸魚的。

老賈走過來，我剛把蛋白塔塞進嘴裡，兩頰鼓得像松鼠，老賈一開口就說壞消息，「愛莫，你寫的那個電影不會拍了，金主打消投錢的念頭，其他資金恐怕也不會進來。把這事忘了，人生還是要繼續。」

老賈跟我以前是同事，那個單位就只有我和老賈兩個人，成天什麼事都不幹，我老在裝忙，我想那是我待過最辛苦的工作，你怕被發現是個多餘的廢人，但絞盡腦汁也想不出能幹嘛，不知為何老賈很淡定，每天翹著二郎腿，躺在椅子上閉目養神，老賈平常很沉默，一整天懶洋洋的，和其他部門的同事在樓下抽煙，倒是嬉皮笑臉連番耍黃段子，見到老闆就吹牛，說他要怎樣把本土電視劇推銷到海外市場什麼的。那時我們都還很年輕，我沒他那本事，擅用真話來說謊，滿嘴似是而非。這些年老賈很會弄錢，或許這是他覺得自己能當電影製片的原因。

「我寫好完整的劇本了，拍或不拍少說都該付給我一筆酬勞。」我說。

「沒有人想要那個劇本，唐三藏一行人赴西天取回印度愛經？」

「那是科幻背景，未來的人類全是複製人，喪失天然繁殖的能力，他們必須找回自然人的生存奧祕。」

「然後在地底發現倖存的一小群自然地球人，但都是白癡？」

「那是近親相姦的結果。」

「你不覺得這劇本太偏激了？」

「複製人是一個隱喻，所有的人都是按選定的模型製造出來的，但他們自己不知道。」

「好吧！我佩服你的想像力。」老賈嘆口氣，旁邊走過一個穿長袍，晚上在屋子裡還戴墨鏡的中年女人，老賈伸手拍了她一下，兩人聊了一會兒。女人走了，老賈又轉過臉，「愛莫，我想幫你，我知道你不領情，說白了，我為著我自己，把事情做成，對我們兩都好，但你的劇本只有你自己理解，或許在你心中只有天才能欣賞你的故事，不了解的都是白癡，但你偶爾也可以反省一下，不需要常常，那對你很難，偶爾就好了，偶爾的反省對人是有益的。」

「反省什麼？」

老賈皺著臉，好像在苦思適當的遣詞用句。「你筆下的人物動機都很曖昧，追尋的事物往往很隱晦，而且缺乏衝突，因為他們藐視衝突，好劇本裡應該有的，比如主人翁一心一意想得到什麼，結果成功或失敗了，或者相反，他得到了，發現那不是他真正想要的，最終這一切得到釐清或者救贖，你都沒有，你的人物總是和救贖作對，但這根本沒有意義。」

「你該不會以為，我不知道寫劇本有那些陳腔濫調的套路，好萊塢大師教你如何寫必勝劇本，好故事的教條？很不幸，我知道，我看過那些滑稽的東西，套路如果能成功，世界上就沒有人失敗了。」

舞台上的節目開始了，一個曾具有官方身分的老傢伙上去致詞，彷彿面熟，但我記不得他是誰。我和老賈並肩站著，一起望向舞台，所有人都望向舞台。老賈歪著頭小聲說：「何必說得那麼難聽，不是套路，是智慧的結晶。」

「哈！」我發出一聲乾笑，有兩三個人回頭看我。

「你要顧及觀眾，拜託，愛莫，有點同理心，同理心是美德。」

台上的人剛好講完話，台下鼓掌，老賈作勢舉手輕輕向左右回禮，彷彿一片掌聲是為了他說的這句話。

「是你說我可以照自己的意思寫，不考慮市場，不用違背自己的理念，是我夢寐以求的機會。你要是真如你平常吹噓的那麼行，應當能為我爭取一些權益，這點錢對羅老闆那種富人只是銅板的碎片。」

「不要用這種激將法，從別人口袋裡掏錢沒有那麼容易，就跟你寫劇本一樣，是一種藝術。」換了一個人上台，接著一個老外也一同上去，室內燈光暗下，兩人背後的投影幕上開始播放影片。

「你說羅老闆對我的才華非常激賞，所以才爽快答應投資。」

「他以為你能說動布萊德彼特參與演出。」

「他在你的臉書上看到你和布萊德彼特的親密合照。」

「我？布萊德彼特？」

「親密合照？」

「你為什麼要一直重複我的話？」

「因為有一隻鸚鵡在我的頭腦裡，你想多知道一點牠的事嗎？牠叫弗林特船長。」

老賈和我移動到擺放點心的長桌邊上，在場賓客沒有人去動點心，我壓根沒注意到，現在有點覺悟過來，大家在禮貌、耐性地等待舞台上的流程結束。老賈揚了揚下巴，示意我多吃一點。「我先澄清，我盡了，問題不出在我的能力，我覺得對你有一些虧欠，但這不是我該負的責任，總之，算是一點補償，讓你來吃點好的，這些點心很高級。」

「慷他人之慨可以說得這麼理直氣壯。」

「你和布萊德彼特勾肩搭背，在……好像是泰國的街上。」

「那是布萊德彼特的人形立牌！老天！誰會看不出那是一個人形立牌？」

「對，」老賈好像這才明白過來。「看起來很像真的。」

「那當然，我的取鏡角度很好，運用借位使兩人的身材比例適切，事後用APP濾鏡修圖讓顏色調和。我一直對自己美術上的天分很自豪，但到底誰會以為那是活的布萊德彼特本人？」

人群起了一陣騷動，跨國合作的網路影音平台老闆上台了，所有人都很亢奮。

「至少說對了一點，是在清邁。」我說。

「那你就不能怪人家弄錯，街上那些泰國人看起來都很像真的。」

老賈把貝殼型的瑪德蓮蛋糕塞進嘴裡時，瞧見攝影記者的鏡頭對著他，立刻換上充滿魅力的笑臉，我確定他還沒來得及把蛋糕吞下去，但從他的臉上竟一點也看不出來。

老賈嚥下蛋糕，「一直當你沒心機的人，沒想到手段很高明。」

「手段高明？」

「和布萊德彼特勾肩搭背。」

「沒有勾肩搭背，我只是彈了一下他的臉頰。」

「彈臉頰比勾肩搭背更曖昧。」

「並沒有真的彈到，那是借位！我連印著布萊德彼特照片的紙板都沒有真的摸到！你不覺得這像是某種隱喻？」

突然間原本擠在大廳中央的人們散開了，湧向餐桌，台上的致詞節目結束了。

我不死心。「那個劇本也可以再修改。你當初說得胸有成竹，讓我有這次要發財的錯覺，還買了電動腳踏車。」我怎麼會買電動腳踏車這種奢侈品？我用自己的腳踩明明已經能勝任！

服務生把我和老賈喝空的香檳杯取走，我又拿了一杯。

「你為什麼要買電動吸塵器？」老賈問。

「是電動腳踏車，你根本沒有在聽我說話。」

「電動腳踏車並不貴啊！」老賈拍拍我，指了指門口。

我倆往門口移動時，一個戴貝雷帽，穿緊身毛衣的女人走進來，笑盈盈的，充滿巨星架勢，人群迎上去，此起彼落地喊她。

「你知道梁夢汝寫一個劇本拿多少錢？」老賈低聲說。

「不知道。」

「合台幣四百萬。」

我倒吸一口氣。

比起這整間屋裡算算百來人裡，只有老賈一個認識我，相反的，百來人裡沒有一個不認識梁夢汝。梁夢汝之所以有名，是因為她改行寫劇本以前已經是暢銷作家，專門寫愛情教戰守則，婚姻和愛情指南過時以後，她又改弦易轍，教人如何又高尚又清純骨子裡卻很風騷地把男人玩弄於股掌之間。

我從沒近看過梁夢汝，老賈跟梁夢汝攀談時我瞪著她的臉好一會兒，年輕時的她很漂亮，她個兒小，纖瘦，年紀大了還是充滿少女氣，但她的笑聲太尖銳，太放浪了，不怪她，她站在人群中心，像給四面八方聚集來的海豹群用鼻子頂起來的一顆彩色皮球。更多人擠過來和梁夢汝打招呼，甚至向她敬酒，旁邊有人遞給她香檳，她一接下便暢快喝了大半杯，老賈不知說了什麼，梁夢汝抬臉衝著老賈一笑，兩人滔滔不絕聊起來。我環顧四下，倒退著走回餐桌旁，又吃了一份鵝肝醬花式餅乾，這些點心都很袖珍，但吃多了也很飽。我正打算再吃一個鮭魚捲，老賈走過來把我拽起來，拖著我穿過人群走出宴會廳，我順手把香檳杯塞到一個不認識的人手裡。

外頭很涼爽，紅磚地面在路燈照耀下閃著細碎的微光，我這才注意到老賈穿著的風衣外套很優雅，漂亮，質感很好，應該價格不菲。

「影視是商業的東西，不管內容再高或者再低，本質就是商業的東西。在這個世界上，總有人要付帳單，你要領編劇費，誰付錢？演員演戲，誰付錢？投資人出錢，觀眾買票進戲院，錢從這裡進，那裡出，從這裡流到那裡，有些河流會擱淺，有些堤防會崩塌，有時候下雨，有時候只打雷，有些地方漫漶，有些地方乾涸，總要從哪裡冒出來，又從哪裡溢出去，不管怎麼說，都是錢。」老賈說。

「你想說什麼？」

「梁夢汝受邀到各地，飛機都坐的頭等艙。」

我哇喔了一聲。

「愛莫，你明明需要錢。你這麼聰明，就不能看在錢的份上？」

「看在錢的份上怎麼樣？你說的好像存在有某種賺得到錢的途徑，我卻拉不下身段。沒有，老賈，如果有一種朝著那個方向去做保證能賺到錢的途徑，我連跑帶跳躬逢其盛，但那不是一個幻夢，那是一個笑話，我簡直不敢相信成天拎著別人的脖子想倒出錢來的你會認為有那樣的事。」

「你不覺得你扭曲現實，過份偏激？我不是在要求你去討好觀眾，順從大眾口味和智商，去寫一個庸俗的劇本，剛好相反，你以為觀眾要什麼？觀眾要一個好劇本。」

「我寫的不是好劇本？遵從傻瓜教條的才是好劇本？」

「不要這樣，愛莫，那不是傻瓜教條。我們倆一起去看電影，有些典型的商業片子你也說好看，不是嗎？三幕式結構，精心的鋪墊，明確的驅動力，聚焦的矛盾，具體的行動，必要的對抗，解決問題的征途……」

「我並沒有刻意不遵循什麼，我只是不願刻意遵循什麼。」

「你就是刻意不遵循什麼，你自己沒發覺。」

「老賈，記不記得你曾說過，你絕對不會開日本車，日本車便宜好開，大家都開，但你抵死不願意。」

「並不是因為大家都開日本車所以我不要，我喜歡德國車。」

我聳聳肩，臉上是「看吧！我想我已經不需要再多作解釋」的表情。

「這不能相提並論，我們聊過這個話題，你也同意作者不能耽溺在自己的世界，要有客觀視野，顧及觀眾不是媚俗，作品是要和人對話的。」

「首先必須誠實，才能和人對話，我不像你那麼虛偽。」

老賈咧開嘴笑，「要不是因為我了解你，我就會以為你能說得這麼直，這麼難聽，是因為你愛我，你知道我不會當真，但我跟你打交道太久了，你毫不顧及別人的感受。」

「你有顧及我的感受嗎？你不應該要求我去寫某一種符合框架的劇本，如果你瞭解我你就知道這有多不專業。人為目的去開的河道不順從水性，如果順水性就不需要人工了，但水確實有它的性子，順著水性去流的水展現的不只是真正的水，且是水與其他自然事物協同的展現，作品是同樣的道理。我為什麼要去當觀眾的肚裡蛔蟲？不管我寫什麼，我只能說我想說的。」

「沒人在乎你想說什麼？愛莫，沒人在乎！只有你自己認為那很重要。」

「正因為我自己認為重要，我必須如此，不然呢？」

「如果你是因為信仰某種理念、美學，也就算了，但你只是堅持你那些奇怪的，你認為很正常別人認為不正常的想法。愛莫，劇本不是創作，劇本只是拍電影的工具而已。」

「劇本是工具，但我不是。」

老賈嘆了口氣，從口袋裡取出香菸。

「我無意冒犯，但……」我才開口，被老賈打斷：「你如果真的無意冒犯你就別往下說了，我太熟你這個發語詞，你一這麼說就是想冒犯我。」

「老賈，我以為你懂真正好的東西是自由的，是有呼吸的，是有著超越那些制式的庸俗故事的飛行方式，你要是想幫我，你該做的是幫助別人理解我的東西，而不是反過來，如果你真像你說的那麼內行的話。」

「又成了我的問題？你試著想想，咱們交換立場，我幹你這個活，你搞我這份差事，你有我這麼善解人意？」老賈嘆口氣說。

「我當然不可能幹你這個活，我這麼純潔的人。」我冷哼了一聲。

「我沒有要你改變，不做你自己，如果是那樣，我幹嘛不找別人，我只是建議你可以稍做調整，一點點，哪怕一點。」老賈瞇著眼，捏著拇指和食指說。

感覺到口袋裡手機的震動，老賈停住腳步，看了看他的手機。

「愛莫你搭我們便車吧！維若妮卡一會兒到。」

維若妮卡是老賈的太太，十足的美人，不論男人和女人見了都會情不自禁屏住呼吸，有一股想拜倒在她石榴裙下的衝動。

大老遠就聽見維若妮卡的跑車轟鳴，停在我和老賈面前時發出尖銳的煞車聲，打開車門時聽見維若妮卡爽朗的大笑。「我差點過頭了，我沒看見你們。」

我鑽進後座，車子裡瀰漫著維若妮卡的香水味，老賈坐維若妮卡旁邊，問我：「要不要來我家喝一杯？」

「不了，我剛喝了好多香檳，我好睏。」

我閉上眼睛。

維若妮卡問老賈，明天早上要不要她開車送他去學校。

老賈在大學兼課，他去那裡只是為了享受被女學生迷戀，他的課在早上，因為他沒有其他的時間，但早上九點他根本爬不起來。

老賈說不用了，他可以自己坐計程車，但想了想他又改變主意，說：「好吧！你送我到門口就好，別直接到教室前面。」接著他又改變主意，顯然從校門口自己走到教室他覺得太累。「到教室門口，但你別下車來，直接開走，我不想讓太多人見到你，他們的魂會被你吸走。」

我知道老賈為何不要維若妮卡下車，維若妮卡個子高挑，老賈不矮了，兩人一般高，但維若妮卡喜歡穿高跟鞋，她一定有滿屋的鞋子，她的鞋子太美了，我喜歡欣賞維若妮卡的鞋子，每一雙都是藝術品，是鞋子工藝的高度展現，但她穿著那樣的鞋子，比老賈高出許多。

老賈獨個兒看起來也玉樹臨風的，跟維若妮卡站在一起卻顯得有點寒傖。

老賈私底下跟我說，維若妮卡以前的風格不是這樣，她常把自己打扮成吉普賽人的調調，跑去日本和紐約買波西米亞風情的二手衣，甚至會穿滿是補丁的裙子，當然那補丁是一種時髦，頗具 grunge 特色，但不太上檯面，那時候你只會覺得這姑娘有股又野又脫俗的氣質，並不特別漂亮。後來她改換路線了，穿高級時裝，到精品公司當公關，維若妮卡當然還是維若妮卡，保有她個人狂放大膽、不拘世俗的風格，儘管換了一身高端精品，她選擇的單品依舊跳脫常人喜好，她會穿一身騎馬裝，或者戴高禮帽走在大街上，但她變得美麗絕倫，不可逼視，無論走到哪裡，無論置身什麼樣的人群，總有著壓倒性的氣場。老賈愛說她從前不是現在這個樣子，我總會想，那麼老賈從前也不會是現在這個樣子。

「老賈成天說你壞話。」維若妮卡這是在對我說。

老賈有點慌，轉臉看了我一眼，望著維若妮卡，想辯解什麼，我從後座看著他的側臉，他真是被維若妮卡吃得死死的。

「老賈說他真後悔找你合作羅老闆那個案子，羅老闆是很難得的金主，老賈很指望這個計畫，可能會是他經手的數目最大的案子，他事業的里程碑，但因為你的劇本搞砸了。」維若妮卡說。

老賈在旁顯然很尷尬。「幹嘛說這個。」

維若妮卡瞄了一眼後照鏡，我和她的視線接觸，維若妮卡吐吐舌頭，俏皮地笑了笑。抖出老賈背後的埋怨，也不知維若妮卡有心還是無意，總之，老賈可別指望我對這件事有罪惡感。倒是維若妮卡現在穿著名牌時裝，模樣成熟，扮個鬼臉卻少女氣十足，我依樣畫葫蘆也對著鏡子伸長舌頭，卻只有七夜怪談的畫風。

2.

我把鑰匙插入鑰匙孔，聽見裡頭由果的聲音大喊：「等一會兒，我正光著呢！」

我沒理她，把門開了。

由果上半身光著，長褲穿著一半，卡在屁股下半，使勁拉著，我環顧四下，「誰在屋子裡？」

「沒人，就我。」

「你一個人裸體幹嘛？」

「我才起床，趁著一天當中最輕的時候量體重。」

「騙人的吧？叫你別老喜歡光著身子。都快中午了，你才起床？」

我把從超市買來的一袋東西往桌上一扔，由果跑過來翻弄，一邊喊：「都說了不要再買這些高熱量的零食，我在減肥，你為什麼老要破壞我的計畫？」

「那是買給我自己的！說過不准再拿我的東西吃，你這個小偷。」

「你太計較了，我就不在意你吃我的東西。」

「我根本不想！」

由果逕自打開我剛買的洋芋片，把自己拋到沙發上癱著吃起來，一面說我不用擔心她拿我的衣服去穿了，她太胖，穿不下，又說方才聽見鑰匙轉動的聲音，手忙腳亂地抓起衣服穿，先是腳戳不進褲管，後來想先穿上衣，拿不定主意。

「如果情況危急，時間只容把一件衣服往身上捅，你是挑內衣、內褲、上衣、下衣哪個？」由果問。

內褲？我想到演化論有一說法，原始的人類最初之所以拿樹葉獸皮遮下體，是為了防止近親相姦。

「我可看多你的裸體了，你急什麼？」我說。

「我以為是我男朋友。」由果面不改色地說。

「你把鑰匙給了你男朋友？由果，這房子不是你一個人住，你怎麼能擅自做這種事？」

「你放心，他不會來的，我們分手了。」

「但你沒有把鑰匙拿回來？」

「他不回我訊息，也不接電話啊，他不想見我，我有什麼辦法？我找不到他人，也不想找。」由果以前是兒童節目主持人，本名叫林由果，所以化名牛油果姊姊，牛油果就是酪梨，由果老說都是被取了這樣的名字才會越來越胖。以藝人的標準來說由果真不瘦，但也算不上胖，體型是有一點酪梨形。由果對吃不太節制，尤其心情不好的時候。

由果慣常性處於失戀。一個人若總在失戀，就表示她總在戀愛。由果喜歡談她的戀情，但每次說的都不是同一人，她喜歡的人都挺怪，之前有個男的，據說是消防員，兩人在馬路上目睹一樁車禍邂逅的，騎摩托車的中年男子撞倒一位老先生，肇事者自己昏倒，由果和消防員幫忙送老先生去醫院，後來由果去醫院探望老先生，巧遇消防員，她深信這是冥冥中的緣分。肇事那騎士心肌梗塞死了，由果和消防員還去參加喪禮。

「你又不認識那個人，你去參加人家的喪禮幹嘛？」

「你不懂啦，是因為他才把我們幾個人的命運連結在一起，這是不可思議的安排。」

由果覺得那消防員與眾不同，比如說，他很不愛笑，他永遠都答非所問，他幾乎不在社群軟體發文，他不害怕屍體，他身上有一整片燒傷的痕跡，這些都太酷了。

由果破天荒地決定親手做生日禮物給他，但諸如編織毛衣、圍巾那類的事由果都沒有耐心，於是買了女紅手藝材料包，布料都裁好的，附針線，按照說明書能縫成一個鳳梨圖案的拼布便當袋，她本來想找牛油果圖案的，但沒有，鳳梨湊合著。結果那男的拒收這份禮物，由果硬要把紙包塞進他懷裡，他倒退一步讓紙包掉在地上，由果把紙包撕開，男的一見便當袋拔腿就跑。由果哭了好幾天，一定是便當袋太不酷了，她後悔得要命。在我看來那男的對由果稱不上有任何感情，他只是一個有災難迷戀症的人罷了。

由果變臉，「誰說他不愛我？他知道我的身分時很驚喜地說他從來沒有認識女明星過。」

「這表示他對『女明星』三個字有一種想像，但由果你不符合一般人心中對女明星的定義。」

「天啊，愛莫你的想法好負面，好悲觀，為什麼我不符合他對女明星這三個字原有的定義是一件壞事？難道不是相反，他以為女明星都是某種樣子，但我不是，我改變了他對女明星的看法，而且是好的改變？」

由果堅持那消防員愛她，現在仍然愛她，說真的，我不想逼她認清事實，由她這麼想干我什麼事，但她又每天為了失戀的事發脾氣，我耐著性子，盡可能以理性但柔和的聲調說：「戀愛不是人生的全部，甚至不是人生裡特別重要的事，你的價值不決定在別人手上，他不愛你不表示你不好，你沒必要符合他的期待。」

由果一聽，一雙水汪汪的眼睛望著我好一會兒，突然衝上來抱住我：「愛莫，你真可憐，你一定是個很沒自信的人，才會在戀愛發生一點小問題時馬上就下結論自己不被愛，甚至從來沒有被愛，你不相信自己是值得被愛的，天啊，這太悲慘了。」

我翻了翻白眼，沒什麼好說下去的。

那男的後來再也沒跟由果見過面。

由果可說是重新定義了「失戀」兩個字，要麼戀愛並沒開始但她不曉得，要麼戀愛開始了但她不曉得。有一次由果和一個大學生親親熱熱來往了一陣子，她自己把這事忘了，還嚷嚷奇怪心底好似少了什麼東西，她以為自己被甩了，卻不記得事情怎麼發生的（因為什麼都沒有發生），對方也以為自己被甩了。由果不在的時候大學生跑來——由果和我合租房子，所以那也是我的住處——瘋狂地胡翻亂攪，揮著刀子又哭又叫，由果有一個人高的巨大卡比獸填充娃娃，大學生拿刀把卡比獸捅得破爛，然後拽著卡比獸往樓上跑，一路在樓梯間撒棉花，大喊著：「下雪了！下雪了！六月下大雪，有冤情啊！」

雖然分手得子虛烏有，兩人也沒復合，因為由果又有新對象了。

除了失戀的打擊，工作也出狀況，由果被經紀公司解約了，說是經紀公司，嚴格說起來只有兩個人，老闆和一個女助理，老闆跟由果也有過一段情，感情結束後還是朋友，但由果的事業發展得差強人意，老闆簽了個甜美可愛的新人，由果很是不滿，那女孩得到的機會都是拍攝偶像明星的 MV、時尚產品廣告，發給由果的通告卻都是在低級綜藝節目裡穿著清涼和搞笑男藝人抱在一起翻滾。由果偷看老闆手機——畢竟兩人曾是情侶，由果覺得理所當然——老闆對新人甜言蜜語噓寒問暖，說得天花亂墜要把她捧成巨星，談了諸多名牌服裝、化妝品、鞋子、飾品的贊助，由果的衣服可都是她自己在夜市買的！對於老闆這股殷勤，女孩都回覆可愛或者害羞的貼圖，老闆還提及由果，說由果是腦筋經常短路的傻瓜，胸部看起來大罩杯卻很淺，胸型根本像是肥胖的男人。氣得由果直接用老闆的帳號回訊息給那女孩：「騷貨你再裝清純啊，看你的臉就覺得假，你這個臭雞蛋就算是在端午節的中午也立不起來！你的通告全部取消！明天起不要再出現在我面前！」然後把那女的封鎖，電話也刪除。

老闆知道了跟由果發了頓脾氣，由果委屈得要死，她明明就是受害者，為什麼還要說是她的錯？老闆反駁不過來，逃之夭夭，讓女助理處理解約的事，解約是好的，否則由果也只是被綁死了卻得不到工作。任何人只要聯絡由果，就得聽她沒完沒了哭訴遭受迫害，除此之外就瞪大眼睛躺在床上不動，我進房間去看她，她說：「我的人生一片黑暗，你知道有什麼死法比較不痛苦？」

「我剛買了鹽酥雞。」

由果一骨碌跳下床，隨即想起什麼似的又滾回去：「我一點力氣也沒有，我無法動彈，你可以把鹽酥雞拿進來嗎？你有買啤酒吧？我要加冰塊。」

沒了經紀公司以後，由果消沉了一陣子，自己開始找通告接，有一搭沒一搭。

「對了，你那個朋友老賈，下次你跟他見面的時候，讓我一起去。」由果說。

「你去做什麼？」

「老賈人面廣啊，他不是很有本事？我現在需要工作，好不好讓老賈幫忙招呼一下，我有工作才付得出房租嘛！這也是為你好，難不成你一個人負擔得起？」

「由果，我不會一個人負擔，你要是不付房租就滾出去，我找別人進來。」

「你捨不得我的。」

由果二十七歲，小我九歲，有點像我的妹妹，但由果無論走到哪裡都擺出任性小孩的模樣，即使跟同年齡的朋友在一起，由果的姿態也像他們的小妹妹。

拗不過由果，我約了老賈，本來約在外面喝咖啡，由果卻說她要燒一桌好菜招待老賈，我跟由果一起住了一年半，從沒見由果下廚過。

3.

我跟老賈進門，電視開著，由果躺在地上呼呼大睡。電視是由果買的，這年頭誰還看電視，但由果想看自己演出的節目。

我把由果叫醒，她坐起來擦了擦口水，睡眼惺忪地說：「你們好慢！」

桌上放了兩盒披薩，已經吃掉一半，那是我叫的，我知道由果根本就不會做好菜等我們。

老賈算是見過世面的人，面不改色坐下，露出他迷人的微笑，由果揉揉眼睛，一臉天真無邪，大喊老賈的長相跟她想像得完全不一樣。「愛莫經常提起你，所以我心裡已經描繪出一幅想像中的你的模樣。」由果這麼說，我有不祥的預感，再說，我哪有經常提到老賈？

老賈慈祥地問：「你以為我長什麼樣？」

「禿頭，短脖子，小眼睛，說話的時候有奇怪的手勢。」由果說。

老賈望了我一眼，我聳聳肩。

「沒想到你這麼帥，風度翩翩，你適合在電影裡演教授，和女學生戀愛那種。」

「老賈是在大學裡兼課，現在誰都能在大學兼課，但他老遲到、請假，忘記他有課，學生跑了一大半。」我說。

「剩下的都是女的吧？因為迷戀你才留下來的。我是你的話，就會叫她們全部脫光光，否則當掉。」

「老賈才沒這個膽。」我說。

由果問老賈有沒有看過她上節目，老賈說他有一次無意間看到綜藝節目裡由果和另一個女藝人在泥漿裡摔角，由果非常興奮。「你看到了？那集很精彩，我們在泥漿裡待了好久呢！泥巴都灌進那裡面去了，我回去洗澡的時候，覺得下面好像蛤蠣呢！咕嚕咕嚕地吐出沙來。」

我和老賈對望了一眼。

老賈和由果聊得挺開心，我看老賈把他賣弄幽默的才能開到最大了，由果笑得摔下椅子，是真摔到地上還捧著肚子笑，坐回椅子還擦著眼角笑出來的淚，嚷著好久沒笑得這麼開心，老賈靦腆地說，能帶給由果快樂他感到榮幸。

「因為帶給我快樂才榮幸，還是帶給任何人快樂都會讓你感到榮幸？」由果問。

老賈語塞。由果此前丟的都是送分題，這下丟了個送命題。我火速取出筆記本和筆，潦草寫下：

他總是對任何女孩子，不分老少美醜，說些討她們歡心的話，於他來說甚至沒有一視同仁這個問題，表面上看起來他關心的是她們，不，不是表面上，他自己也這麼相信，他真的為了她們，為了她們的快樂，讓她們以一種喜悅之心看待世界，但其實是為了他自己，不幸負他作為迷人的天使角色，這種無差別的出發點卻被接收成相反的訊號——她是特別的，她總有什麼特別，她一定是特別的，否則帶給她快樂的這個成就算什麼？

「你在寫什麼？」老賈問。

「沒什麼，記下一個靈感。」

「你在寫我？你會把我寫進你的劇本裡？或者你曾經這麼做過？」老賈問。

我抬起頭喊道：「怎麼可能？你絲毫不值得寫。」

我闔上筆記本。「老賈，你可以回答由果她有多特別，說得天花亂墜，就用你那套說給任何一個年輕女孩聽的說詞。」

「愛莫你犯了一個大毛病，你犯的這個毛病也反映在你的創作態度裡，你鄙視陳腔濫調，你對於無論是別人或者自己曾經說過的話都認為沒有價值重複，但你以為真理有多少？可以不斷、不斷，無止境地冒出來新的？世界上被重複最多次、被一說再說，最浮濫，最猖獗的就是真理，正因為是真理，才會被重複地說。」

我正想反駁老賈，突然被由果打斷：「啊！我要讓你們看我上網紅的直播節目，點閱超高的。」

由果把她的筆電從臥室裡捧出來，我心想老賈八成肚子裡正在詛咒我浪費他的時間，沒想到他卻露出很期待的模樣，並且馬上被由果和網紅的談話吸引住。

「小時候我不知道男女性器官不一樣。大概五、六歲吧，常和男孩子一塊兒玩，我很野，跟男生互相丟泥巴，我抓過一隻大蛤蟆丟到另一個孩子臉上……好像是女孩子，也有女孩子跟我們一起玩，後來只剩下我一個女生。」畫面裡由果很輕鬆地侃侃而談。「男生跑到河邊小便，我也去，我們都蹲著，大便在河裡。男生都有小雞雞，我以為人都有小雞雞，但我的特別不明顯，洗澡的時候我經常自己觀察下面，以為小雞雞比人家長得慢，但至少也是有的，藏的比較裡面，我還禱告小雞雞長大。成人以後明白原來男生和女生的性器官是不一樣的，我把陰唇誤以為是還沒長大的雞雞。不知道是不是那時候的禱告應驗，我的陰唇特別大，特別肥厚。有的男朋友喜歡，有的討厭，有一個男朋友說他覺得陰唇要小小的才可愛。好像有那種縮小的手術。」

「這是直播耶，你講這些我們會被檢舉吧？」那男主播也很年輕，說不定還比由果小，吐了吐舌頭說。

「這又不是色情，也不淫穢，是健康的性教育啊！人體器官嘛！有什麼不能講？或許也有別的小朋友跟我有一樣的疑惑。」

我偷瞄了一眼老賈，老賈一派自然，他八成是怕表現出自己太老派保守的模樣。由果說的也沒錯，這些內容算不上猥瑣、不健康，但未免嘩眾取寵，即便性器官就是人體的一部分，性器官是無辜的，但在ＩＧ上連乳頭都是不可以露出的呢！

「讓我看看有些什麼留言。」我說。由果卻啪地合上筆電。

老賈搔了搔頭髮苦笑，「現在的年輕人說話好直爽。」

由果盯著老賈看，「我想起來了！我看過你，有個影視節的新聞專題，你講了好長一段話，我根本聽不見內容，只是盯著你的臉看。」

老賈有點害臊，說那個專題播出以後，他走在路上還被一個年輕人認出來。

「還真巧。」我譏諷地說。

「噢！你成了明星了！」由果面露驚喜。

老賈搖搖手，說那人只是跟他談了一會兒關於電影、戲劇在網路上播放的發展，那人有些不同的意見。

「簡言之，他不認同你。」我說。

我正想往下說，不是要糗老賈，而是我很清楚老賈在影劇網路化這方面的想法，我也有不同於他的意見，但由果再次打斷我。

「以前我喜歡穿一些性感的衣服，那樣很時髦，很有魅力，大露胸，背部全裸什麼的，現在只穿寬鬆的T恤。我怕被別人盯著看。」由果說：「有人直朝我瞧，我會以為被認出來了——看啊，那不是電視上那個林由果？但他們只是因為我穿得少才多看兩眼呢？這年頭哪個露肉的女孩不被人毫不避諱地看。說紅不紅的好討厭，我不想走在路上誰都認得我，但作為藝人，沒人認得出也很失敗。」

「因為你是藝人林由果而看你，還不如因為你時髦性感而看你吧？」我說。

「這個區別有必要嗎？不管他知不知道你就是那個叫林由果的人，你就是你，那個性感可愛的女孩。」老賈說。

我是就事論事，把道理講清楚，老賈卻是在討由果的歡心。

由果問老賈的課都上些什麼，「我也可以去聽嗎？坐在台下看你我想會很有意思。」

老賈說明天早上段培安來學校演講，學生都想去聽，他乾脆不上課，當作室外教學，不但自己省事，還不用補課，他明天根本用不著去學校。

「段導去你們學校演講？我想去見他，你跟段導熟嗎？」由果興奮地問老賈。

「你喜歡段導的電影？」我很驚訝。

「段子啊？」老賈說。

「段子」叫得那麼親密，我在旁邊都臉紅，老賈跟段培安一點私交也沒有，只因為在這圈子混，熟識一兩個段培安身邊的人，就背後跟著叫段子。

老賈營造出一種段培安跟他稱兄道弟的錯覺，由果可高興了，說她想跟段培安合照，老賈能不能事先打個招呼？老賈因為好面子一口答應下來，回頭他一定會後悔，自找麻煩，段培安脾氣很怪，老賈這種人是他最討厭的了。

我後來忍不住告訴老賈，最好跟段培安說由果是女大學生，別讓他知道由果其實是個小牌女藝人，段培安總有種與演藝圈為敵的調調。「這個不勞你操心，你這麼說是不公平的。」老賈頗不以為然。

「對誰不公平？」

「對由果，對我，對段子。」
「你可以不要再段子段子地叫？」
我跟老賈談意見永遠不合，我希望他有一天能明白，我才是對的。

4.

人窮志短，但精神層面就提升了，哪個方向都指不出一條明道的時候，萬事萬物看起來特別虛幻，自從知道好萊塢大片的現場就是一片綠幕，看電影就老覺得演員站在那兒裝，前後左右沒一樣東西真的存在，都靠腦子裡補，這麼一想自己的處境差不遠去，眼前的馬路，後頭的建築，角落的麵攤，狗主人撿狗拉的屎，國中生情侶接吻，全是後製ＣＧ，古往今來，上下四方，血肉之軀，愛恨情仇，全都是假的，你還跟它較真，你不是傻？世間不存在公理，毫無疑問，但人心還是卡著一把尺，要悔罪，要悔罪！我的腦子裡響起 Leonard Cohen 深沉磁性的聲音，When they said repent ! repent! I wonder what they meant.

時序進入初冬，天氣漸漸涼下來，外頭飄著雨，我頭戴一頂漁夫帽，背著買肉鬆禮盒贈送的印著大大的豬頭商標的購物袋，騎著自行車到超市去買海苔片、泡麵、豆腐，打算接下來靠吃這幾樣東西維生。幾個月接不到工作，明明過著清貧的生活，卻一點也沒瘦，又是一樁宇宙並非邏輯建構的證明。

超市入口的促銷貨架排滿各種品牌和口味的火鍋湯頭料理包，我又驚又喜，中日韓式琳琅滿目，人類在吃的方面腦洞真大，巴不得全買下來，人不得志特別需要補充營養，維持正面能量頗為費勁。可惜算盤打一打，還是捏著皺皺的零錢包扭頭離去。

正好收到曉天傳來的訊息，要不要晚上一起吃火鍋，順便看看他修改到一半的表演服。跟曉天是以前在劇團認識的，那時候我全心想在表演上發展，曉天的正職是燈光設計師，我始終不清楚他到底在做什麼。對別人我總表現得雲淡風輕，唯獨對曉天誠實，「好想紅，好想紅啊！」我總是這麼發牢騷，曉天參加公司旅遊去日本回來，正是賞楓季節，往年此時整片山壁都被渲染成著火一般，今年卻是滿眼青蔥。「聽說雨下得多，楓葉就不紅，滿山遍野的綠樹，其中偶見一株帶著幾撮橙色的葉子，想紅卻紅不起來。」曉天若無其事地說，我捶了他一把。

因為戲演不好，只好開始寫劇本，我自認頭腦比那些演員靈光，必能寫出平地一聲雷的驚世之作，自從過著每天坐在書桌前埋頭苦幹，晚睡晚起，滿地堆著啤酒空罐的生活，久而久之變得蓬頭垢面，全身浮腫，落到沒有戲演，劇本也乏人問津的田地。

騎自行車回家的路上，雨越下越大，不得不停在屋簷下躲雨。出門時已經飄起雨，偏要只戴頂帽子就出門，心存僥倖去回一趟還遇不上大雨，我的個性就是喜歡賭，明明輸多贏少，又改不掉這個毛病。

「你這個人不是喜歡賭，你只是喜歡賭氣而已。」曉天這麼說過我。

到曉天家門口按了門鈴，沒人應，我從花盆底下拿了鑰匙開門，門沒鎖，他果然在家，我蹬兩下腿把鞋從腳上甩了，一進客廳就大喊：「我有個新的劇本靈感，你想不想聽？」

曉天打著赤膊穿著內褲，從浴室裡走出來，用毛巾擦著濕頭髮。

「我想寫個會賣錢的故事，有關於一個女人愛上和尚。」我說。

「和尚？為什麼會有人愛上和尚？」

「因為是少林寺的和尚啊！」

曉天露出迷茫的表情。

「如果長得像李連杰那樣，根本不需要理由吧？……當然是他年輕的時候，會武術，體格很好。」我說。

「所以是古代的故事？」

「你怎麼會這樣想？現在少林寺還存在啊！不過你提醒了我，我可以把它改成穿越的，有現代也有古代。」

「我倒覺得以現在的李連杰來當模型更好，印象裡好像有媒體拍到他很憔悴蒼老的樣子，模樣有點嚇人，後來他澄清是光線角度的問題。如果你寫一個年紀大一些的，已經不風光，身體衰弱了的武僧，比你寫那什麼英風颯爽，年輕俊美的有深度。」

「你以為我樂意？有深度的東西沒人買單。就連那些口口聲聲說自己在做深度東西的人，你聽他們講話會懷疑他們連『深度』兩個字怎麼寫都不知道。」我聳聳肩。「不能怪他們，這年頭大家都用口語輸入。」

我從冰箱裡取出一罐啤酒打開。

曉天這屋裡，佈置精簡，但每樣東西都有個性和品味，曉天的審美很好，帶著樸實的講究，跟我那兒完全相反，由果總叫我寫些短的東西讓她演獨角戲做直播，說到後來重點都在怎麼把我們的小餐室改成直播間，要重新粉刷牆壁，之前因為天花板漏水牆上到處留下大片污漬和剝落的漆片，我認為應該掛幾幅塗鴉版畫，懸吊一些科幻感的裝飾物，選一個會閃的立燈，由果想買一個書架，擺滿恐怖人偶和色情玩具什麼的。

我往沙發一癱，下午開了好幾小時新電視連續劇的小組會議，累得頭裡面好像在打鼓，一口氣快上不來，喝了口啤酒呆了呆，我忽然說：「記不記得以前我們喜歡去 pub 跳舞？」

「只有你一個人喜歡跳吧？」曉天說。

說得也是，曉天不跳舞，我總是自己一個人擠在陌生人堆裡，跳得滿頭大汗，雖然人跟人之間如此貼近，卻又彷彿他們都不存在，曉天常說我是不甘寂寞，又愛寂寞的人。

「好久不去跳舞了呢！有恍如隔世的感覺。」我說。那時候還在劇場，排練完總會去喝兩杯。

「什麼恍如隔世，也才幾年而已。」曉天說。

「心態不一樣了啊！」我說。

那時的我有種不管怎樣一定要成功的慾望，但是對於這個「不管怎樣」的心情，實際上卻很茫然；堅持自己的想法，無論如何都要證明我是對的，還是如果有一條直殺往贏的道路，什麼都可以不在乎？

然而儘管並不清楚這種矛盾，一路走下去，四周什麼都沒有，入目只有無止境的平庸風景。想到下午開會的情形，沒力氣抱怨，結果一開口卻激動起來，沒完沒了，我說我應該會退出這個編劇群，不，不是退出，我根本沒加入。本來想著好不容易看似搆著飯碗的邊了，必須忍，小不忍亂大謀，先端好了扒幾口飯粒再說。好像還是不行。

這個劇的原始構想是關於搶孩子大戰，一個被拋棄的女性獨自生下孩子，辛苦撫養孩子長大，男的不知有孩子，但他後來得了重病，迫切需要換腎，而周遭能提供適合的腎臟的只有這個兒子。

「你不覺得滑稽嗎？大家還一本正經討論，是否要讓那男的有一個婚生子，但由於換腎之事，爆出原來那兒子非男的親生的。我們這個編劇組，全是女的，一個大著肚子，人工受孕的，還有一個二十七歲，裡頭最小的，跟由果一樣大，已經有個三歲的娃娃了，還把娃帶來，不停地尖叫，她也不制止，說孩子的自尊自信就是在這個年紀奠定的，不可以對他說任何否定的句子，真好，現在的孩子都以為地球是平的，全太陽系繞著他轉，我想到一個點子，這可以寫個科幻故事，無數平行宇宙，裡頭都只有一個人，你想想，如果每個人都相信世界繞著他轉，那麼到底有誰在轉？沒有！」

曉天笑笑，我問他幹嘛不穿衣服，天氣很冷，他說想試穿表演服，在等皮膚完全乾燥，身上有水氣穿不進去。

「大概花了一兩個鐘頭大談孩子經，後來她們說這個劇本要有企圖心，不是女人的宮鬥，而是深入地談一個女人的價值。說來說去你知道所謂女人的價值是什麼？孩子！能相信嗎？都麼時代了！那個懷孕的女的，嘗試人工受孕一次就賓果，雙胞胎，很多人搞了無數次都失敗，你該瞧瞧她得意的。」我翻了翻白眼。「二十七歲那個女孩說現在越年輕就結婚生子越時髦，晚婚不生的女人沒有安全感，她們沒有自信能承擔家庭，她們不結婚正是一種無法獨立的象徵，因為她們停留在沒有長大的不成熟階段，不相信自己能當一個好母親，說著說著就打算把這種新的思想作為劇本的主題。」

曉天大笑。

「你笑什麼？」

「她們說的不成熟、沒有長大，不就是你嗎？從這個角度，她們說得也沒有錯。」

我瞪了曉天一眼。「你不覺得說出這種論調的人是傻瓜嗎？」

「何必生氣？不當一個成熟的人又有什麼不好？」

「我是一個成熟的人！」我加重了語氣。

「你為什麼不試試看換個角度去欣賞自己不成熟的樣子？」

「我沒有不成熟的樣子，」我不耐煩地說，「ＯＫ，我有，但不在這一方面，關於這個話題我剛好相反，展現了真正成熟的觀點，你有沒有抓到重點啊？」

曉天把腿伸進那件猴裝裡——我們叫它猴裝，猴子造型，很緊，布料很薄，但彈性很大，穿起來很緊實。

曉天總是耐心聆聽我的嘮叨，但我從來沒仔細聽他說什麼，以至於和曉天交談，總是我急著打斷他的話，事後又沒頭沒腦地問他剛才說了什麼。曉天在一家燈光設計公司上班，我一直以為是燈具設計，模仿北歐風格做一些形狀奇怪但又貌似極簡的白色燈罩的燈，後來聽到他提的客戶名單，手筆都不小，我心中的畫風又改為巴洛克式水晶大吊燈，懸著幾百個水晶流蘇，掛在有鋪紅毯的旋轉樓梯的大廳。好一段時間我才搞清楚原來他們做的是由電腦程式控制整棟大樓在夜晚呈現的燈光變化，蠻高科技的。曉天在我之後也離開劇團，但和劇場許多朋友還有來往，閒暇時間他還作街頭默劇表演，最近的主題是美猴王。表演服裝是訂做的，一開始我想過用帶絨毛的料子，但那種布料沒有彈性，穿起來沒身形，不像猴子，倒像一隻巨大的花栗鼠，遊樂園裡那種卡通人偶。曉天決定用萊卡布，上頭打印毛皮的圖案，我們看過一些這類產品的效果，雖然是平面打印，遠看的立體感卻可亂真，緊身萊卡布穿起來像人體彩繪，質感很好。布料是進口的，曉天拿到訂做服以後想自己進行一些修改，加上帶戲劇元素的裝飾。

「她們談得興奮到要死掉，說女人在事業上跟男人爭，用做一模一樣的事來證明自己，那是依附男性世界的價值觀，用男性價值來證明自己，這是圈套，女人應當用女人價值來證明自己，就是生孩子，生孩子不是為了家庭、男人，而是自我，是自我實現，你可以沒有婚姻，你可以有婚姻後來又沒有，都沒關係，只要你有孩子，明白吧，你有婚姻但是沒有孩子，你很可悲，你沒有婚姻但你有孩子，你是贏家。我沒有聽過比這更滑稽的言論了！……

噢，你穿這件緊身衣真好看，我覺得光是看這身衣服就很值，如果我從街上經過，我會目不轉睛。這毛色好有真實感。我沒想到這樣好看，它太貼身了，會讓身體線條的缺陷原形畢露，要是我就不敢穿。」

曉天扭著身子走了幾步，我大笑，用力鼓掌。「這很像被神明附身，哪吒什麼的。」我說，「這是機械舞？我喜歡，好像被閃電擊中以後電流在身體裡面竄，我希望我會吹口哨。」

曉天沉思了一會兒，我們原先討論過如果要標記「美猴王」這個角色，似乎該加上民俗風格的裝飾，明亮鮮豔的東西，想了一些點子，用很多彩色的珠子，弄得很野性，但曉天又有別的想法，越來越傾向走科幻的路子，冷調，一些壓克力材質的裝飾。

「如果是金屬呢？金屬感也很科技，或者金屬光澤的皮革？」我說。

曉天把猴裝脫下來。

「火鍋料剛才已經煮了半熟，再加熱一會兒就好了，可以馬上吃。」曉天說。

「太棒了，我好餓，來的一路上我已經身心都調準到吃火鍋的狀態……你真細心，記得我喜歡把蔥刨細絲勝過切丁。」

曉天瞪了我一眼，「是你送我切蔥用的刨絲刀的。」

「是麼？我完全忘了有這樣的事。」

和曉天一起吃火鍋的好處是，在吃這方面曉天的愛好與我完全沒交集，不擔心搶彼此的食物，曉天買材料的數量也算得很精，一點都不浪費。

「如果你退出這個編劇組，最近很難再接到案子吧？」曉天問。

「你知道嗎，我從過去的經驗中找到一種模式，我總是在開始的時候盡可能抱著理性的態度，願意在很多地方讓步，我認同一個『成熟的大人』……」我再次加強語氣，而且做了「引號」的手勢，「懂得適當的妥協，而非任性、天真地堅持，像巨嬰一樣以為世界應該繞著我轉，我可以接受、尊重歧異，在不傷及我的核心價值的情況下，做一些妥協，畢竟要顧及現實。但結果就是走到後來總是忍不住在一個臨界點就炸了，掀桌，罵一切是狗屎，當初為了微薄的利益委屈自己，後來終究不歡而散，不但倒賠，一路還搭進去大量時間精力。早知如此何必當初。」

「行了，都依你。」

「幹嘛語帶諷刺。」

「沒有啊！我也覺得這案子你搞不來。」

「有能力的編劇什麼都能寫。」

「那也不一定，我就不認為有能力的演員什麼都能演，去做不適合自己的事沒什麼好驕傲的。」

「說得好！」我用力敲了一下碗。「你說說看，這個年頭還講什麼沒生過孩子的女人是不完整的女人，我有沒有聽錯？」

曉天搖頭。「得了，你在乎什麼是或者不是完整的女人嗎？你幹嘛要為了你根本就不在乎的事認真？」

「我沒有認真，她們說這些的時候我大笑，笑得肚子疼，笑個不停。有人說我這個年紀或許還不理解，我說我三十六了，你猜怎麼著，她們嚇一跳——你的模樣很年輕呢，我以為才三十，真可憐，你一定飽受周遭人異樣眼光之苦，你是個失敗者。我很有禮貌地回答：『沒有，我有幸身邊始終沒有蠢人，更正，我始終不讓自己處在蠢人之中，更正，因為工作的理由可能例外。』她們很熱心地叫我趕緊去凍卵，這是一種很棒的技術，而且越來越普遍。」

曉天噗哧笑出來。

「我說我不生孩子，她們就爭相跟我辯，時下不生孩子的理由，她們都能駁，我什麼都沒說呢，等她們自說自話完，我莊嚴地告訴她們，我不生孩子是因為這一世是我輪迴的最後一次了，我已經得道，不會再投胎轉世，我不想留下DNA在人間，走得不乾淨，你明白嗎？就像一場大型園遊會或是造勢活動什麼的，一堆人鬧哄哄地瞎搞一氣以後，留下一堆臭氣沖天的垃圾。我看過一本書，關於南極健行的紀錄，什麼都不能留下，以免破壞環境，自己拉的屎通通都要帶走。我說得還不夠清楚？連屎都不留。」

「說得也是，你知道水熊蟲能夠變成乾屍以後幾十年，給他一滴水，他就復活了。」

「這有什麼相干？」

「我的意思是，要防患未然。」

我大笑。

「要喝杯咖啡嗎？這麼晚了？」曉天問。

「要！幫我擠鮮奶油。」

「沒問題，冰箱裡那罐鮮奶油是專門給你一個人喝咖啡用的。」

曉天煮咖啡，我把猴裝拿起來端詳，曉天轉過臉瞄了我一眼，「你要不要穿穿看？」

「不要。我曾經郵購過連身的漆皮緊身衣，想在化妝派對裝扮成貓女，但穿起來像水熊蟲。」

曉天把咖啡端給我，遞給我肉桂粉。

「她們說你要有了孩子，你才會懂什麼叫做愛，你才能體會愛的豐富和深刻。我說我討厭小孩，她們又是一副聽多了的樣子，誰年輕的時候不這麼說？等你有了自己的孩子，比誰都疼。我說也許你們不了解我討厭小孩的程度，如果這個地球上因為人口過剩，需要殺死三分之一的人，而且其中有一半是小孩，為了殺這些小孩必須組織一個行刑隊負責開槍，我會第一個自願報名，或者舉行比賽，我應該可以拿金牌，近距離開槍根本不用瞄準，直接爆頭，我說完還瞪了她那個在後頭猛搖我的椅子的小兔崽子。」

「我想應該不是你選擇退出編劇組，而是編劇組會退出你。」曉天微笑。

我嘆了口氣，年紀老大不小，危機感不是沒有，想到可能負擔不起自己的人生，會突然感到驚悚害怕。只要想著賺錢就好，別的先擱在一邊，人總要先活下去，有時會這樣跟自己說。但畢竟還沒有被逼到生死邊緣吧！說不定被逼到生死邊緣還比較簡單，因為那樣就不用做選擇了。

「你的毛病就是不痛快的事肚子裡憋不住，硬是要說出來得罪人。」曉天說。

「別人看見的只是沒我憋住的時候，多得是我憋住的時候呢？大多數時候我都沒說呢，因為沒說所以沒人知道啊，沒人知道又怎麼嘉許我脾氣那麼好，忍著不說呢？更何況，我有得罪人的自由，我又沒打人又沒殺人，怎麼，還犯法？」

「當然不犯法，得罪人到頭來倒霉的只有你自己，怎麼犯法？」

「反正都你說的對。」我瞪了曉天一眼。

啊，突然想到一件事，竟然到現在都忘了提，我總是什麼事都習慣了跟曉天商量。「今天收到一個訊息，」我滑著手機，「鞏麗蓮想和我見面。」

「鞏麗蓮？以前演三級片那個？現在也快五十歲了吧？」

「三級片？」我吃了一驚。

「你不知道？那時候的名字叫燕莎南，去香港拍了幾部艷情片，有一部《蛇女》，白蛇與青蛇的故事，那可是在我的青春期裡有重要地位的電影。」

我露出不可置信的表情。

「原本的白蛇傳故事講的不是白蛇與許仙的戀情，法海跑出來搞事嗎？《蛇女》裡除了白蛇與青蛇爭奪許仙，使出渾身解術魅惑他，還有很多3P戲，青蛇和法海的部分更是大玩SM，看得最入迷還是白蛇與青蛇的女女戀色情戲。那時候我唸國中，都還沒長個兒呢，我長得慢，但是心裡面已經有些東西在蠢動了，那片子看得好有感覺。」

曉天這番話讓我驚訝萬分，但有別的事情分散了我的注意力，從我坐的位置角度，剛好可以看見曉天的手機螢幕亮光，反而坐在桌邊的曉天自己背對著看不到。曉天跟我一樣，除非有特別的原因正在等某個通知，平常都把電話關靜音，剛才他的手機貌似有人不斷來電了多次，但我沒告訴曉天。

「我買了一件印地安圖騰花樣的針織外套，穿著好像小了些，你看看要是喜歡就拿去。」

曉天說罷站起身，順手把手機拿起來看了一眼，放下，表情沒什麼改變。

曉天走進臥室，我瞧他的手機螢幕又亮起，一個箭步跳到桌邊上瞄了一眼。我沒碰喔，我可沒偷看他的手機，我不是會做這種事的人，何況我才沒興趣看，干我什麼事，我只是瞄一眼，好奇。我把兩手舉高，一副警匪片裡昭示我兩隻啥都不會做的手，一點也沒有要拔槍的意思，看清楚了！其實在場根本沒有別人。

是個女的，來電顯示居然還有頭像！我瞇著眼睛伸長脖子想瞧清楚一點，曉天走了出來，我往後跳了一步。曉天手裡拿著的豈是一件針織外套，簡直是件大衣了，彩色的圖騰織紋非常漂亮，我尖叫：「天啊！我正想要這樣一件外套！」

曉天顯然非常高興，「太好了，你不要就可惜了，給你吧！」

「真的？我太愛你了！」

我翻弄著衣服左瞧右看，做工真不錯。「這是女裝，你幹嘛買女裝？」

「男裝沒有這種花色。」

「說得也是，男裝沒什麼想像力。」

我套上大衣，興高采烈地在鏡子前面轉。

5.

客廳、房間都到處堆著書，原本買了幾個便宜的組合書架，幾片薄薄的破木板和差勁的支撐結構設計，堆滿書以後就應聲垮了，我也隨那坍塌現場保持原狀，必要時從斷壁殘垣裡找出我要的書，有點像恐怖份子引爆自殺炸彈後一片血腥狼藉，所有的建築碎片和屍體都沒有被移開，時間久了你都記得哪具屍體躺在哪個位置。

鞏麗蓮從地上撿起一本書隨手翻著，那本書因為被木板和其他的書長時間壓著，以至於成一種捲曲的形狀。

「我年輕也喜歡看書，瓊瑤的小說我都看過。後來不太看了，有陣子拍電視劇沒日沒夜，得空就睡，不拍片以後，閒著也想起來看看書，但是變得很沒有耐心，一本書開頭讀一兩頁就立刻翻到最後，完了合上書的瞬間腦袋浮出『蓋棺論定』四個字，年紀大了不太喜歡蓋上棺材的畫面。」

鞏麗蓮的身材沒走樣，但還是呈現初老女人的樣貌，臉也比想像的蒼老，我不由自主想到曉天描述的那部《蛇女》裡頭各種淫亂的畫面，和眼前這女人難以聯想在一塊兒。

「你這麼盯著我看，好像我沒穿衣服似的。」翬麗蓮說。

我心虛地縮了一下脖子。

翬麗蓮從包裡掏出一盒巧克力，放在桌上。「送你的禮物。」

「謝謝。」

「你吃吃看，這是我最喜歡的，可不便宜，平常還不太捨得買給自己吃。」翬麗蓮說著，把巧克力包裝撕開，遞給我一顆，自己也毫不客氣地拿了一顆塞進嘴裡。

「開門見山地說，我今年已經五十一了，演了二十幾年的戲，當中沒有什麼特別令我自己滿意或者驕傲的。」我點頭，只是本能上表示我在認真聽她的話的反應，但隨即感到失禮，馬上又搖頭。搖完了我又點頭，「我的意思是，我能理解，人總是會對自己比較嚴苛，有較高的期待。」

翬麗蓮把眼神瞟向窗外，又轉回來瞪著我，她那薄薄的嘴唇抿著的時候，下巴有些皺紋。

「你最近看過的，最好的一部國產電影或者電視劇是什麼？」她問。

我聳聳肩。「我很少看國產劇。」

「因為不值得看。」翬麗蓮接得很俐落，以至於聽起來好像她打斷了我將要說的話，但事實上沒有，因為我已經說完了。「不值得看的原因是，劇本太差。好劇本是戲劇的靈魂。」

「我倒是不……」我是個編劇，她這句話有點讓我感覺受到攻擊，使我如果反對就好像在辯解，其實這干我什麼事？但我確實想反駁，好劇本沒有辦法變成一齣好戲劇，一齣好戲劇無論任何一個環節都得好，好導演，好攝影，好美術，好演員，好剪接，好音樂，沒有一項不重要，甚至，好觀眾。但我沒這麼說出來。

「現在的演員連話都說不清楚，一個勁大喊，拖尾音，大喘氣，觀眾也不介意。把自己放到最大，私人的事最重要，失戀，跟家人吵架，感冒，路上跌一跤，心情不好，不相干的情緒帶到片場來都還算好，一不爽快，人都不出現，天經地義，人本人道人權嘛！以前我們那個時代，父母死掉也照樣拍戲，笑臉迎人，這是演員的敬業。」

「有沒有可能是入戲太深？因為把自己當作戲中人物，所以死掉的父母其實不是真正的父母……。」

鞏麗蓮瞪了我一眼，我縮了一下脖子。忽然想到，關於鞏麗蓮早年演三級片的事，還是裝作不知道好了。

「從心理學上來說，為了逃避面對父母死去的痛苦，把自己投射到戲中人物，從那個悲傷的，痛失親人的角色脫身，同時又得一個專業敬業的美名……」我說。

「如果那個戲中人物，是一個更痛苦、悲傷的角色呢？如果那個戲中人的遭遇更悲慘，更絕望，更傷感，和真實生活中的喪親之慟，兩種痛苦讓你擇一進入，你選哪一個？」鞏麗蓮說。

「我選擇劇中人，不過前提是有本事真的進入到劇中人裡面。」我說。

鞏麗蓮聽了冷笑。

「畢竟理性上你還是知道戲劇是假的，有能力留給自己安全的距離。」我說。

「安全的距離越大，表示劇本越差。」鞏麗蓮不屑地說。

「也或許意味著演員對劇本的理解不夠深。」我反擊。

「你知道一個演員最嚮往的是什麼？」

「趁演戲時劇情需要毆打討厭的對手？」

「是一個好劇本。」鞏麗蓮不耐煩地說，「一個好演員一輩子夢寐以求的，就是為他量身訂做的好劇本。你們這輩年輕人，高中的時候已經不需要穿制服了吧？」

「還是有的。」我小聲說，鞏麗蓮沒理會。

「我們那時候穿的制服，分大中小號，但幾乎沒有人穿著合身，肩膀都垮著，腰部塞到裙子裡皺成一團。但有人穿的制服是量身訂做的，做得跟旗袍似的，貼著身體的曲線，玲瓏有致，一站出來，騷氣完全不一樣，一班五十個人站在一起，不，就算是一百個，五百個站在一起，你一眼就看到她。我們穿的不是衣服，是麵粉袋，她穿的也不是衣服，就是她自己。」

懂了，鞏麗蓮來找我，是希望我為她寫一個量身訂做的劇本。

「我有點好奇，你為何找上我？」

「因為你是我能找到的唯一寫過老年女性當女主角的故事的編劇。」

我寫過以老年女性當主角的劇本？我自己卻沒有印象。

「我一個熟人審過公視一個案子，劇本是你寫的，沒過，他跟我聊起那故事內容，關於一個年老的女性無意間救了一位跟自己兒子年紀差不多的男孩，單方面迷戀上他，後來犧牲自己換取那個男孩的性命。」

模模糊糊地好像有這麼一回事，那是我最早寫的幾個劇本之一，內容我一點都不記得了，被一個朋友買了去，說什麼「買」，我其實只收到象徵性的一萬塊錢，當時十分生氣，認為自己被坑了，現在聽她描述故事的內容，我想它確實不值比一萬塊更多。

「那個劇本寫得很差，你對老人的心情毫無深度的了解。」

「我那時候不到三十歲，你以為我會多體會老人的奧妙？」
「不懂何必裝懂？明知思考匱乏就不要寫那樣的題材。」
「哪個老人會去看那樣的電影？寫得不對也不會被發現。事實上就算有老人拄著枴杖走進戲院而且沒有在階梯上摔倒，神智清醒地看完整部片，然後大聲說：『混帳！這不是真正的老人！』也沒人會在意。」
「聽聽這麼厚臉皮的話！」
「既然如此你幹嘛找我？我現在的歲數也無法掌握老人的內心世界。」
「因為找不到別人了啊！而且像你這麼不紅的編劇，也比較便宜。」
這麼冒失的話也講得出來，雖然立論確實有力。
「我都五十了，到這個年紀不想退休也得下台一鞠躬了。」
「當演員的，演到八十歲也行。」
以前在劇場演戲，我心想如果四十歲以前沒有自殺，就自暴自棄地活到九十歲，在舞台上死掉。好像每個表演藝術家都抱有這樣的幻想，死在舞台上。觀眾大吃一驚，尖叫著紛紛站起來，說不定有人會鼓掌。也或許他們以為這是劇情的一部分，以至於無動於衷。有過瀕死經驗的人說那一瞬間會靈魂出竅，飛到天花板上往下俯瞰，我會看見驚慌失措的對手戲演員搖晃我的屍體，有人打電話叫救護車，我希望每一齣戲都有幸與至少一個帥又年輕的男演員同台，好在這種狀況發生的時候給我做人工呼吸。但如果你演的是電視或電影，死在攝影機面前總覺得少了一分古典的美感，而且你死掉的鏡頭會被拿到新聞裡播放，你死後十年的紀念特輯還會再播放幾次，如果你有特輯的話。

「說說看，你一生曾有過的最快樂的時刻？」翬麗蓮問。

最快樂的時刻？我認真想了想。「夢見布萊德利庫柏愛上我，但我不怎麼稀罕他。」

「沒出息。」

「是演《美國狙擊手》的布萊德利庫柏，不是演《一個巨星的誕生》的布萊德利庫柏！」我抗議。

雖然我應該是因為前一天看了《一個巨星的誕生》才作的夢。

「布萊德利庫柏是誰？」翬麗蓮問。

根本不曉得布萊德庫柏是誰還有什麼資格對他愛上我的事品頭論足！

「現在就算有戲可接，也都是些廚餘角色，別說一文不值，演著自己都噁心，人如果活著厭煩就會上吊，演戲演得厭煩還不了斷嗎？我就想你給我寫個我專屬的好劇本。」翬麗蓮逕自說下去。

「但你所謂專屬於你的好劇本，究竟怎麼才算得上好？」

「讓我演來淋漓盡致的。」

鞏麗蓮說著，眼睛放光，露出一種神往的表情，這燃起了我的鬥志。

「有一個完美的告別作，我就退休了。」鞏麗蓮說。「我打算拿出所有的積蓄——」

拿出所有的積蓄投入拍攝嗎？

鞏麗蓮會花多少錢來拍一部片？一兩千萬總有吧？我剛出道的時候這個數目算大手筆，現在拍片的規格動輒上億呢！不過這年頭沒人會拿自己的積蓄拍片，都是拿投資人的錢來開玩笑，再申請輔導金湊另一半。鞏麗蓮演過幾檔很紅的電視劇，但在裡面都是不太重要的配角，大概沒賺太多錢，但至少也演了二十幾年戲，如果拿去炒股，有本事能翻個十百倍，說不定是隱而不宣的富婆。鞏麗蓮沒什麼新聞，畢竟如今的她欠缺娛樂價值，私生活不為人所知。花錢給自己量身打造一部片，如果為著得獎，預算也不用多，藝術電影不靠錢砸，刻苦一點甚至不到一千萬能打發，口碑還不俗呢！關鍵就在劇本概念要好，當然也還得有個好導演……。正當我腦袋裡轉著這些念頭，突然被她的聲音打斷：

「我打算拿出所有的積蓄付給你，當作劇本的酬勞。」

「什、什麼？所有的積蓄，你說所有的積蓄，劇本……付給我？」我講話結巴起來。

「怎麼樣？」

「我以為……」

「你不滿意嗎？」

「滿意。」我用力點頭。「麗蓮姐這麼有心，我覺得很感動……」

「不要叫我麗蓮姐，我最討厭人家叫我姐。」

「那要叫你什麼？」

「叫 Lilian，此外，這個劇本的寫作過程，我要隨時參與意見。」

「寫劇本不就這麼一回事，周遭永遠有人要干涉。但是……」

「什麼但是？」

「但是，那個……你剛才說，所有的積蓄……」

「到底要我講幾遍。」

「這樣問或許很失禮，您所有的積蓄，到底是多少錢呢？」我突然用起敬語，差點咬到舌頭。

「不會虧待你的。」

我有不良的預感。

「我這個人，凡事都要先把錢的事情說好，畢竟在這一行裡，隨時都有可能被騙。」鞏麗蓮說，「我年輕的時候也被佔便宜很多次，學乖了，不論跟我談什麼，說再多漂亮的話，我第一個把錢問清楚，被罵現實也無妨。現在反過來站在把錢拿出來給人的那一邊，才發現立場不同果然想法不一樣，換個位子真會換腦袋，明白了為什麼那些平常講話很上道，態度很大方高尚的人，遇著要給錢就突然對待人處事應有的程序犯失憶。」

「所以？」

「不都說得很明白了嗎？關於錢的事情以後再說。不是不給你，我用自己的靈骨塔位當擔保，那個也值幾十萬啊！現在塔位就跟房地產一樣，有人一口氣買好多來炒作，也有買賣的平台，很方便的。不說義理，就說情感層面，我也不會讓你委屈，我這個人不喜歡良心不安。只不過一開始把話講死了以後反而為難，都還不知道你有沒有才華。」

我心裡想，我要是答應鞏麗蓮我就是豬頭。

6.

老賈跟我抱怨，說段培安打電話來興師問罪，為了由果的事。我早料到老賈牽線是給自己找麻煩。

「那天段子到學校演講，我沒去，好不容易學生要聽演講我不用上課，何必浪費這種開小差的機會，再說那天我也有個會議，誰知道會議後來取消了，我都到現場了呢，只好去咖啡廳發呆，難得清閒，發現我也是閒不下來的人，手機滑個沒完，早知道就去學校了，真是一場災難。」老賈說。

那天由果沒趕上聽演講，在家裡給段導做便當，說是做便當，其實是把便利商店買回來的微波咖哩飯裝進塑膠便當盒裡，把海苔片切成碎片，在上面拼出自己的名字。演講完段培安讓一堆老師、學生簇擁著，由果高舉著便當從人堆裡擠過來，一邊喊著：「借過！借過！讓開！我給段導送便當來了。」有個男生認出她，說：「那是牛油果姐姐，我在網路上看過訪問她的影片，她有小雞雞！」由果回頭瞪了他一眼：「你的雞雞才小。」

不幸由果被人群推擠時便當摔到地上，灑了一地。

那天早上我爬不起床，但也睡不著，賴在床上聽見由果在客廳裡走來走去，吹風機呼呼作響，我猜由果忙著打扮，這件衣服那件衣服換個不停，由果老抱怨以前穿起來青春亮麗的衣服，現在胖了穿著像鄉巴佬。由果後來說她把T恤剪了好些破洞，看起來很頹廢，隨性，不拘小節，而且從某些角度能隱約看到T恤裡的乳頭。

出了學校大樓學生都散了，外頭下大雨，由果跟到停車場，段培安上了車，坐上駕駛座，由果從另一邊打開車門鑽了進去。段培安嚇了一跳，「你誰啊？誰讓你上來？」

「林由果啊，老賈沒跟你說？」

段培安好似頓時一頭霧水。

「外面下雨耶，你看我全身都淋濕了。」由果一臉委屈，接著又興高采烈，拍打著椅背，「駝色的皮椅耶！好復古的感覺，連地墊也是駝色，真好看。」

「我不喜歡開車的時候旁邊有人。」

「我本來是想坐到後座的，但這又不是計程車，我尊敬你才跑到前座，坐後面也不是不行，你說了算。」由果推開門下車，到後面拉開車門。段培安喊著，叫她先脫鞋，「要命，泥巴都踩進來了，你知不知道這很難清？」

段培安取出一條毛巾，擦拭由果在前座留下的水漬，連門把都擦了。

由果拎著鞋子坐好了，東張西望地想，要把鞋放哪兒，擱椅子或者地墊上肯定都不行，只好捧在懷裡。

「走吧！」

「走哪兒去？」段培安沒好氣地說。

「你去哪兒我去哪兒。」

一路上由果談起段培安早期的一部電影，因為公司惡性倒閉而失業的中年男人，暫時找到了大樓警衛的工作，他發現一名跳樓女子的屍體，旁邊有她的一本素描本，裡頭全是些繪畫草圖，那些圖畫莫名地打動他，以至於他偷偷把素描本取走，某一日他無意間在雜誌上看到一個畫廊展覽的廣告，發現女畫家展出的作品，有一幅和那畫冊裡的草圖幾乎一模一樣。除此之外還有兩三個不相干的故事交織。由果說她愛極了這部電影。乍看時入迷，整部片的氣氛有些懸疑，她很好奇真相是什麼，但是到後來並沒有解謎，所有迷離的巧合都沒有給出理由，幾個類似的故事其實是在說人與人之間冥冥中存在著聯繫。

「我太喜歡了，那可能是我最喜歡的一部電影，沒有之一。」

由果跟我坦承她這麼說有些誇大其詞。

「那是我的電影裡最爛的一部。」段培安口氣不屑。

段培安把由果弄得有些惱怒了，從一大早起來做便當，由果本是滿心歡喜，從頭到尾哪一點得罪他？不都是堆滿笑臉？別逼我說真話！由果忍不住接著說：「反倒是最近那部，一片好評，還得了很多獎的，我覺得才是你的電影裡最爛的一部。」

由果說的這部段培安的新片裡，男主角迷戀交友網站上認識的年輕女孩，在她身上花了大筆錢，迫於金錢壓力，經人介紹接下一份工作，在夜店裡物色愛玩拜金的少女，誘騙她們參加某些富人的性愛嗑藥派對。女主角是個性內向、缺乏自信的女孩，她與男主角迷戀的那位少女是同學，她一直企圖得到其他女孩的友誼，她在背地裡模仿那些光鮮亮麗的女孩們的打扮、言談，希望自己能像她們一樣，受到男人的喜愛、迷戀的眼光。她受男主角蠱惑而去參加派對，卻被迫吸毒過量而死。

「這麼迂腐的電影也會得獎，其他幾部入圍的片子只能自認倒霉了，誰叫他們沒辦法這麼矯情，說什麼被忽略的社會陰暗面，那些大加讚美這部電影的人平常眼睛都瞎的吧？」由果說。

由果這一轉彎，段培安也惱火了。「什麼迂腐？你懂什麼！」

「你極力想表現的就是女主角內心其實很純真，我看了真想笑。再說那個演女主角看起來實在太老了，一點說服力也沒有，乳頭也太黑。」

「那不是乳頭，是襯衫上面光影造成的錯覺。她是一個清純的人！」

「那是清純？專做一些自打耳光的事，她是智能發育有問題吧？」

「你無法理解那個角色的難度。」

「當然不理解，整部片好像就怕人家不知道裡頭滿滿的深刻，放個屁都是有意義的。」

「你才是自相矛盾吧？你也明白這電影寓意豐富。」

「所以才令人覺得假，依我看男主角迷戀的那個女生還比較有趣，你想把她跟女主角做對比，她倆有什麼不一樣啊？就像一個人穿著衣服跟脫光了，看起來有清純和淫蕩的差別，其實不是同一個人嗎？」

「太荒誕了，照你這麼說，世界上所有相反的事都可以看做一體兩面。」

「當然，連這麼顯而易見的道理都不明白，怪不得角色這麼空洞。」

「空洞？觀眾和影評人都被深深感動了，我幹嘛要聽你這個什麼都不懂的人在這裡亂說。」

「我不需要懂，我就是那樣的女孩，我很清楚。」

「我不是描寫你這樣的女孩，跟你一點也不一樣，完全不一樣！我呈現的是一個清純的女孩！」

「這麼說起來，你覺得我不清純了？」

「麻煩你自己照照鏡子，你有哪裡清純？」

「如果你連我的清純都看不出來，你怎麼可能塑造好這個角色？」

「你到底是什麼毛病？這跟你一點關係都沒有。」

「我告訴你，我可也是一個演員。」

段培安哈了一聲。「有一次我在公園裡看到一個瘋婦，站在高高的花圃圍欄上走來走去，大嚷大喊，足足發表了一個小時高見，講的根本是外星人的語言，我看她也是個了不起的演員呢！」

「你太令我失望了，你不但沒有才華，而且眼光短淺！」

段培安正想回嘴，電話響了。「喂？……我剛演講完……你今天不用上課嗎？……糟糕，我忘了！……對不起！你等一下，我馬上過去……不是的，我車上跑來一個莫名其妙的三八，我根本不認識她。」

由果一開車門，就往外跳。

7.

由果摔斷腳踝，好在後頭沒有其他來車，老賈第一時間去醫院看由果還是段培安通知的，老賈一到，段培安發了一連串牢騷，說到後來居然還哭了，真不曉得他幹嘛那麼激動。老賈隨後又打電話給我，把一切怪到我頭上。我可不是沒警告過你。

住院一個禮拜，出院那天我去幫由果辦手續，老賈開車來接，由果看來心情很好，直嚷嚷住院很悶。

老賈說他要先送東西去給維若妮卡，到時候我們在車上等一下。

維若妮卡一直在籌措她自己的服裝品牌，已經有一年了。維若妮卡早年是做服裝造型的，但經手的客戶無論是藝術家、模特兒或藝人，都是二三線之流，她覺得沒意思。後來到精品集團幹品牌經理，頗如魚得水，但久了也不甘為人作嫁，費那麼大勁，人家看重的是品牌，不是你，名聲都是品牌的，跟你沒有關係，花那麼多時間，青春都賠下去，營造出來的價值都屬於品牌，自己什麼好處也沒有。維若妮卡一直渴望有屬於自己的品牌，又認為自己有這方面的天賦。今天公司有一連串的重要會議，她覺得搭配的鞋子不好，要老賈從家裡拿另外兩雙送過去給她。後車廂裡擺了滿滿的鞋盒，老賈怕弄錯，維若妮卡描述的鞋子特徵他根本分辨不出來，所以他把有可能是的都帶上車。

「你知道男人有了老婆以後最大的差別是什麼嗎？——你發現你做的事永遠都是錯的。」老賈無奈地說。

由果一聽老賈要去見維若妮卡，顯出超乎尋常的興奮，堅持也要跟去。

「由果你腳還沒好，拄著楞杖走路都不方便，醫生交代你別到處亂跑的。」我說。

「醫生也說不能完全不動啊！」由果說著又哭喪著臉，「天啊！我好邋遢，這樣怎麼去見維若妮卡！都是你，愛莫，你為什麼沒有把我那件彩虹色的兔毛衣帶來？」

「彩虹色的兔毛衣是我的好嗎？」我沒好氣地說。

老賈提著大包小包，維若妮卡走出她的辦公室到會客室來，沒等老賈介紹，由果一個箭步跳向前，甩了拐杖，單腳一跳一跳地奔到維若妮卡懷裡，抱著維若妮卡大喊她早就想見她，那場面簡直像被拋棄的女兒找著她媽。

維若妮卡仍舊美極了，光彩四射，合身的麂皮西裝，柔軟的針織長褲，魔術般地把知性和野性，帥氣和女人味，幹練和優雅揉和在一起。相較之下由果確實邋遢，不只邋遢，還笨拙，怪誕，維若妮卡年紀和我相仿，在她面前，青春的無敵優勢都不算數了。

由果喋喋不休地說維若妮卡是她的偶像，相見恨晚，還真流出眼淚，但那是因為腳痛。

維若妮卡沒讓由果嚇傻，拍兩下由果的頭，把由果輕輕推開，到外頭叫人拿她的筆電過來，給我和由果看她剛剪好的品牌形象影片。「我想先推出飾品，但是消費者看到廣告，一定會想問模特兒身上穿的服裝又是什麼品牌，之後跟著推出服裝，服裝才是重點。」

老賈在一旁把維若妮卡的鞋盒一個一個擺出來。

「走高價位嗎？」我問。

「這是我在傷腦筋的，」維若妮卡說。「我現在負擔不起高價位的成本，高價位也不好做。我考慮做平價但風格化的商品，有挑戰，但如果跟隨精品或者韓國的流行風向，競爭太激烈，我想做我自己喜歡的東西，如果一年到頭就是忙著抄襲別人，我何必？」

由果翻弄著老賈排出來的鞋盒，一個個打開盒蓋來看，嘴裡念念有詞，豔羨之餘不忘轉過身給維若妮卡說的話拍手叫好。

維若妮卡的助理送來咖啡給我和由果，老賈說他不用了。

「你一定很難想像，你對我產生的影響。」由果對維若妮卡說。老賈的表情很困惑，我看了想發笑，雖然我也很納悶，由果並不認識維若妮卡，雖然我跟她提過幾次。

「我上網搜了所有關於你的資料，最難的是找你的影片，你太低調了，若非我的搜索能力超強。」由果指了指她的腦袋，暗示她的聰明才智。「凡是有你出現的影片，我都重複看了好幾次，尤其是你接受採訪那兩次。」

維若妮卡低調嗎？我不知道，根據老賈的說法，維若妮卡恨不得自己是名人，有公眾知名度。「別把那種東西看得太認真，我都不知道自己在說什麼，我腦子放空的。」維若妮卡聳肩，撇了撇嘴說。

由果表情一本正經，把身體向前傾。「我這幾天住在醫院，當我一個人躺在床上的時候，我對自己說，林由果，你到底在做什麼？以前我從不曾這樣靜下來，面對自己，並不是我沒有時間，或者沒有機會，而是我不願意，我在逃避，我不想去發現我的人生其實很瞎，我問我自己，沒有男朋友，工作也不順利，我已經二十七歲了，」由果掰著手指計算她還剩多少年，「到了三十歲我要怎麼辦？配老花眼鏡？我覺得很恐慌。然後我想到你，不知道為什麼，愛莫跟我提起過你以後，我心中經常浮現你的名字、你這個人。然後我瘋狂找你的資料，我入迷了，那帶給我勇氣。有一次你幫一個女運動員，叫什麼來著？打網球的，打點了一個穿幫的露點造型，那真的很不可思議……」

維若妮卡揮揮手，打斷由果的話。「那次太可怕了！誰想到會出這種錯？她先前試穿過的，她怎麼會前後穿反？」維若妮卡閉上眼，一副頭痛的表情。

那是一件緊身的背心包臀洋裝，樣式很簡練，但很有個性，黑色超彈性萊卡，適合運動員的氣質，陸南茜穿起來很酷，有中性美，但兼具性感。

「我記得這件事，」我對維若妮卡說，「陸南茜因為是運動員，肩背肌肉比較發達，胸部像男人，你覺得她不用穿內衣，自然就好。那件衣服的質材很高級，感覺像潛水衣，橡膠一般的科技感，又像皮革，但是霧面，我也覺得很好看。」

「噢，那時候我跟你大吐苦水。」維若妮卡笑笑。「跟老賈說這些沒用，他根本聽不懂，他只覺得我自討苦吃，媒體一面倒說陸南茜是故意的，這一切是設計好的。」

「她那時候又捲入禁藥風波。」

「對，大家說她藉露點的事轉移注意力，怎麼可能？這根本是加深醜聞焦點，天啊，我那時候真的跟你抱怨了不少，你大概被我煩死了。」

維若妮卡轉過臉對由果說：「人啊，肚子裡總會有些事，想找個人說，常常還是不該說出去的事，但越不該說，越想說。愛莫就是讓人有種什麼話都想找她說的慾望，我知道老賈也愛跟她囉唆。」

「我也什麼都跟愛莫說呢！有時候還說兩三遍。」由果說。

「你知道為什麼？」

我也想知道。

維若妮卡露出意味深長的笑容。

「愛莫一看就是性冷感，性冷感的人對什麼都沒有興趣，你可以放心把祕密說給她聽，她既聽不專注，也不過腦，因為她不關心，更不會說出去，因為她不屑，不屑有人對這些事竟然熱心。」維若妮卡微笑。

我的嘴角抽動了一下，不知如何回應。

「怪不得沒人跟我說心事。」由果一臉恍然大悟。

維若妮卡對由果做了個鬼臉，露出迷人的笑容，回應由果方才一大串對她的恭維：「你把我想得太高了，我其實最擅長搞砸事情。」

回去我忍不住冷笑由果，對維若妮卡的奉承未免過於噁心了。

「做人何必小氣，你怕什麼？討好人你會死掉嗎？我又不違背良心。」由果說。

「我看維若妮卡也未必買帳。」

「她不買帳那是她的損失啊，要是有人這麼捧我，我可是照單全收的。」

8.

我決定接下鞏麗蓮的劇本邀約。曉天問我，她給你多少錢？我說不知道。曉天憋著笑，我有點不悅。這是很好的挑戰，我有嘗試的慾望。

「愛莫，你老把自己想成是個精明的人，斤斤計較，結果總是沒頭沒腦一股衝動，專做賠本的事。」

「為一個演員創作屬於他量身訂做的故事，和毫無目的、對象地憑空撰寫，考量的事完全不同，並不是要去符合演員的特色，剛好相反，要讓那個演員能散發出超越他自己的力量，就好像一件量身訂做的衣服，不只要合身，還要遮掩身材的缺陷，要超越他自己，製造出原本沒有的光芒來。你不覺得這很吸引人？」

「我以為你一直渴望的是完全的自由。」

我不耐煩地揮揮手。「自由不存在，根本沒有什麼完全的自由，無論做什麼都一定有限制，就像人一定會死，蘋果一定會往下落，白雪公主一定會拉屎，世界存在規則的。」

「我以為你喜歡說，規則是用來打破的。」

「你說反了，就是得有東西讓人打破，所以必須有規則。」

「你相信侷限在某一個人物特質的框架裡，更能發揮你的創造性？」

「也不是這麼說。你不覺得戲劇最大的魔力，其實並不在於故事曲折，也不在於訴求的精神或思想，而是人，你是被人所打動的，你是被人的行為、情感所感動的，你共鳴的是人，吸引你的是人，人物的魅力才是戲劇最大的魅力。如果把劇本的焦點放在人物上，專注在角色的塑造，角色如何變得立體、耀眼，充滿生命地活在觀眾心中，把角色提升到一切之上，這會變成另一種思維。」

「但那也得看人吧？鞏麗蓮？」

「我也想問我自己，幹嘛不替布萊德彼特量身訂做一個劇本，我還彈過他的臉頰呢！」

我自嘲地說。

「說穿了是你沒得挑選。」

「不要心存成見，鞏麗蓮怎麼了？人家演戲也二十幾年了。」

「你對鞏麗蓮有多少了解？」

「現在開始了解也不遲。」

我說得有點心虛，當下我跟鞏麗蓮說考慮看看，也沒明顯拒絕，後來鞏麗蓮多次打電話來，又見過一次面，她好像已經當我接了這個差事，到了這個地步，我都不好說我從一開始就沒答應。我一生嚮往當個臉皮厚的人，且致力於這個方向，豈料事與願違。

要替鞏麗蓮寫劇本，當然得多了解這個人，但談了幾次，似乎完全沒有頭緒，當然，我自己也尚未進入情況，毫無認真接手這件事的自覺。

我想起鞏麗蓮談的各種瑣碎的事，不少是當年演藝圈八卦，腦中浮現鞏麗蓮說話的姿態樣貌。「我在香港拍電視劇的時候，有個男演員，模樣非常帥氣，雖然不頂紅，算是二線吧，但光憑長相和體格，就讓不少女人著迷，無論是粉絲或者小牌女藝人，都想投懷送抱，我都有點驚訝，以他那樣不上不下的身分，跟他好能得到什麼？圈子裡又沒有影響力，知名度也普通，從他那裡無論是機會或者虛榮，都談不上，說出來讓人臉紅，那些女的就是圖他的身體，好看，舒服。我那時候雖然演了一些不穿衣服，角色有些淫亂的片子，但我的心還是純真的，我的身心都是純真的，我到現在都還是純真的。男人和女人做親密的事，沒有感情基礎，起碼也要有相互瞭解，那時候有些女星攀附富商、權貴，雖說你情我願，也不是什麼強迫、威逼，但總還是要有點心裡的在意。不談感情的性愛，如果是為了討生活，我也能理解，但只肉體之歡，哎呀太不害臊了！」

鞏麗蓮說著用兩手摀住自己的臉頰。「而且那個男的，哎，真有很多可說的，好多女星會談他的事，雖然他英俊，健壯，但是不愛洗澡，臭得很，夏天特別臭得嚴重，一開始甚至讓人想吐，不過一會兒也就習慣了。有一個女演員，她一感冒，鼻子塞住，就想趁這個機會找他，說聞不到臭的時候，不做白不做。說也奇怪，鼻子塞住連吃臭豆腐都聞不到味，偏偏跟她上床還是覺得臭，又酸又腐敗的味道，我說她是心理作用。後來有一次我們一起拍戲，她帶了幾個芭樂，拿出來的時候發現都壞了，一打開塑膠袋，那股漫天飄出的狐臭味，她大喊，就是這個味兒！就是這個味兒！」

鞏麗蓮邊說著爆出笑聲。「現在不是有很多那種爆料談話節目？我知道的演藝圈幕後祕辛可不少呢，怎麼不找我上，賺通告費都不愁吃穿了。」

我心想那個時代的娛樂圈祕聞，現在說出來也沒人要聽吧，說的是誰都沒人認得了，我看鞏麗蓮說得興高采烈，竟然感到有點心酸。

「大家都關心潛規則的事，或者，大家都篤信有潛規則。好吧，就算是規則，規則又不是法律，規則又不是真理，你看球賽，裁判有時候犯規都不判呢，可不？沒什麼事一定這樣或一定那樣。你想知道我如何潔身自好嗎？算了，你不見得想知道，你若是想知道，前提還是你認為我是潔身自好的。我說個故事給你聽。

「有個電視台高層，他在淺水灣附近有棟別墅，有一天找了幾個女孩子，有女明星也有模特兒，都挺年輕的，二十多歲，我那時二十六，在裡頭還算老，最小的十六歲，七八個人吧！他家很大，很豪華，有院子，還有游泳池，我們吃了很多點心，吃完他叫我們去游泳，我很喜歡游泳，游得很好，很久沒機會游泳了，難得大家可以一起玩水啊，覺得挺高興的。我們沒有人帶游泳衣，他說沒關係，大家都脫光光，反正都自己人。什麼自己人啊，那幾個女孩子，好幾個我都沒見過。我們沒有人動，他就叫那個最小的女孩子，她看起來還像個小孩，他就叫她先脫，說你脫了大家就不會不好意思。結果大家都脫光了，一開始有點不自在，後來覺得挺有意思呢，都光溜溜地玩水，很純真呢！後來他也脫光了跳下水，跟我們互相潑水玩兒，大家都鬼喊鬼叫，有些人很怕水，他就說他要教我們游泳。他叫一個女孩子仰躺在水面上，他扶著她漂，那天天氣晴朗，偌大天空只飄著一片稀薄的雲，那個仰著的女孩一小片黑色陰毛對著天空，好像跟天上那片白色的雲絮呼應似的，我覺得好有趣。我看好幾個女生游得都不太好，就提議大家來比賽憋氣，我可會憋氣了，能憋一分多鐘，很想讓他們見識一下。他說不如這樣玩，最輸的人要聞最贏的人屁股。這個點子很怪，但很好笑，大家說不准放屁什麼的。我猜我應該會是最贏的人，但我不想當最贏的人，因為我知道最輸的肯定是我的死對頭，她老跟記者放話，造我的謠，她很怕水，鼻子才一碰到水就尖叫著跳起來，我可不想被她聞屁股，她肯定會到處亂說我屁股的壞話。所以輪到他把頭伸到水裡，大概快一分鐘的時候，我就大喊大家趕快壓住他，不要讓他起來！這樣他就能得第一名。我們有兩三個人壓住他的頭，他想掙扎，我趕緊叫大家一起上，有人被甩開了，另一個就從後面跳起來壓下去，我們一直尖叫，又哈哈大笑，輪番擠進去壓住他，他掙扎得很厲害，好像一頭發瘋的熊，我們簡直是拚了老命，後來他不動了，我說快跑！我們通通爬上岸，我那個死對頭哭著說她耳朵進水，我說哪一邊進水你要把那隻耳朵朝下，然後用單腳跳……

「我後來到哪兒去都帶著泳衣，有些飯店的游泳池真不錯，看一間飯店高不高級，就看它的游泳池。我買了好多漂亮的泳衣，但從來沒穿過。」

見翬麗蓮把話題越聊越遠，我想拉回別墅那件事，好奇後來怎麼了。

「後來？哪有什麼後來……啊，對了，那個年紀最小，十六歲的女孩，是他女兒呢，跟他一點都不像，完全不像，但我沒見過他老婆，不知道是不是像媽媽。我這話說的是忠厚，估計旁人都不會相信那是他親生的。幾年以後我在源記甜品喝蓮子湯，一個女孩子跑過來，抓著我說，殺人兇手！我嚇了一跳，我說小姐你認錯人了。你瞧那件事在我心底還是有陰影。」

「所以他死了？」

「誰？」

「那個電視台高層。」

「才沒有，他只是昏過去而已。不過後來他還是死了，兩三年以後吧，我也記不清了。總之，坐在富商或者政客的筵席上，被大老闆摟著腰，或者出入電視公司高層的家，也不表示就是賣身，我們這種小角色，演不入流的片，不比那些名氣大的明星有身價，或者看起來有氣質，但我一直很純情，你得把這記下來，要把我寫成出淤泥而不染。」

「這雖然是為你量身訂做的劇本，但這不是你的傳記，女主角的故事不是你的故事，她也不是你。」

我為什麼要這麼說？好像我的潛意識在抗拒真正的鞏麗蓮似的，當然我可以創造一個和眼前這個真正的鞏麗蓮南轅北轍，毫不相干的女人，但她也可以是鞏麗蓮，甚至，應該是鞏麗蓮，讓鞏麗蓮表達她自己。

我把和鞏麗蓮的一些談話告訴曉天，曉天覺得很有意思。「你應該寫她的故事。」

「鞏麗蓮早就被時代淘汰了。」我說了這話，下意識還左右看了看，深怕鞏麗蓮躲在角落偷聽到似的，其實是自己對於說出不厚道的話而心虛。但現實上是沒人在意鞏麗蓮的過往啊！有幾個人記得她是誰？雖然鞏麗蓮仍偶爾出現在電視螢光幕，但絕非話題角色。

「重要的不是人們是否先知道她是誰，現在不是很流行真人真事改編的電影？又有哪個觀眾因為聽說過當事人才走進戲院？」曉天說。

我不知如何反駁，沒吭氣，曉天說的不是沒有道理，在劇場的時候我們每個人都曾被要求自編自演一齣獨幕劇，從頭到尾就是一個人站在台上說自己的故事。紙上的角色無論如何都是死的，但角色本身卻必須是活的，所謂的活，就是經歷過時間，屬於個人的時間都是私密的，因為人只會經歷自己的時間，那並不存在故事中、舞台上。演員本來就會把自身經驗投射到角色裡，那時候很流行演員把真實的經歷和舞台故事混雜交織，我還記得那時的我曾納悶，你不是「演」你自己，而是揭發你自己，把你自己給出來。你到底要向這個世界揭露什麼，才算是給出自己？

稍晚時曉天打電話給我，說突然想起一件事，翬麗蓮去香港之前，在台灣演過一檔連續劇，和那戲的編劇傳出緋聞，因為對方是有些年紀的有婦之夫，這事還上了新聞，二十多年前的事了，沒什麼人記得，但曉天一個大學同學正好就是那有婦之夫的女兒，發生那事時她十三歲，家裡鬧得不可開交，後來她卻站在翬麗蓮那邊，把她媽給氣得。

「有一次她談起這事，我也忘了怎麼說到這上頭的，那時她也只是隨口說說，大學畢業以後我跟她比較少聯絡，剛才突然想起有這麼一回事，要不要我找她問問？」曉天說。

我讓曉天把她那同學約出來，我也想多知道一些。

9.

「鞏麗蓮？跟我爸爸的事？那都二十幾年啦！」曉天的女同學瞪大了眼睛說。

原來曉天沒跟她說找她出來問的是這個。倒也是，多年沒見，結果把人家叫出來是打探家中醜聞，確實很尷尬，我沒想到這層，劈頭就直搗正題，怪不得對方很意外。

「沒關係，我也不喜歡拐彎抹角。」

看起來是個性爽朗的女子，似乎不覺得這件事需要避諱，也或者她和曉天的交情不俗，我倒也不意外。

「那時候的連續劇製作粗率，有時候昨天才趕出來的劇本，今天進棚拍攝，隔天就播出，甚至還有當天播出的情形，觀眾的反應、社會上發生的事件、熱門話題和新興潮流都能左右劇情，一開始的大綱變得面目全非，人物個性變來變去，邏輯前後不搭，都司空見慣……說起來現在的電視劇也沒有好去哪裡。

「節目每天播，劇本是每天寫的，趕戲的時候可能好幾天日夜都待在電視台拍個不停，我爸爸常常不回家，趴在化妝間拚命寫，結果傳出鞏麗蓮和我爸之間有染。我爸那時候四十多歲了，鞏麗蓮才二十幾吧，劇組裡私底下好些人在傳，傳到我媽耳裡，跟我爸大吵了一架，我爸裝傻，一概否認，圈子裡閒言閒語從來就是漫天飛，就跟鬼一樣，信就有，不信就沒有，他就這樣說的。他這麼說我覺得好笑，他寫過鬼片呢，拍那戲時出了好多靈異的事，一大早天剛亮，有個跑龍套的演員跑來跟他說，本子裡寫到他的部分要刪掉，我爸心裡還想，那種路人甲的角色有什麼刪不刪的，何況，你是誰呀，就你來跟我說要刪這個添那個的？因為劇本每天寫，導播啊，演員啊，電視台的人啊，都會跑來給意見，弄得他煩死了，現在連龍套演員也來指揮他！後來他思路轉回來了，不對呀，那戲的本子早就寫好了，一共只有五集，不是邊寫邊拍的，稍晚他才知道，那個臨時演員跳樓死了。我爸念念有詞，原來世上真有鬼啊！那幾天嚇得他睡不著覺。

「喔，說回鞏麗蓮的事，我那時剛升國一，但我念的是資優班，課業壓力還是大的，尤其正在準備月考，我還有個弟弟，那時候才兩歲，對，跟我差了十一歲，意外懷上的，我媽以為她生不了了，兩人沒怎麼避孕，其實他倆很少有性行為，我怎麼知道的？我可和他們生活在一個屋簷下，別說他們臥房從來不關，瞧他們兩個眉眼之間，就知道親熱不起來。我媽很寵我弟弟，他個性很驕蠻，那麼大了還總是要人抱，我媽就抱著弟弟，拉著我，跑到電視台去興師問罪，大吵大嚷的，丟臉死了。

「鞏麗蓮開始還不吭氣，由我媽辱罵，我媽氣勢很強，但她這個人一急，話就說不清楚，一個句子說不完整又跳到另一個句子，後來就只會重複地罵不要臉，婊子、蕩婦，我爸坐在那兒不動，張大了嘴，一臉癡呆，他沒料到我媽會跑來鬧，一方面也是他太累了，寫劇本不是體力活，但動腦子比動筋骨還傷身，他在那兒眼睛張大了一眨也不眨，有一剎那我還怕他中風了。

「化妝間裡就我們一家人和鞏麗蓮，但外頭門口、走廊卻擠了一大串看好戲的，我媽說別以為勾搭上編劇就能在演藝圈平步青雲，鞏麗蓮惱火了，開始反擊，平步青雲？憑他的劇本？你有沒有搞錯，你怕是從來沒看過你老公寫的東西吧？根本是垃圾，寫的人物全都腦袋有問題，自己先前講過的話到後來都不記得，上一集還忠厚老實，下一集變成老奸巨猾，男的還能變女的，為了這些破東西跟他好，我會不會太不值？我爸在旁邊跳起來大喊，那樣寫都不是他的意願，他最早寫的版本，是從小人物反映大時代，是平凡生活中的血淚，是人們在痛苦中強顏歡笑。我站在那兒嘴角抽動，嘴唇微微顫抖，我太想笑了，這一切真滑稽，我媽推了我一把，說你女兒在這兒哪，你倆還要不要臉！這種時候還想說些道貌岸然的場面話。

「我怎麼說場面話了？別的事我可以不計較，我跟我的藝術良心不能不計較。我媽打斷我爸的話，說她手中握有證據，有人拍到我爸摟著鞏麗蓮的照片，還有鞏麗蓮那條羊毛圍巾，是我爸買的，我媽看過，以為是送給他的，沒想到是拿去送鞏麗蓮。誰說的，那是送你的，你說不好看，放在櫃子裡，用都沒用過一次，你自己忘了，不信你回去找，還在櫃子裡。我媽一時語塞，大概想起是有這麼一回事，但接著又挺起胸，指著鞏麗蓮說，那怎麼鞏麗蓮也有一模一樣的一條？我本想湊巧有相同的圍巾難道奇怪嗎？沒想到我爸也理直氣壯，我就是給兩個人買相同的圍巾不行嗎？

「這下子，先前的否認都不打自招了，我媽抓了這個把柄，又是天翻地覆，鞏麗蓮說你們夫妻倆都別來煩我，我給你們煩得要死了，我破壞你家庭？求我還不想呢，你老公成天送我一些破爛，一開始我還沒搞懂，給我這些是企圖羞辱我嗎？我又不好意思拒絕，要是鑽石名錶我說不定還可以嚴正地說，我不能收，但淨是襪子、盆栽、贈品咖啡壺，我能怎麼著？我回過頭就全丟進垃圾桶。我爸很生氣，說咖啡壺是別人送的，但不是贈品，他還加重贈品這兩個字的語氣，贈品上面會印某某公司敬贈，那是不一樣的。本來我覺得這就是一場誤會了，我爸跟鞏麗蓮之間應該沒什麼，誰曉得我媽突然一臉陰沉，剛才都是前戲，正題才要上場，她說有人親眼看見我爸跟鞏麗蓮在化妝間裡發生姦情。

「我媽揚起下巴，壓低了聲音說。這下子氣勢顛倒了過來，我媽很沉著，我爸開始神經質地大嚷。誰？誰看見了？笑話，我在化妝間裡跟人私通，還敞著門讓人觀賞？誰知犖麗蓮鼻子哼了哼氣說，你怎麼讓人觀賞？你根本兩三秒就洩了，然後跟我媽說，我跟他可是清清白白，他還沒碰到我的身子呢！這下可好，化妝間外頭一片嘩然，我媽衝過去打了犖麗蓮一巴掌，我爸一副心臟病要發作的樣子喊，說謊！說謊！

「犖麗蓮衝出門，不知跑哪兒去了，我全大樓上上下下跑著找她，後來在樓梯間找到了，我怎麼找著的？我怕她要跳樓，我不認識她，不知道她的個性，但我心想那樣的場面，一個女孩子，肯定吃不消。她坐在頂樓的樓梯間哭，但她不是要跳樓，只是心煩。為什麼哭？不是為了我爸我媽，而是這件事傳開了，人人都知道她跟我爸有些不乾不淨的事了……她怎麼做人？不是，不是做人的問題，她真正喜歡的是同戲的另一個人，這下無望了，人家不會看上她。她喜歡的是誰？鄒文豪，有情有義，風流倜儻，既有男子氣概，又像孩子般俏皮，一根直腸子通到底，爽朗，正直，言行雖然有點輕浮，內心卻很純良。她講起鄒文豪，如癡如醉，她是真的喜歡他，夢想著追隨他，得到他的愛，守在他身邊，夢想著他眼裡只有她一人。但你知道嗎？她說的是『鄒文豪』，那是角色的名字，不是演員的名字，演員是誰我都不記得了，那演員後來好像從螢光幕消失了，轉行做生意還是怎麼著。她喜歡的是戲裡那個人，她描述的是戲裡那人的個性。她恨不得能把全身心都交給那個鄒文豪。我一聽就明白了，跟鄒文豪那樣的男人比，我爸是哪根蔥啊？」

事後曉天跟我說，這鞏麗蓮其實是個蠻有意思的人。我剛好收到鞏麗蓮傳來的訊息，怎麼樣？關於我的劇本，你有什麼想法了嗎？我一方面私下打探鞏麗蓮的隱私，見著鞏麗蓮本人時又裝作一無所知，不禁感到自己有些虛偽。

10.

門鈴響時我還以為由果叫快遞，一打開門，鞏麗蓮拖著旅行箱，腳邊還放著個大行李袋，背上揹著登山背包，伸手推了我一把，邊說著：「走開別擋在門口，沒看我東西這麼多，不幫著拿也就算了。」

我還在目瞪口呆，鞏麗蓮往沙發上一坐，喘著氣，「拿喝的來，不要熱的，拉這麼多東西，快把我渴死了。」

我給鞏麗蓮倒了杯水，她罵道這麼小氣，我說你從哪兒旅行回來？她目光凌厲地瞪了我一眼。

「今天開始我要住在這裡了。」

「住在這裡？」

「盯著你寫劇本。」

「盯著我寫劇本？」

「你為什麼要一直重複我的話？」

我想說弗林特船長的事，但還是算了。問題是我根本不想重複別人的話！

「你打算住多久？」

鞏麗蓮一臉不耐。「怎麼會問這麼蠢的問題？當然是看你多久才能把劇本寫好。你以為我愛住在這破爛的地方？我也不情願，好歹我見過世面的。我待在這裡，天天可以跟你討論，有什麼問題儘管問我，我同時掌控劇本的品質，很多藝術家都需要人強迫，不給你們一點壓力，你們就盡情放飛自己，弄到後來大家都沒好處。」

我都沒答應你住這兒呢！沒等我開口，鞏麗蓮打開旅行箱，取出毯子和睡袋。「我不佔床，也不需要棉被，我都自帶了，你見過哪兒有我這麼隨和的女明星？以前我在攝影棚，還有自己的椅子呢！」

「你不能住這裡，房子這麼小，擠不下。」

「多我一個怎麼啦？我又不胖，不怎麼佔空間。」

鞏麗蓮邊說著，自己到處走走看，東摸西弄的。「上次來沒仔細瞧，現在看看確實有點寒酸。」

「你別翻箱倒櫃的，這裡不是你家。」

「你怕我偷你的東西？你這兒沒一樣我看得上眼的，送我都不要。你把錢藏在哪兒？鞋盒？鹽罐？天花板？不在家的時候怕我發現？我還怕你偷我的錢呢！你瞧，」翬麗蓮打開她的背包，掏出一個信封，從裡頭取出一疊鈔票。「看著沒？銀行的紙帶紮好的，原封不動，一綑，十萬。」

翬麗蓮把鈔票放在桌上，推到我面前。我可不好就伸手去拿，只是傾身瞧一眼，好像瞧那是不是真鈔似的。

「幹嘛還拿鼻子聞，你是緝毒犬啊？這筆錢就當劇本費讓你預支的。」翬麗蓮說。

什麼預支，這應該說是訂金吧！

「你趕緊包好了拿去藏在醃泡菜的甕裡或是縫進床墊底下，免得被我偷走了。」翬麗蓮諷刺地說。

凡遇著錢的事，我就不知如何開口，好像只要談錢，不管怎麼談，談這個東西就不風雅，不斯文，不清高。收也不是，不收也不是，收下了好像被莫名其妙買通，但到底買通什麼也搞不清楚，不收又好似拒絕合作的可能，甚至否定了對方，到底收這疊鈔票意味著什麼，我沒想通。

鑰匙開門的聲音，由果回來了。翬麗蓮飛快地把鈔票又塞回背包。

「這是……Lilian，我跟你說過的，她說她今天起要住在這兒。」我對由果說，又轉過臉對翠麗蓮：「你瞧，不是我一個人住在這兒，還有別人，也得徵求她的同意。」

「我睡我自己的睡袋，我就躺地板上，還不佔你沙發呢！我自個兒上街買菜，自個兒下廚，我洗澡的時候都用香精油，滿室生香，有什麼不同意的？」

本想讓由果來拒絕，誰料由果歡呼一聲大喊：「太棒了，人多熱鬧。」

11.

早上被客廳裡電視機傳來的吵雜聲吵醒，我一看鬧鐘，才七點多。

鞏麗蓮穿著緊身衣在電視機前跳鄭多燕韻律操！

「天啊，現在才七點，老人才會在這種時間做運動！」我大喊。

鞏麗蓮動作沒停下來。「七點怎麼會早？真正的老人都是早上四點多就起來做運動，就算是冬天寒流來襲的時候也不超過五點。」

「這就是為什麼你經常在報上看到老人在冬天死掉！」

我瞄見由果在房間裡睡得跟死人一樣，完全沒動靜，什麼聲音都吵不醒她。

「要不要一起來跳？我打賭你跳不完三十分鐘。」鞏麗蓮說。

「現在還有誰跳鄭多燕？她自己都變成胖子了吧？」我想由果一定不知道鄭多燕是誰。

「那是因為大家都跳不動，包括她自己。女明星都不跳韻律操，你知道女明星喜歡什麼？做瑜伽，我也試過，太慢了，我沒耐性，還有我那個瑜伽老師，說話把字拉得長長的，怪腔怪調，而且一定要用氣音，都不知道為什麼，好像怕別人偷聽到似的……最難的來了，這是高潮，快跟我一起做，這個部分最費勁……。」

我才不會傻到跟她一起做。

「你還年輕，以後你就知道了。我以前屁股很翹，我十六歲的時候屁股就翹得很，是全班最翹的……雖然在那個年代這可沒什麼好驕傲的。」鞏麗蓮說著用力拍了自己的屁股一下，發出清脆的響聲，嚇了我一跳。「那時候用力拍屁股，都不晃呢！緊實得很，現在，就跟豆腐一樣，又軟又鬆。我四十歲的時候穿短褲上街，後頭有人說我的屁股瓣兒露出來了，我竊喜一下，跟著又納悶，我那短褲也沒特別短啊，後來才明白，是屁股肉下垂，都垂到褲管外了。」

鞏麗蓮盯著我的屁股瞧。

「像你這種整天坐在書桌前的人，想跳鄭多燕還跳不來呢，沒幾分鐘就喘不上氣，腿也抬不高，你瞧我這大腿，瘦肉，都繃著，上頭可以碎大石。」鞏麗蓮拍拍自己大腿說。

「誰說我是整天坐在書桌前的人？我小學的時候可是田徑校隊，別的女生都在玩芭比娃娃的時候，我在跟男生比賽吞蚯蚓。」

「噢，那你不缺蛋白質了，我小時候只有青菜豆腐湯可吃呢！」

前一天鞏麗蓮進門的時候我一定是不清醒，我心中萬分懊悔，我怎麼沒有及時把她從樓梯上推下去，並且追憶著自己是如何在每一個曾經可以說不的點上錯失良機。潛意識裡我心存樂觀，以為這是一時的玩笑，但鞏麗蓮顯然神閒氣定，一整日看似悠遊自在，實則緊迫盯人，以至於我不自覺開始裝忙，這一切很熟悉，讓我想起以前和老賈共事那段時間，但老賈那時可不在乎我做什麼沒做什麼，鞏麗蓮相反，假裝不在乎我做什麼沒做什麼，但我知道，我感覺得到，我背後長眼，我不能讓自己閒下來，我常主動解釋我對著電腦螢幕是在查資料，我喝咖啡的時候是在沉思，我聽音樂時是在尋求靈感，我這是為什麼呀？回想到以前住在家裡，父母老嘆息養出一個無一技之長的廢柴，尤其我說我要辭掉電視公司的工作，專心在劇場發展時，我爸一副震驚而且痛心疾首的表情，就跟小時候有一次我踩了滿腳狗屎回家時一樣。

「人生沒有那麼容易。我像你這麼大的時候，沒有這麼天真。」他說。

「這是一個新的時代。」

「每個時代都是一個新的時代，我們那時候也這麼說，但後來什麼都沒發生。」

為了讓父母知道，我很清楚自己在做什麼，並且抱著充分的自信，我每天都賣力呈現一種未來充滿希望的光暈籠罩在我四周，對於受過默劇訓練的我來說，沒有那麼難，你可以讓人相信你面前有一堵透明的牆，有一根繩子拴著你，你屁股底下有一張椅子，你背上背著一具死人在走路，你怎麼不能讓人以為勝利——名氣和金錢的光籠罩著你？

但他們沒有上當，而我演得累個半死。
我爸說得對，人生沒有那麼容易。
鞏麗蓮整天探頭探腦，我只好把房門關著，一打開門，聽見鞏麗蓮在跟人講電話。
「別給我接連續劇，我背不起來台詞，現在年紀大了，記性不好，一背台詞就想睡覺。怎麼不給我接廣告？輕鬆，錢也多。」
因為開著擴音，對方說什麼也聽得到，禮貌和教養令我本能地立刻縮進房間，我可不想做一個偷聽別人電話的人，偏偏我又不自覺把門開著一條縫，坐回書桌前，斷斷續續的聲音從門縫裡飄進來，又令人心癢癢的，站起身來臉趴在門縫上。
「我挑？我挑什麼？還記得你給我接的那個妊娠紋霜的廣告？那時候我才三十二歲，沒結婚，沒生過孩子，大家都知道我沒生過孩子，哪來的妊娠紋！」
「這都多少年前的事了？你怎麼老要提這個！那時候你演一個因為生了孩子被嫌棄的女人嘛！觀眾認同的是劇裡的角色。」
「他們還弄了一個替身，特寫她的肚皮，魚目混珠，讓人以為那肚皮是我的，這根本是破壞我的名譽，我肚皮可光滑了，到現在還是很光滑。」
「那個露肚皮的人犧牲比較大，她沒拿到錢，只拿到幾罐妊娠紋霜，而且沒效。」

「又沒露出她的臉，沒人知道那肚皮是她的。」

「現在沒人有妊娠紋了，都去雷射。」

「你上次提的那個連續劇怎麼樣了？」

「你不是說不接連續劇？」

「不接是我的選擇，接是你的職責。」

「有一個惡婆婆的角色，一到四十九集你都會虐待媳婦，第五十集你會被關進監獄，但在那之前你會先發瘋，然後被車撞死。」

「被車撞死要怎麼再進監獄？或者進了監獄怎麼被車撞死？」

「我也不清楚，編劇有他的本事。」

「聽起來是個戲份很吃重的角色。」

「沒錯，從頭演到尾，有女主角上場的戲少說三分之一也都有你，很久沒碰到出鏡率這麼高的角色了。好幾個演員在爭取，老實說，你勝算不大。」

「為什麼？」

「Lilian，你都五十五了，你只能在大愛電視台演老人癡呆的角色。」

鞏麗蓮不是說她五十一？

「往好處想，反正你也背不起來台詞。」

「那些年輕演員也背不起來台詞，他們根本不背台詞！以前我年輕的時候，還因為忘詞被打過耳光呢！瞧瞧現在他們養尊處優的！」

「有一支髮品廣告，我不知道你會不會願意接。」

「洗髮精？一甩頭烏溜溜的秀髮飄散，或者是定型噴霧？」

「Lilian，想想你自己的年紀！是治療脫髮的，很短，半分鐘的廣告，會不斷重複播出，台詞只有一句，不怕你記不住——女人比男人更怕禿頭。」

「這次也會找一個禿頭女的當替身？」

「說不定還是一個男的，反正照不到臉。」

「人家又會以為那是我的頭呢！我的頭髮可茂密了，我每天都做二十分鐘頭皮按摩。」

「我建議你不要做了，頭髮都給你揉光了。你看不見自己頭頂，老實說，你的髮旋那裡頭髮孿稀薄的。」

「你怎麼看見我的髮旋了？你比我矮。」

「你坐著的時候我不能看？……說真的到這個年紀你不用再計較自己的形象了，沒有人在乎你的外表。只有錢重要，哪怕只有一丁點錢。」

12.

維若妮卡邀請我和由果去參加她的時裝品牌發表會，翬麗蓮說她也去，真不敢相信，翬麗蓮已經在我家待上一週了！原以為只需要兩三天就能打發她，要不是她自己知難而退，要不就是我盡快弄出個大綱什麼的先敷衍她。我太高估自己的才華。

就如維若妮卡先前說的，她先推出飾品的系列，製造出名氣和口碑後再上市服裝，她已有部分服裝成品可以提供我們穿去發表會的派對，翬麗蓮一口拒絕，說一般這種情形是要付錢給她的，她可不會免費替人打廣告。人家根本沒提你呢！由果也說她習慣穿自己的衣服，但你要明白，由果口中自己的衣服，常常是我的。

維若妮卡的品牌叫做「強尼與哈妮」，令人滿頭霧水，哈妮我可以理解，多半就是對訴求消費對象，也就是女性，的一種親暱稱呼，或者是品牌主，也就是維若妮卡本人的形象……雖然維若妮卡不太適合這個充滿少女感的名字，但強尼是誰？

到了現場才明白，維若妮卡的品牌冒出另一位合夥人，一個男歌手，很韓風的花美男。

「那男的是誰？」翬麗蓮問。「現在的新人我都不認得了，打開報紙的影劇版，全都是我陌生的名字。」
「現在根本沒有人打開報紙的影劇版。」我說。
「現在還有報紙？」由果問。
「女的多男的少，沒有意思。」鞏麗蓮四下張望著說。
令人驚訝的是，維若妮卡推出的商品和當初她給我們看的形象影片完全不同，她所謂的個性、質感、風格化全都不見了，被一種濃厚的青春爛漫、花俏的流行感所取代，粉嫩的顏色，亮晶晶的水鑽，卡通圖案，這些東西適合比由果還年輕的女孩。
結果是我穿了維若妮卡的衣服，一件印有香蕉圖案的T恤，別以為我樂意，身為朋友我認為這是一種情義的表現，你不能只是口頭上假裝支持你的朋友，如果我們三人都不肯穿，維若妮卡有點可憐。事實證明我想多了。
「嗨！三位美女！」
聽見背後這個喊聲，我們三個同時回頭，但不是在喚我們，在我們身後有三個二十來歲的女孩，漂亮，纖瘦，妝容、配飾包括帽子、耳環、項鍊、戒指、洋裝、鞋子、包包，一應俱全精美地搭配，完善到像是網拍目錄。因為她們就是網拍模特兒！
兩組人物對比如此鮮明，「天啊，她們好瘦！」由果喊。我們竟理所當然地對「美女」

這樣的稱呼回應，三人頓時有些困窘，皆裝作沒有這回事。
我以為喊她們的是個攝影記者，快門聲啪啪響，原來那是她們自帶的攝影師。
其中有一個女孩跟我穿著同一件香蕉圖案的T恤！
「噢！是香蕉的圖案，好可愛！我最喜歡香蕉了！」另一個纖瘦又漂亮的女孩加入她們，熱情地喊著。
一個彬彬有禮的大男生走過來對著我們微笑。「對不起，可以請你們移個位子嗎？這裡是留給貴賓坐的。」
「我們就是貴賓。」鞏麗蓮說。
「不好意思，你們只有三個人，這裡可以多坐……」
「你怎麼知道我們只有三個人？咱們還沒出手，待會兒一人至少弄兩個來。」
「這裡是留給廠商的。」
為難工作人員也沒意思，我拉著鞏麗蓮和由果離開，我們的座位被讓給剛才那群女模。
「嗨！三位美女！」
再次聽到背後傳來這個呼聲，我們可不上當了，眼神直視前方，絕不回頭。有人拍了我肩膀一下。「幹嘛？耳聾啦？」是老賈。

「能不要這麼誇張嗎？我們三個裡面只有我是美女。」鞏麗蓮說。

鞏麗蓮跟老賈以前見過，並不相熟，不過老賈也知道鞏麗蓮找我寫劇本並且賴在我家的事了。

發表會的節目開始了，那個「強尼」——到現在我仍不知他是誰，在台上演唱歌曲，一開嗓，台下便傳來女孩子們的尖叫，幾位模特兒穿戴維若妮卡的服飾在場中走動。維若妮卡本人穿著粉紅色格紋毛呢外套和流蘇短裙，這身裝扮很像洋娃娃，但顯得有點突兀。

「發表會太棒了！」由果對老賈說。

「看來跟維若妮卡早先描述的不太一樣。」我說。

「現實考量，這正是你該學的。」老賈說。

「那強尼是什麼傢伙？」我問。

「維若妮卡和很多人談過，原先的想法太一廂情願，沒有話題點，後來決定用和他合作的名義來炒作，他也參與設計，他的公司佔有一部分股份。」老賈說。

維若妮卡的決定我無權置喙，但這很出乎我意料，我一直感覺維若妮卡把品牌看做她的個人作品，她怎能容許外人憑空介入，甚至連品牌名稱都插上一腳？

「流行產業訴求的還是年輕人嘛！」

「不都說少子化嗎？年輕人都沒投胎，還指望他們撐市場？我以為高齡化時代來臨，以後是咱們老年人的天下。」鞏麗蓮插嘴。

「哪怕年輕人再少，老年人再多，時尚產業展示的是美，是人心對美的渴慕、崇拜，新鮮綻放的，嬌嫩多汁的。重要的不是誰花錢，消費者到底是誰，時尚的圖騰必須是年輕的面孔，年輕的品味，年輕的喜好。」老賈說。

「『強尼與哈妮』這個名字太可愛了！但是作為強尼的哈妮，維若妮卡太老了。」由果說。由果說得直接，而且就老賈自己說的這番話，由果說的沒錯。

賓客越來越多，屋子裡逐漸顯得擁擠，很多時髦的年輕人到處穿梭，四周變得很吵雜，說話都得扯著嗓子喊。

老賈去給我們每個人要杯酒，鞏麗蓮說她只要果汁。老賈回來時帶著一個人，梁夢汝，我沒想到梁夢汝也會在這裡出現。老賈給梁夢汝介紹鞏麗蓮，梁夢汝見了鞏麗蓮，面露驚喜：「天啊！我們多久沒見了？噢，那真是美好的時光，那時候你多美！」梁夢汝閉上眼，好像在腦中重現當年情景似的。「天啊天啊！我想想……」她說了無數次天啊，「我最後一次見到你的時候……好像是你生日，你瞧，我還有印象，製作人在節目裡給你送上生日蛋糕，我們事先知道，就瞞著你，你好驚喜。天啊！你那時才三十五歲。」梁夢汝掩住自己的嘴。「噢，我說溜嘴了。」

老賈也驚呼一聲，「那不就是……」

被鞏麗蓮打斷：「那不就是前兩天嗎？」

「原來你們早認識了。」我說。

「你這年紀大概不記得，以前的綜藝節目喜歡找個心理專家什麼的，給來賓做心理測驗、人格分析，她那時候是節目御用的心理學家，我上節目老碰見她，淨會鬼扯。」鞏麗蓮說。

「我倒是有印象，夢汝那時在演藝圈還頗受敬重。」老賈說。

「什麼演藝圈？就是幾個綜藝節目，老狗玩不出新把戲。那時候我也奇怪呢，她憑什麼？要說跟什麼製作人睡了也不像，她那個相貌，跟河童似的。」鞏麗蓮說。

「我記得夢汝從芬蘭拿了個心理學博士。」老賈說。

「心理學？她的本事就是哄那些企業家老婆、官太太，教她們怎麼抓住老公。有一次她上美妝節目，還穿一件金色斗篷，說什麼那是當季歐洲最流行的服裝，笑死人了。」

梁夢汝碰上鞏麗蓮，只能一逕翻白眼，我還以為她倆有仇。

「這麼多年了，你一點都沒變，你總是用膚淺的言行來掩飾你害怕思考深刻的事。」梁夢汝說。

「到芬蘭念心理學？」我有些驚訝。

「那裡自殺率高，特別需要這方面的研究。只要沒死，很容易拿到學位。」鞏麗蓮說。

「心理學博士！聽起來好厲害。」由果讚嘆。「我家重男輕女，我媽媽老跟我說女孩子不用唸書，叫我快出去賺錢，拿回來給我弟補習，我一氣就說我偏要念書，其實我超討厭念書呢，每天裝著很愛讀書的樣子，真辛苦，可惜裝也沒用，成績太差。我爸說我只能去當妓女。後來我逃家，被我叔叔抓回來，把我揍了一頓，我告訴他們我得了愛滋病，嚇死他們了，把我趕出去，其實我只是皮膚過敏而已，他們根本搞不清楚，瞧，這就是吃了沒學問的虧。」

「有學問跟文憑是兩回事。」鞏麗蓮轉過臉問梁夢汝：「你的假文憑怎沒被人踢爆？」

「因為我靠的不是文憑，是實力。」

「既然不需要文憑，你還花錢買幹什麼？」鞏麗蓮說。

梁夢汝若無其事地說：「是我的朋友想買，四個人打九折，那時候他們湊了三個人，差一個，我也不好意思拒絕，其實打折下來價錢差蠻多的，還算實惠。人就是有這種心理，以為你討了便宜，沒想花錢買了你根本不需要的東西。」

梁夢汝對老賈嬌嗔：「好熱啊！這裡頭好熱。」

「這裡頭哪裡熱了？是你更年期盜汗吧？」鞏麗蓮說。

梁夢汝裝作沒聽見。

「都忘了跟你介紹，這位高愛莫小姐是知名編劇，她正在幫我量身訂做一個劇本。我本來韜光養晦，雖然戲癮難耐，但好劇本難尋，愛莫小姐年輕有為，寫的東西既深刻又富有創意，她也勸我這麼好的演技別埋沒，我想想也是，別懼怕自己的光芒，愛莫小姐為了我正如火如荼地創作劇本，完全凸顯我個人特色的故事，我馬上要迎來事業的二次高峰。」鞏麗蓮說。

「說得好像你有一次高峰似的。你這個年紀還何苦為難自己？」梁夢汝說。

「愛莫你跟她說說……愛莫是我的影迷，這麼些年對我的作品下了不少功夫研究，最了解我在螢光幕前的魅力和才能，就是愛莫說服我，好演員就該有讓他盡情發揮的好劇本。」

鞏麗蓮說得這麼泰然自若，甚至都沒擠眉弄眼要我跟她配合，好似我理所當然會附和，起先我一愣，接著連我自己都相信她說的這番話。

由果跳下高腳椅，四處轉悠，她發現感興趣的男孩子時會肆無忌憚地停在人家面前盯著他看，即便他正在跟別的女孩子說話。

「那是我前男友！」梁夢汝忽然大驚失色，側過身子，用手半遮住臉。

「前男友？那是你小學時代的事了吧？」鞏麗蓮說。

「你幹嘛怕見到他？你欠他錢？」

「是他欠我錢，我不想讓他尷尬。」

「有錢能使鬼推磨，怪不得有人願意和你上床。……你打了玻尿酸是吧？我一眼就看出來了，不自然，像P圖過的照片。」

「打玻尿酸的人就沒打算不讓人看出來，這年頭明擺著有打玻尿酸那表示混得好。」梁夢汝說。「我活動多，經常上通告，我不能頂著一張臉頰塌陷的老臉。」

「我也拍戲，我都不搞這些。」鞏麗蓮說。

「你還在拍戲？我都不知道，我以為你早就退休了。你都演些老太婆，不用上妝自直接入木三分。不能跟我相提並論，我代表的是事業成功、熱愛生活，過得多采多姿的閃亮女性。」梁夢汝說。

「你的玻尿酸集點卡早都滿了吧，怎麼不拉皮呢？」鞏麗蓮諷刺地說。

「我還真琢磨過。我認識一個前輩女歌手，七十了，嗓子早就不行，在卡拉OK跟一些老頭子老太太混時間，去年她去拉皮，有半年不見人影，回來不得了，看起來像三十歲！」

「有這種事？」

「一下子大家都坐不住了。聽說剛做完的時候挺噁心，恢復期很辛苦，嚇退不少人，但是重出江湖那可叫人驚艷了，以前都穿寬鬆的T恤，大媽穿的那種寬管褲，這會兒穿娃娃裝出來了，跟人家少女穿的款式一樣，你別說她老不修，看著還不違和，一股嬌俏的味道。怎麼樣？動心了吧？」

梁夢汝賣了個關子。「我還在盤算呢，哪知道也才半年多，走樣了！也不叫打回原形，跟以前不太一樣，蠻古怪的，有點怕人。都說拉皮就要趁年輕，大概四十多歲最好，拉了能定型，還好看，老了才做，三兩下就崩壞了。」

「橫豎都遲了，也好，斷了這個想頭，免得你心心念念的。」

發表會的表演節目結束，現場有ＤＪ，播放輕鬆的舞曲，由果在舞台前面跳起舞，只有她一個人跳舞，模樣很陶醉，那看起來令人尷尬，好像嗑了藥似的。

「老賈你去陪由果跳舞吧，她一個人在那兒跳實在太丟臉了。」我推了推老賈。

「我不要，你幹嘛不自己去？我記得你以前也愛跳舞。」老賈說。

「我現在變成了一個穩重的人。」我說。

「這真是我今年聽過最大的笑話。」老賈說。

「讓她跳吧，她本人都不介意，你們操什麼心……不過真是有點辣眼睛，天啊她實在過胖了。」鞏麗蓮說。

「她想引人注意，她希望成為目光焦點，彌補她求偶失利的挫折。」梁夢汝以一種專業的口氣說。

「我二十歲的時候，像這樣的場合裡，一半以上的男性會爭相向我示愛。」鞏麗蓮說著，轉臉向梁夢汝，「如果你這麼老道，何不給你自己找一個對象？」

「我現在的職志是讓別人找到幸福。」梁夢汝說。

由果滿頭大汗地走回來。「跳得真暢快！」

「恭喜，像你這樣跳，體內的毒素排出去不少。」鞏麗蓮說。

「剛才有個男孩子跟我一起跳，跳著跳著他人就不見了。」由果抱怨。

「你不懂怎麼緊緊抓住異性，抓著他們的眼光，他們的心，他們的慾望。」梁夢汝說。

「這方面我可是專家。只要聽我的，沒有到不了手的男人。」

「擒獲男人的第一守則是什麼？」我問。

「永遠別主動跟人告白。」

「都什麼時代了？這是多老舊的想法，女性不能主動示愛？現在的女性跟男人一樣獨立自主，有權利作為追求者。」

「我沒說你不能追求男人。我只是說把事情明白說死，下面就沒戲了，你想跟人談公司合併，上來就抖自己的底價，不是白痴嗎？這甚至不是策略問題，這是邏輯問題，這跟獨立自主有什麼關係啊？」

梁夢汝拉住由果的手。「告訴我，你鍾意哪個男孩子，我傳授你方法，包準你把他弄上手。」「任何一個都可以嗎？」由果問。

「你別聽這個江湖郎中，你想得到哪個男的，聽我的，我演了二十幾年戲，演什麼像什麼，情場萬人迷、穿梭時空的絕世豔姬，我曾是男人心中的女神，春夢的對象，誘惑男人就是演戲，你要演那個會令男人迷醉的女人，你要演得入骨，演得風情萬種，演得讓男人癡狂，死都不放過你。私底下我把演技收起來，平凡人的姿態，演技一發揮，那是國色天香。」鞏麗蓮說。

「真的假的？」由果睜大了眼睛。

「你去把我演過的戲找來看就知道了。」

「豈有此理，談感情怎麼會是演戲？」梁夢汝叫道：「男人有那麼傻？被那麼廉價矯作的表演所欺騙？世界上再也沒有比虛情假意和賣弄風情更令人倒胃口的了。」

「什麼廉價？什麼矯作？你根本不懂表演，表演都是淋漓盡致的真情，那才是打動人的關鍵。你寫的那些裝腔作勢、狗屁倒灶的東西才是虛情假意，倒人胃口。」

「你什麼時候看過我寫的東西了？」

「劇組裡那些女孩子在看，都是些笨蛋。」

「你倆別爭了，都好，都說得對。」老賈打圓場。

「你這個鄉愿的男人，別兩面討好。」梁夢汝瞪了老賈一眼。

「既然妳倆這麼厲害，何不自己出馬？看看你們誰那一套行得通。」我說。

「你別唯恐天下不亂。」老賈小聲在我耳邊說。

「可以！」鞏麗蓮大聲說：「我要給這個大放厥詞的老太婆好看！由果，你剛才說鍾意哪個男的來著？看我把他拿下。」

「你排在我後頭吧！」梁夢汝說。

眾人望向由果，由果伸出手，指了指吧台邊的一個男人。

「黑人？」

「別擔心，我剛跟他聊過，他會說中文。」由果說。

「由果，你去把他叫來，讓我們見識一下兩位大師的本領。」我說。

鞏麗蓮和梁夢汝還來不及回應，由果一溜煙跑了。

老賈搖頭，「真令人驚訝，兩個停經的女人競賽誘惑男人。」

「別這麼說，這個年紀的女人如狼似虎呢！」我說。

「你們交頭接耳在說什麼？」鞏麗蓮盯著我說。

由果把那高頭大馬的黑人男孩給拉了來。

「嗨！我是 Gary。」那男孩說。

「我是 Lilian。」鞏麗蓮說。

「Gary 是模特兒。」由果說。

Gary 的面孔並不漂亮，但身材健壯，人很活潑，面對一群初次見面的人他顯得非常輕鬆，也很健談，中文確實說得不錯。他來台灣兩三年了，想在台灣發展演藝事業。

「Gary 現在沒有女朋友。」由果說。

「之前有的，分手了。」Gary 笑著說，露出一口白牙。「去高雄的時候認識的，去拍片，住在旅館，我跟公司的人住同一間，晚上她跟我睡一張床，半夜裡我想做，房間裡太黑了，我們又躲在棉被裡，我怕驚動另一個人，一急，就插錯洞了，她不敢大叫，但是我那根很大，她氣炸了。」Gary 哈哈大笑。

鞏麗蓮和梁夢汝面面相覷。

13.

我委婉地告訴鞏麗蓮，她住在我家裡對我寫劇本並沒有好處，甚且剛好相反，距離太近使我失去對她的想像力。

「你為什麼要把事情反過來想？你說得好像你本來有想像力，我的存在讓你失去想像力。事實是，你沒有想像力，我的存在能帶給你想像力。」鞏麗蓮說。

天啊！我扯著自己的頭髮，跟曉天抱怨鞏麗蓮嚴重干擾我的生活。

「你記不記得以前我們上表演課的時候，被教導學表演最重要的就是去觀察人。我們總自以為在觀察，在看，事實上沒有，我們沒有在看，我們睜著眼睛但看不見。那些細微的，太理所當然的事物，你輕忽掉，以為無關緊要的，全是最重要的，生命就在那裡面。你看不見，如果你看不見，你就沒有東西可以拿出來，那些足以支撐真實的，是無窮的微不足道，聚集起來的情感。編劇也是，跟做演員很像，你塑造角色，演員也塑造角色，目的相同，都是呈現一個活生生的人。」曉天溫和地說。

「我怎麼看不見鞏麗蓮了？我想看不見都沒辦法呢！你知道她早上佔據廁所多久？她還

用生薑塗牙齒。她成天在找她的護膝，你知道她為什麼膝蓋不好？她跳太多鄭多燕了！有一次她的護膝在我床底下找到，她的護膝為什麼會在我的床底下？而且她堅持我的屁股比她的鬆弛！」

「在我看來這些都是很有趣的細節，凸顯出她這個人物的鮮活，你不覺得這使你更了解她？你太關注在自己身上了，你看不見別人。」

「既然你要跟我談表演，表演最重要的是觀察別人嗎？表演重要的就是觀察、理解、挖掘自己！表演不是假裝成另一個人，表演是做自己，是讓自己跟角色合而為一，是從自己的感受和經驗去尋找和角色的共鳴，因為只有你自己的經驗屬於你，你知道那意味什麼，你能運用它，如果不深刻地探索自己，根本無法做表演。」

曉天嘆口氣搖頭。「我說不過你。」

我承認有時候跟曉天爭辯，並非真的據理力爭，我只是想說贏而已，但說贏曉天一點意思也沒有，曉天總是讓我。

「就看你有沒有意要寫這個劇本了，想寫的話，與其抱怨這些，不如專注在趕緊弄出來。」

「我沒法專注。」我聳聳肩。「或許我在逃避這件事……其實我有幾個點子，想出點子並不難，我都不敢讓鞏麗蓮知道我有想法，我怕她會太興奮，太熱心，一股腦想貢獻意見。」

「貢獻意見有什麼不好？」

「那得是有用的意見，她只會攪局。」

「先入為主，你已經認定她給的意見都是攪亂。」

「欲加之罪！」我無辜地大喊。

「我太了解你了，你根本不願意靜下心，換個角度，試著相信她的意見是有幫助的，你總覺得如果承認別人的意見對，就否定了你自己。」

「我不喜歡被這樣詮釋！」

曉天大笑。「幸虧以前在劇場我們被迫要練習這樣彼此詮釋，不然我也不敢當你的面說這些。」

「別指望我同意你。」

「說說看，你對寫鞏麗蓮的劇本有什麼點子？」

「說了也沒意思，我自己都不怎麼喜歡。我想寫一個很有魅力，充滿了能量，光芒四射的女人……」

我想滿足鞏麗蓮，我承認，我有這種慾望，一種自負，認為我可以做到。鞏麗蓮渴望有一個屬於她的劇本，我懂，那不只是一個過氣演員渴望翻身，那不是為著名利，那是對表演這門技藝的憧憬，對鞏麗蓮這種走到窮途末路的演員來說，也許就是唯一的機會，搆著那種狂喜。

「……但寫不出來，入腦子的都是些討人厭的人物。」我說。

「你總是在描寫你討厭的人，你鄙視的事，你一直如此。你為什麼不試著寫你愛的？」

「我沒有愛。」

14.

樹林裡。不是矗立參天大樹的深山，只是近郊的小丘陵，為了避開明顯的人工修築步道，只得鑽入雜草叢生的山坡。一群年輕人穿著相同的軍綠色襯衫、迷彩長褲，感覺像某種制服，背著步槍，也有人拿十字弓，看來像游擊隊，又像玩叢林生存遊戲。

這是一個曖昧不明的時空，情境、身分，都是抽象的。

排成一列，一邊東張西望，緩慢地進行，突然一聲慘叫，其中一人掉進了陷阱，其他人驚住不動。全是長鏡頭。好一會兒時間——如果有觀眾在螢幕前看，會覺得太久，沉悶，但這消耗的時間感，是必須的，這些人要提防被敵人偷襲，合理地懷疑敵人就躲在附近觀看，他們要等，等到不想再等，才聚攏到陷阱處，朝裡面俯視。

陷阱裡的畫面會切換到近景，過幾天才會拍，掉進陷阱裡的人會被裡頭的竹刺戳穿，有很多血漿，一定要顯得很殘酷、觸目驚心。

當中有一個女孩，相貌秀麗，鄰家女孩的感覺，貌似平實的氣質裡有種莫名的豔麗，二十多歲，還是個孩子。她獨自去尋找水源，在溪流邊——此地並沒有溪流，溪流會另外拍空景；一個中年男子竄出來，她想大喊，他摀住她的嘴。

「別叫，我不會傷害你，我是來幫你的。」

他鬆開手。他看起來很邋遢，衣服破爛、骯髒，一頭長髮，鬍子亂糟糟，黏成一團的瀏海垂在額前，倒有一種帥氣，當然，這是造型上刻意的設計。

「我見過你，記得嗎？」他急切地說。

她搖頭。

「那時你還小，十一、二歲？我一見你就認出來了。」

「你認錯人了，我怎麼可能長得跟十一歲的時候一樣？」

「你現在雖然像個大人了，但你的相貌沒有變。」

「跟我長得差不多的人到處都是。」

「別那麼說，你很特別。而且你的臉頰上有個胎記。」

「那不是胎記，是太陽曬的黑斑。我沒見過你。」

「你忘了，我不怪你。但那時候我們很愉快，我們聊很多事，我講故事給你聽，你也講故事給我聽，我們很快樂，我想念那段時光。」

「我沒有這種記憶。」

「我懂，你有新的快樂取代那些回憶，所以那對你而言不再重要了，被抹煞了。可是對我不同，那是我最寶貴的記憶，後來再沒有過別的更大的快樂。」

「我要走了，夥伴在等我。」

「我知道你們身陷危險之中，敵人在找你們，你們都會被殺死。」

女孩一瞬間露出驚恐的表情。

「你想出賣我們？」

「不，我說了，我是來幫你的。」

「我不相信你，誰知道你是不是敵人。」

「你怎麼能不相信我？這麼多年來我都在等待和你的重逢。」他露出悲傷的表情。「你們迷失在這裡了，你們隱藏自己的恐慌不安，裝作所向無敵的樣子，但你們不知道樹林裡有什麼，還有更多危險的東西。你們也不知道食物和水在哪裡。你需要我，我待在這個樹林裡十二年了，你一定要靠我的幫助才能走出這個樹林。」

「你待在這裡十二年了都走不出去，你沒發現這一點嗎？自己都走不出去，你怎麼幫我？」女孩叫道。

男人愣住了，露出一種難以置信的表情。

女孩把男人帶回她的同夥面前，他們取笑他，他年老而傻氣、瘋癲，他喊道：「你們以為我和你們不同嗎？我也曾經是個詩人，革命家，我也像你們這般狂妄而浪漫，我也恥笑庸俗、懦弱、迂腐之人，你們所自負的，沒有一樣我不曾擁有！」

女孩和男人逐漸產生情愫，他們有一場性愛戲，兩人都上半身全裸，下身穿著膚色內褲，攝影機在樹叢後頭，視角彷彿有人躲在樹林中偷窺。

曉天居中牽線，一群電影科系學生用我的劇本拍攝畢業作，曉天跟他們很熟，找了一天一起去觀看他們的拍攝情形。

我沒讓曉天介紹我是誰，他們不知我是編劇，只當我是曉天的朋友。他們也不太在乎我是誰。故事中的年輕人進樹林是為了擊殺游擊軍領袖，但沒有人見過那位領袖的真面目，傳說中他驍勇善戰，殘酷又貪婪。人物幾乎都沒有具體名字，年輕人分別以英文字母為代號，女孩是字母A，中年男人叫做「蟾」，游擊軍的首領被稱為「山魈」。

飾演A的女孩對於眾目睽睽下光著上身並不感到彆扭，但對蟲咬以及皮膚被蘆葉割傷頗有微詞，至於導演，他對兩人的性愛到底要呈現一種什麼樣的情感氛圍似乎拿不定主意。他指揮著他們試著採取不同的姿勢，攝影師也有自己的想法，他堅持鏡頭根本不要拍到男的，而始終追隨著女孩胸部的特寫。旁邊有兩個男孩也出意見，他們覺得男人可以打女孩的屁股，但所有人都認為這個點子背離故事想表達的精神。

飾演蟾的演員貌似其他人的學長，大家叫他竹子，他很瘦。畢業多年了，零星參與一些電視劇的臨時演出，這使他頗得意，自居高人一等，但也才剛滿三十歲，而蟾這個角色是五十歲的中年人，三十歲的小伙子老氣橫秋、裝模作樣地扮老，十分令人發噱，本來是個悲劇性的人物，卻時刻讓人有搞笑之感。他花了相當心力蓄鬚，但先天屬於體毛稀疏零落之人，不得已貼了假鬍子。頭髮倒是真的，負責造型的人給他倒了些嬰兒油在頭上，原是為了營造黏膩糾結之感，結果卻閃著亮光。

竹子不斷抱怨他無法進入這個角色。

「我一直出戲，很難進到角色裡。」他說，「這個人物沒法說服我。」

他的態度令我有些不快，雖然他的埋怨好似並未針對誰，畢竟，演員無法掌握角色，是你自己的問題吧？但那種負面情緒令在場者有冒犯感，至少我這麼覺得……還是我太敏感？

「你應該表現出裝瘋賣傻的樣子，而不是看起來像真的神經有毛病。」導演說。

「裝瘋和真瘋的差別在哪裡？不，我不是說我不能表現出裝瘋和真瘋的不同演法，你沒弄懂我的意思，我是說，他裝瘋和真瘋，在這個故事裡，意義上的差別。」竹子說。

「我不想讓意念先行，我希望能跟隨角色的內在生命，你為何不能專注在角色的內心，自然地表現他的複雜性？」導演說。

竹子哈了一聲。「這個角色確實複雜，複雜得莫名其妙，這個編劇一定是嗑藥了。」

我正想發作，曉天按了按我的手。

我想說，不管你裝瘋也好，真瘋也好，你都會在很多不經意的時刻閃現一種真誠，那真誠不是矯作的，是自發性的，來自於活生生的情感反應。就是那種真誠透露了人物深層的面目。蟾這個人舉止很怪異，他既不是裝瘋也不是真瘋，他是一個被現實磨損掉，放逐了自己的人，他起先是鄙視社會化，後來是失去能力把自己包裹在理性的偽裝裡。

但輪不到我來解釋，儘管劇本是我寫的，交到導演手裡，他有完全的權力照他的意思去詮釋，或者再造，我不便越俎代庖，也不覺得有必要。我只是不爽快而已。

「小美把衣服脫光，把你的臉塞進她的胸部之間的時候，你要推開她，轉開臉，然後把她轉過身背對你。你要逃避她的身體，甚至她的臉，因為你的記憶裡還留有十一歲時的她的印象。」導演說。

小美是飾演A的演員的名字。

「所以我說這一切沒有邏輯嘛！他到底是不是戀童癖？」竹子說。

「他是不是戀童癖不重要，我們要表現的是這份愛的存在。愛的純粹，不要貼上任何標籤。」

竹子露出不屑的表情。顯然他不太把這個小學弟導演放在眼裡。

「哇喔，他該不會以為自己是這片的卡司吧？」我說。

「你小聲一點啦！」曉天說。

原以為劇本會被大幅度改動，但就我看到的部分，儘管導演用他的個人巧思做了不少現實的轉化，但故事的陳述幾乎沒有離開劇本原意。

不知是否學生畢業作的緣故，拍攝過程充滿散漫、不確定也無所謂的氣息。這天的拍攝結束後，大夥一起去熱炒店喝啤酒填肚子。

15.

知道我是編劇以後，那導演顯得有些羞赧，其他人則沒什麼特別的反應。

「多謝曉天哥介紹給我，我很喜歡這個劇本，它就是我最想拍的那種類型，我跟曉天哥有一次聊到，他就說你可以看看這個故事。」那學生導演說。

我是不是該表現得欣喜，我不確定。我好像該答「謝謝」，但我為什麼要謝他？

我自然好奇他所謂的「最想拍的類型」是什麼意思。當初曉天跟我提這回事，我沒怎麼在意，我甚至都忘了他那時怎麼說的了，我唯一關注的重點只有，學生嘛，沒錢，沒錢就算了，不計較。

「它很抽象，充滿隱喻，它很不現實，又在每個情節裡展現出多重的可能性，以致於能夠更多層次地反映現實。現實不是單一解釋的，也不是表象的東西。」

「你不喜歡寫實的故事，你沒辦法表現得精確，所以你找一個怎樣都能自圓其說的方式，這很狡猾。」竹子說，一副他很懂，但不以為然的模樣。

竹子說話的對象雖然是導演，但我總覺得也同時攻擊了我。我第一個反應不是就他這個論調進行反駁——跟他辯論這些根本是對牛彈琴！我幾乎脫口而出的是，先反省一下你自己的演技吧，慘不忍睹！

「就蟾這個角色來說，竹子顯得太年輕了。」曉天含蓄地說。

「沒關係，這部片幾乎全用遠景和長鏡頭。」導演說。

「如果你這麼愛用遠景，根本不用浪費我那麼多時間，臉都看不清楚，找個替身就好了。」竹子說。

導演並不是偏好遠景，而是你的演技太差了，只好用遠景掩飾，我真想這麼回擊！

「遠景不代表不能展示可識別的身體語言，甚至剛好相反，即使是動作最小乃至於靜止的身體姿態也反映了一個人獨有的氣質。」曉天說。

曉天說話不疾不徐，光是他那種穩健就佔了上風，這令我很滿意，在旁不停頷首。

「我實在受夠了這些樹林子裡的戲了，我期待最後一場，當初看到劇本，我就是被最後一場戲打中，超讚的，這個故事可以得獎，小牛也是這麼想的，對吧？」小美轉臉對她那導演同學說。

「嗯，雖然只是學生作品，不代表沒有實力，說不定拿個新人獎什麼的，國際獎項。」另一個年輕人插嘴。

「我以為我們可以先拍最後一場戲。」小美說。

這個故事幾乎全發生在樹林裡，只有最後一個場景，在光明几淨，一片白色陽光灑進的室內，女孩同她的心理醫生說話。

女孩擊殺游擊軍的首領「山魈」失敗，反被逮補，山魈原來是一個肥胖的中年婦人，蟾跑來營救女孩，雖然殺死了許多游擊軍，卻還是被包圍，山魈譏諷他，她看見他和女孩做愛了，但女孩根本是他的親生女兒！山魈要把女孩處死，蟾表示他願代替女孩。蟾對女孩說：「我是愛你的，無論要付出任何東西來交換的愛，包括我的靈魂。一切，一切都微不足道。」

女孩面無表情。

「她會忘記你，這些都將如同未發生過。」山魈說。「事實上，這些本來就沒有發生。」

女孩同心理醫生說完話，母親在外頭等著接她一起回家。母親也由演山魈的演員飾演，她提醒女孩要按時吃藥。女孩抱怨，自從開始吃藥，她總是忘記很多事情。

「我覺得這個故事很富有政治寓意。」一個年輕人說。

其他人紛紛頷首、出聲表示同意。

「但它的解讀方式太曖昧了，我認為應當加入更明顯的暗示。」

「對，儘管所有事物都很抽象，很村上春樹……」

什麼村上春樹！胡扯！

「應該說，很卡夫卡。但那樣太晦澀了，當今這個時代，我們可以更勇敢地表達。」

謝謝，這並不是一個「懦弱地表達」的故事好嗎！但所有人都因他這句話激動起來了，爭相表示他們希望在這部片裡加入更多明確的政治議題。

「不能反映當前的社會和政治問題的藝術，既沒有責任感，也沒有價值。」有人說。

「你知道彭力・雲旦拿域安有一部作品《宇宙的最後生命》，淺野忠信主演的……」我說。

「淺野忠信是誰？」有一個人出聲插嘴。

「滾！」我大聲說。我可能有點喝醉意了。

「淺野忠信演一個寡言，有點自閉，對生命感覺荒蕪，殺人又企圖自殺的人，他邂逅了一個女孩，一切平淡、瑣碎、安靜，卻彷彿找到救贖的出口，他們可以有新的開始，然而在他回家拿東西的時候，仇家追殺來了，他在廁所裡拉屎，他們不知道他在，他原本可以平安逃過的，但他有潔癖，他是個整潔強迫症，他就是想按那個馬桶的沖水鈕，他無法制止自己。」

所有人都瞪著我，臉上是一種等待，或者，期待？

期待什麼呢？期待故事的結局，或者，我為什麼要說這個故事？

「因為人都有各自的非如此不可！他媽的，每個人都有自己的強迫症，說得好聽叫原則，它一點都不神聖！你懂嗎？你可以為之付出生命，你可以犧牲愛，犧牲你靈魂的出路，犧牲一個愛你的人在彼方等待，就為了你一定要給馬桶沖水。」

不知道為什麼大家還是安靜地瞪著我，張大了嘴，似乎聽不懂我在說什麼。

「沒有哪一種堅持比較偉大，去你的！」我說。

曉天朝我眨眨眼，「愛莫，你跟他們爭就顯得計較了。」

「因為跟他們相比，我是個老人，我腐化了，我的頭腦陳舊過時嗎？我告訴你，我比他們更像孩子呢，我是小飛俠彼得潘！」

只有面對曉天我才說這麼幼稚而意氣用事的話。

「蟾是A醬的父親……」有人說。

A為什麼變成A醬？

「父親永遠象徵著威權，但顯然他並不是，女性的山魈才代表威權，但山魈不代表體制，樹林是化外之地。」

「山魈的軍隊有嚴酷的紀律，體制中個體沒有面目，只是維繫組織運作的工具，那就是體制，不管它在哪裡。」

「我們這個劇組也有紀律的。」

「我們沒有好嗎？我們在這兒是平等的，沒有誰服從誰，聽令於誰。」

「所以我們進度大落後，而且嚴重超支。」

「超支？我們一毛錢也沒拿啊，我還聽說有贊助商。」

「什麼贊助商？」

「一些竹炭襪，穿了不會腳臭。」

「我想知道亂倫這件事屬於佛洛伊德，或者是影射中台、台美、台日什麼的？」

「我喜歡亂倫這個點子，很希臘神話，或者哈姆雷特。」

「哈姆雷特沒有亂倫。」

「噢，我弄錯了。但他叔叔娶了他母親，他的恨意也許是出於對母親的慾望。」

我懶洋洋地看著他們你一言我一句，為什麼電影已經開拍了，大家還在討論這些東西？可能有人讀穿我的腦袋，對著我說：「你大概不習慣我們這樣的談話吧？我們這一代很擅長思考，我們總是這樣談論事情。」

我點頭，面無表情地說：「喜聞樂見。」

「你覺得呢？和你的想像有很大的不同吧？」導演小牛問我。

其實我不太關心這件事。「我不去現場看拍攝的，這是第一次。」我說。

「你還有別的劇本被拍過？」竹子顯得很驚訝。

「為什麼這麼問？」

「我以為你的劇本從來沒有被拍過，誰會想拍這種東西？」

「愛莫也寫一些電視偶像劇。」曉天說，「但不是她一個人寫的。」

「原來你也寫那種東西。」

「討生活啊！並沒把那當作創作。」

「但那還是來自你的思考，你的想像，你的……總之是從你的筆下出來的。」另一個人說。

「有眾人討論過的大綱，照著寫就行了。」

「眾人討論的時候你也參與吧？」

「當然。」

「那就對了，還是有你的想法。」

「我說了那只是一份工作，打工，就跟在餐廳端盤子一樣。」

「那麼你為何不去餐廳端盤子？」

發問此起彼落，我弄不清誰是誰，但我有點惱怒。「我為什麼要去餐廳端盤子？」

「所以你還是覺得寫三流劇本容易賺，輕鬆，至少跟端盤子比起來。」

「也不一定是端盤子，去加油站或者便利商店之類的。」另一個人說。

「那些地方現在都用年輕人。」有人替我回答。

「寫三流劇本並不容易賺，也不輕鬆。」我耐著性子說。我真的好欽佩自己的耐性，以及現在的我的成熟度。

「那麼你為何要接受？我以為你是那種堅決不寫違背自己心意的東西的人。」

我不想發脾氣，那樣很傻，但我想不出更莫測高深的態度，或者我假裝肚子痛告辭？

竹子突然說他有個點子，應該有一樣東西，是蟾與A醬間的信物，A醬一直戴在身上，這讓她明白蟾確實是她的父親。小牛說竹子提過這件事好幾次了，但他不希望有這麼刻意的東西。

「刻意？怎麼會刻意？電影裡一定要有這種象徵性的事物，影評才會討論它，大家都想解讀那意味著什麼，那會是電影的核心。」

「你覺得用什麼信物好？一個打火機？我有一個打火機上面刻著台灣地圖。」

老天！

我跟曉天離開的時候，這群人還一點要散的意思都沒有。

事實上我跟曉天一面走，也繼續聊著這部片的話題。

「我原來寫的版本裡，A和蟾發生性關係是因為壓力，生命受到威脅，緋緊的神經，對死亡的恐懼，性愛是一種發洩，或者藉由那份快感暫時地轉移注意力，但他們卻處理成她對他產生了一種溫柔的情愫。」

「那樣不好嗎？很明顯的你創作這個故事處心積慮想讓觀眾同情蟾這個人。」

「是啊，正是這個理由……不過到現場看拍攝，你知道我有什麼樣的心得？根本不需要在劇本上絞盡腦汁地下功夫經營角色能如何牽引觀眾的情緒，演員的長相就左右了觀眾要不要愛、同情他，怪不得偶像演員決定票房，有些人一雙眼睛生得就讓人心碎，有些人站出來就欠扁，一開口站就讓人巴不得下一分鐘天上掉下鳥糞噎死他。」

曉天大笑。

「還有一場戲，A在山裡殺了一個人，她隱瞞了這件事，她殺他的時候他手上沒有武器，但正因為他沒有武器她才殺他，因為這樣她不會陷入危險。他們把這場戲刪掉了。」

「你自己也不知道殺人是什麼感覺。」

「我為什麼要知道？沒有人關心，沒有一個觀眾在螢幕前看見角色殺人的時候，想搞清楚殺人究竟是什麼感覺，不，甚至沒有人關心現實裡有人被殺時，他媽的所有涉入其中的任何一個人是什麼感覺。大家都裝作很在乎的樣子，得了，人只在乎自己。」

曉天望著我，面帶微笑。「瞧你激動的。」

「才沒有。」我一撇嘴，下巴抬得高高的。

「你不覺得看他們拍片，會想起以前我們排練、搞劇本的情景？彷彿從他們身上看見自己當年的影子。」

「從他們身上看見我們的影子？你是不是腦子被門夾到？」我吃驚地說，敲了敲曉天的頭。「古曉天我真是看錯你了！」

「愛莫你真是一個被寵壞了的人。」

「我？被寵壞？」

「自戀的人都是被寵壞的。」

「被誰寵壞？」

「被你自己。」

曉天說他還得回公司。

「這麼晚？都十一點了。」

「今天還有好多資料要整理，明天波士頓那邊的人會過來。」

「為什麼？你的英文很差的啊！公司裡其他的人都死掉了嗎？」

「因為我是負責這個案子的人。」曉天臉上有點無奈的表情。

「怎麼不早說，今天就不要來了。」

「來了也很好，你不覺得小牛很有想法，但他始終不想背離你的故事的原意？」

「我該高興嗎？他有他的自由，我不在乎他要不要遵循我的原意，我的原意是什麼我也不知道。」

「你只是裝作不知道。」

「好像你很知道似的。」

曉天顯得很疲憊，雖然我倆一整天只是置身事外的閒人，但旁觀拍戲也是很累的。

「公司裡的事都好吧？」

「還行。」

「你喜歡這份工作嗎？」

「不討厭，也算能發揮我的才能。雖然都在服務客戶，往往違反自己的想法，費勁去說服別人不是我的個性，很傷神，明知行不通的事也得走下去，早就預知的災難發生，人家還怪到你頭上，但就算愚蠢的想法，硬著頭皮完成了，客戶高興，還是有成就感，你說做人是不是很可悲？」

「不然呢，人活著說什麼完全的價值獨立，根本是瞎扯……不過曉天，跟表演比起來呢？你更喜歡表演吧？」

「當然啊！」

「你花在公司的事情上的心力越來越多了。」

「有什麼辦法呢，總得賺錢嘛！我都三十五歲了。人老了還不顧及現實淨做喜歡的事情，並不會顯得很酷，再過個幾年，唯一能證明你沒白活的不是你有理想，而是你有一份可以養活自己的工作。何況，我是個男人，我不會只替自己想。」

「我是個男人」這句話從曉天嘴裡說出，讓我覺得很古怪，某種程度上就跟我說「畢竟我是個女人」一樣。

16.

半夜有人把我搖醒。若非入睡時帶點酒意，都不知自己怎麼失去意識，因此乍醒有種不知今夕是何夕的茫然，不給嚇死才怪，一睜眼半空中就是鞏麗蓮一張臉。「有人來找你。」外頭天還黑著，呆了半晌，看看床頭的鐘，兩點半，這時候有人來找我？

「是個女的。」鞏麗蓮平靜地說，但顯然她既好奇又不懷好意。

我披上外套走進客廳。

是之前有一次連打好幾通電話給曉天的那女人，沒想到本人跟手機裡的頭像長得一樣！我自己的頭像都弄得比真人好看多了。不過她樣貌氣質比頭像年輕，我以為是跟曉天差不多年紀的人，現在看來大概才三十歲。

「我是曉天的同事。」她說。

怪不得會一直打電話給曉天，原來是為著公司裡的事情。不知為何我恍然大悟之餘，有種鬆口氣的感覺……我為何要鬆口氣？

「你電話沒開機，我只好跑一趟。曉天有件外套忘在你這兒，口袋裡有隨身碟。」

「曉天怎麼不自己來？」

我問這話也理所當然吧？但那女的聽了卻露出很不高興的表情。想想也對，曉天大概為了明天的會議忙得分不開身。

「曉天累壞了，我讓他小睡一會兒。」她說。

為什麼她這話帶著指責的意味，干我什麼事啊？

我去找曉天的外套給她。

原來曉天把他的軍綠色夾棉外套忘在這兒了，因為我也有一件相似的外套，根本沒注意到。我拿著夾克走出來，一面搜著每個口袋，這外套的設計，上下總共有四個方形口袋，裡頭果然有一個隨身碟，我把隨身碟取出，要遞給曉天的女同事，她卻一把將整件外套拿了去。也對。

轉身走到門口，突然她又回頭，眼神犀利地盯著我。

「你跟曉天是男女朋友嗎？」

「當然不是！」我說。

貌似這答案是她意料中事，因此毫不猶豫俐落接著我的話說道：「既然沒有這個心，麻煩你放過他好嗎？」

我愣了一下，露出痴呆的表情。

「我不明白你的意思。」

「總之，請你別利用曉天，可以的話，離他遠一點，對彼此都好。」

我利用他？這傢伙有什麼可以利用的啊？再者，對彼此都好是什麼意思？

「我跟曉天很合得來，彼此都很理解對方，興趣也相投，工作、個性，都有默契，我喜歡曉天，這沒什麼好隱瞞的，他對我也很好，本來我們可以成為理想的一對，但就是有你，我搞不懂你的存在是什麼意思？你對他沒這種心，又老想讓他很在乎你，你不覺得太自私了？」

噢，原來如此。

「但我想知道為什麼你不喜歡曉天？」

我雖有剎那猶豫，還是衝口而出：「曉天是同性戀啊！」

她露出不可置信的表情，如果這是一部電影，現在一定是她的臉部大特寫。

17.

由果接了一部電影的演出，導演是段培安，有點事出突然，但也不奇怪，從醫院回來後，經常聽見由果在電話裡嚷：「你要對我負責！我不只身體受創，心理也受很大的影響，好久都接不到工作。」

你本來就接不到工作吧！

段培安要為由果摔車那事負起責任，邏輯上根本說不通，但不知怎麼就讓由果給洗腦了。由果很會把自身的各種問題丟給段培安，她陷入的困局，她的無助，全都很真實，很迫切，很惱人，不知怎麼的，段培安就掉進這種莫名其妙的道德勒索，全世界只剩他能救由果，這是他的能力，且是他的責任。

當然一方面段培安也為了解決他自己的問題。這部延宕已久的電影必須即刻開拍，否則資金都會被抽走，還欠一大筆債，光利息他都付不起，他就完蛋了。原本演由果那個角色的女演員臨時退出，其實那角色戲份不多，儘管她是劇情後來進展的導火線。

故事敘述住在二樓的男子發現對面一樓搬來一位年輕女性，從他的陽台柵欄的縫隙，竟然可以窺見女孩的臥室，他用手機的望遠鏡頭偷看女孩的一舉一動，意外錄下女孩和男友做愛的畫面。

這男人是個不特別好也不特別壞的普通人，在一家老人社區大學擔任行政部門主管，做事有條不紊，待人和善親切但又有些冷漠，既非道貌岸然，也不輕浮活潑，大抵看來沒什麼毛病，卻連自己都不明白為什麼著了魔，他用偷拍的影片威脅女孩和他發生關係，女孩後來把這件事告訴男人的未婚妻。

飾演男主人翁及其未婚妻的都是演技派演員，電影的主力放在男女主角間原本平穩的關係如何被衝擊、毀壞，人與人之間的信賴，包括人對自己的信賴，以及對生活常軌的信賴，是如此脆弱，如此輕易碎裂，而彌補的努力是多折磨人。女主角是三十出頭的氣質女星戴君凝，得過不少獎項。

至於年輕女孩這個角色，原本是一位新近竄紅的模特兒演出，但她拒絕裸露，合約上本來也註明不接受任何裸露上鏡，連替身代為裸露也不行，最大極限是露出肩膀。段培安不知打什麼算盤想玩弄某種形式魚目混珠，後來卻改變主意，希望演員能真的裸身上場，當然是癡人說夢，他以為有辦法用他的藝術價值來說服對方嗎？開玩笑！

拒絕裸露也就罷了，那女模特兒還公開表示，段培安的電影根本無法發揮表演的魅力，演員對段培安來說只是成就他個人風格的工具而已，細數段培安過去的電影，捧紅哪個演員了？誰說演員演得出彩了？沒有，只討論段培安的藝術。演員還被耍得團團轉，做一些落人笑柄的事。

由果可逮到機會，那女模特兒介意的事，她都不介意。

在段培安的構想裡，這只是個客串角色，他甚至打算所有她的畫面都是遠景，從頭到尾都看不清楚她的臉。這真不怪那女模特兒不高興了，而這的確很段培安的作風，他特別喜歡把故事裡看似重大的事件拍得很淡，很模糊，很輕飄飄，去對比其他形成了全部重量的日常，後者是一點一滴被腐蝕掉的，儘管它的崩壞看起來像鐵達尼號沉下去那樣突然而巨大。

女孩這個角色，說白了誰演都一樣，我不知道當初找那女模特兒是什麼考量，或背後的牽扯，總之，人家不玩了，由果想上場，表明了全力配合，還不合段培安的意嗎？

「由果，這可是你摔斷一條腿換來的機會，要是後頭剛好有車開過來，你早就歸西了，說是拿命搏來的也不為過。」

「那時候可不知道後頭有這種好運。」

由果的心已經飄飛到她因為演出這部電影而爆紅，各種邀約應接不暇，走到哪裡都被簇擁，機場有大批粉絲迎接的畫面。

「我最近老傷腦筋要穿什麼走紅毯。」由果說。

「你會不會想得太多了？」我說。

「難道你們不曾想過自己走紅毯的時候要怎麼打扮？」

「我有。」鞏麗蓮說。

「其實我也有。」我承認。

「就是嘛，大家都會想這個問題。」

「我想走奧黛麗赫本那種風格，別說我老派，那是經典。」鞏麗蓮說。

「我本來打算穿長褲，後來覺得裙裝加上馬丁靴也不錯。」我說。

「我要穿一件連帽斗篷，一敞開，裡頭光溜溜，陰毛剃成『請點選這裡』……英文要怎麼寫？鏡頭都會 zoom in 在這裡大特寫，雖然畫面無法同時帶到我的臉，但一定是新聞焦點……騙你的，我想穿顏色鮮豔的洋裝，裙子到大腿那裡，感覺很隨性，好像夏天去海邊玩要時穿的。」由果說著，捧著臉蛋喊：「天啊，頒獎典禮怎麼不快點，我好期待。」

「走紅毯的衣服我早就買好了。」鞏麗蓮說。

我和由果一陣驚呼望向她。

「二十年前就買了，一件大露背的黑絲絨洋裝，很優雅，一次都沒穿過，應該穿不進去了，那時候很瘦。後來又買了一件粉紅色亮片的美人魚裙，那亮片在燈光下會反映貝殼般的彩色光輝，就像鱗片一樣……價錢倒不是太貴。」鞏麗蓮說。

「女明星走紅毯的衣服都是品牌贊助的，穿完還得還回去。」由果說。

「還要還回去？那像卡麥蓉狄亞，安潔莉納裘莉她們，也要還回去嗎？」我問。

「你可以問問她老公……前夫啊，你不是和布萊德彼特很熟？當街勾肩搭背，還互彈臉頰什麼的。」鞏麗蓮說。

「噢，原來這件事現在大家都知道了。」我說。

儘管由果顯得興奮又陶醉，鞏麗蓮毫不留情地潑冷水。

「你又不是女主角，你連配角都算不上。插花的角色，用處只是脫衣服。尤其這種自以為是，腦袋不知在想什麼的導演，拍的時候你以為感覺很對，賓主盡歡，上片才發現你的部分被剪光光。」

「不會的，我有預感，這部電影會是我演藝生涯的重大突破，我的人生就從這裡開始改變。以後我要紀念這個日子。」

「哪個日子？」

由果聳聳肩。

我心裡同意鞏麗蓮的話，但卻不好說出來，我還是挺鄉愿的一個人。由果對任何事都很一廂情願，一廂情願到旁人想要笑話她都自討沒趣，只能由她哪一天被現實打醒，認清自己的傻氣，我和鞏麗蓮看到的結局和由果的想像完全不同，戲殺青了，不知道何時上片，上片以後就小眾圈子討論它，可能有些評價不錯，習慣送花籃的，或不知道是誰的文青，另一些標榜自己眼光不俗的就說這片在段培安的作品裡只能算普通，他大概江郎才盡了……之類的，至於由果，跑宣傳的時候——再怎麼乏人問津的片子臨上片還是跑宣傳的，會有採訪，搞不好還談了些商業活動，她會有錯覺，自己受到注意了，其實沒有，根本沒人談她，或者，有兩三個人談她她就以為滿城議論，叫做轟動了，最後是船過水無痕，沒有後續，跟她從未拍過這部電影一樣。

男主角運氣好說不定還得到提名，但也只是陪榜而已。

18.

打從曉天的女同事來家裡，之後有好一段時間沒跟曉天聯絡，雖然平常與曉天不管有沒有理由得空便閒聊，但曉天工作忙，有時猛然發現他有一兩週沒音訊也不奇怪。

突然收到曉天訊息，說他要到波士頓待上三個月。

「和波士頓那邊合作的業務是長期性的，老闆打算在美國開分公司。」

我跟曉天見面，挺驚訝這才多久日子，他竟看起來瘦了不少。

「該不會你要調到那邊去吧？」我哈哈大笑。「你跟老外要怎麼溝通，用心電感應嗎？記不記得你以前還想練習用念力彎曲湯匙，根本行不通。」

曉天沒笑。

「其實現在的翻譯軟體是很好用啦！只是翻得對不對你都不知道呢！」

曉天似乎心不在焉。

「那個，晴恩那天去找你……」

「晴恩是誰？」

「我同事。」

「原來她叫晴恩啊！」真不曉得為什麼我的語氣要酸酸的。「莫名其妙還把我罵了一頓。」

「別理她，她不是惡意的，其實是個好人。她跟你有點像，嘴上耍狠，其實性子很天真。」

「我跟她很像？說這種話可是一次得罪兩個人。」我瞪了曉天一眼。「她很關心你。」

「那是她一廂情願。」曉天有點不耐煩。「她是個心裡有什麼說什麼的人，感情藏不住，也不想抑制自己。」

「她喜歡你。」

「但我不喜歡她呀，我跟她說得很明白。」

「就是，我告訴她你是同性戀，我也沒管說出來是否恰當，只覺得她應該要知道。」

曉天愣了一下，很驚訝的樣子。「你真的這樣想？」

「不然呢？」

「我以為你跟晴恩胡說呢，你這個人有時候說話有點瘋瘋癲癲。誰跟你說我是同性戀的？你怎麼會這麼想？」曉天一副快昏倒又莫可奈何的表情。「我真不知道該怎麼說你，愛莫，你真天才！」

「可不是？我小時候做智力測驗，結果顯示我的智商很普通，我很確定那個測驗不準。」我說。

「你正經一點。」

「我很正經啊！」

「我不是同性戀。」

「呃，有沒有可能你自己沒發現？」

「愛莫，我是很嚴肅在談這件事的……如果你真的這麼想……你為什麼會這樣想？你什麼時候開始這樣想的？」

為什麼？被曉天這麼一問，我反倒糊塗起來。

什麼時候開始？應該有個開始嗎？也許有，但我沒注意到。

「算了，沒關係，我也不想追究了。」

「你為什麼要一副好像我犯了大錯的表情？」我有些不高興起來。「身邊的朋友，難道每一個我吃飽沒事都要去猜他們的性向？干我什麼事？我不在乎。你呢？難道你是凡事要先給人貼標籤的那種人？人家不說，我也不猜，或者我心裡猜，橫豎彼此到死彼此都不知道猜錯，又怎麼樣？我不喜歡人跟人在一起有性和愛的壓力，我跟你那麼親近熟悉，如果要夾雜著是不是會彼此喜歡、有多大的肉體吸引力，豈不是太困擾人？」

「所以你為了你自己的方便，為了你自己的自在，認為我不應該喜歡女人？」

「我怎麼認為那是我心裡的事，又不礙著你。」

「怎麼不礙著我？我問你，你跟我在一起，是因為你以為我不喜歡女人？那麼現在你知道事實並非如此，我們還能像之前一樣？」

「不能。」

曉天露出不可置信的表情。

「我說了，我不想要兩個人之間相處有著性或愛的可能的壓力，我的腦子沒有空間做這些盤算，哪怕只是偶爾一絲一縷跑進來，我不要顧及、猜疑這些。」

和曉天剛認識的時候，其實彼此是有一種好感的，因而也發生過幾次性關係，但卻是沒有欲望更進一步往下走的好感，也許我認為可以不去探究，但人們總是容不下不去探究，人跟人的關係非得先有預設好的框架，不把自己往那裡頭塞不行。

曉天不曾對我用指責的口氣說話，因此他那種震驚和失望的態度使我起了防衛機制，變得很帶刺。

「愛莫，我們在一起很快樂，不是嗎？我們那麼熱愛彼此分享，我們從不擔心相處的時刻有冷場。」曉天說。

「所以呢？」

我看著曉天嚴肅專注的眼神，突然意會到，一直以來曉天和我用著不同的心態在看待我們之間的關係。

「我不想要這樣。」我說。「我跟你一直相處得很好，就像你說的，很快樂，為什麼跑出一個晴恩，就得定義我們之間的關係？人跟人不是為了去屈就、迎合、把自己塞進某種定義裡而活著的。我跟你不是薛丁格的貓，處在不是這樣也不是那樣的曖昧不明，然後砰地盒子被打開，要麼死要麼活，如果非如此不可，那就算了，我不想把我們『變成』情侶或者什麼。」

「愛莫，我太了解你了，你總是想保持一種隨時可以抽身的姿態，這就是你的作風。」

「什麼抽身？我不在你的故事裡面，我不在任何人的故事裡面，如果我不在裡面，何來離開？」

「我以為我的態度一直很明白，我一直很看重你，把你視為我的生活裡不可取代的、珍貴的部分，你不會感覺不到。」

我也喜歡和曉天在一起，但那不一樣。

「為什麼你不能，換個想法？為什麼你要把感情，把牽絆想得那麼負面？」

說來說去，我必須要承認、接受我們其實是，應該是，或者從現在開始可以是，一對情人？我很不喜歡被逼著要把事情說白，因為這麼說很傷人。

「因為你不是我喜歡的那一型！」我說。

我希望氣氛能輕鬆一點。

人跟人的關係如果要涉及感情，要去顧及說什麼做什麼不傷害到對方，實在太辛苦了。

「理由是？」曉天變得很固執，這令我很不高興。

「因為我比較喜歡有男子氣的男人！」我大喊，「我不想要一個那麼敏感，想事情那麼透徹，心思那麼細膩，情感那麼繁複那麼想要面面俱到的人，我不要跟『另一個我』談戀愛！」

19.

早餐會報的時候——鞏麗蓮認為我們應該每天舉行早餐會報，討論今天要進行的工作，預定進度，或者在工作執行上需要做的調整，當然晚上我們最好還有當日的工作檢討會議，如果不克舉行，就挪到隔日的早餐會報一併討論。這使我必須早上七點爬起來和鞏麗蓮「開會」，然後再睡回頭覺，但事實上，我無法繼續睡得著，於是我的作息時鐘從夜貓子變成老人的早睡早起——鞏麗蓮今早提出一個新的想法，她希望演一個舞蹈家。

「我有舞蹈天分，但人生沒有給我這個機會，小時候家裡不富裕，上舞蹈班是很奢侈的。」鞏麗蓮說。「小學五年級我被選為舞蹈隊，在校慶中演出，家裡不答應，放學後不讓我留校練習。我偷看他們排練，在旁邊一學就會，我天生是這塊料。你看過《女妖妲己》嗎？我在裡頭演琵琶精，有一小段舞蹈演出，風情萬種，拍攝的時候導演讓我自由發揮，都喊卡了我還停不下來，我繼續跳，跳到大家都散了，我說等一會兒，高潮還在後頭呢，我想在最後來個劈腿。後來拉傷筋了，不過我的肢體動作頗能掌握住那舞蹈的神髓。」

鞏麗蓮說得頭頭是道，一部電影故事說得再好，宣傳還是得有話題點，題材冷門也沒關係，你說一個印度阿三跟老虎在海上漂這種題材，誰有共鳴啊？但你就是要有個什麼事讓記者能寫，有些演員為了拍片增胖減瘦什麼的，學一門技藝也有得可說，犟麗蓮學舞就算沒多少人會關心，但至少是個能拿來作文章的事。

我不排斥這個點子，我問犟麗蓮她想跳什麼舞。

「都行。」

「一般舞蹈題材的電影都是勵志類型的，最後一幕一定是舞蹈大賽，或者經歷各種艱辛和挫折、遭受陷害，被車撞，舞團或者練習室或者劇院、夜總會被賣掉……主角在舞台上呈現觀眾等待了一百分鐘終於迎來的光輝燦爛的壓軸演出。」

「你可以這樣寫，一個年輕人組的舞團面臨瓶頸，他們必須在一場比賽中奪得首獎，於是他們尋找一位神祕引退的舞蹈家，就是我，我指點他們，讓他們脫胎換骨，讓他們了解什麼叫做真正的舞蹈，當然我也成為他們的繆思女神，男主角本來和一個年輕女子是情侶，但我成了他的繆思女神，介入了他們的愛情……」

「Lilian，儘管你在這個故事裡如此重要，然而一旦這樣設定，你就是女配角，那女孩才是女主角。為什麼？因為就算你讓他們的愛情產生裂縫，他們後來一定會復合的，男主角會發現他的真愛還是那個女孩，你只是他們之間的試煉，一個幻影。」

「你可以不要這樣寫。」

「不這樣寫怎麼寫？你跟男主角有情人終成眷屬？男主角幾歲？二十幾吧？你都是他媽的年紀了，你覺得觀眾期待這種結局嗎？」

「我以為你曾說過討好觀眾不是藝術家的義務，觸怒觀眾才是。」

我一時語塞。

「這個嘛，這個是要看情形的。」

鞏麗蓮哼了一聲。

「其實也未必要以舞蹈為主題，只要讓你在裡頭跳一小段舞蹈就好了吧？」我說，「或許你曾經是一個舞蹈家但因為某個意外無法再跳舞，從頭到尾都沒有人知道你的過往，甚至連觀眾都不知道，直到發生某種偶然，一個契機，你被迫要面對自己對舞蹈的熱愛，你無法忘情，或者你必須用舞蹈來化解一個危機，之類的，或者促成某件事，舞蹈在這裡是關鍵，但舞蹈其實是作為一種象徵……」

「根本就不必因為意外不能跳舞才讓別人不知道你是舞蹈家，你現在是舞蹈家也沒人知道啊！我以前有個鄰居是舞蹈老師，她年輕時還得過世界大賽前三名呢，誰曉得啊？她看起來跟普通人沒有不一樣，還兼差賣瘦身褲，挨家挨戶推銷，後來搞外遇，他老公帶人來捉姦，大打出手，警察也跑來了。」

「我覺得這個故事挺好的，不如就寫這個？很寫實，接地氣，生活很殘酷，得獎的路子。」

「我不要，我這麼費勁，又花錢又花時間，弄半天就演我鄰居，我為的什麼啊？」

我有點困惑鞏麗蓮想要能讓她「演得過癮」的劇本，那所謂的「演得過癮」究竟是什麼？

一個曾在世界大賽中拿過大獎的女孩，是歷經多嚴苛的訓練，通過多少淚水汗水，咬牙一路走過來的，她技藝卓越，那是通過她的身體展現的絕美的藝術，從世俗人的眼光看，以為不食人間煙火、優雅、高傲……全是幻想！如果不告訴你，在馬路上看到她走過，一點也感覺不出跟任何柴米油鹽的女人有什麼不一樣，擠不進學院裡教書，年紀大了也沒有舞團的演出機會，舞團自己都生存不下去呢，教私人舞蹈班……也或許她在中小學裡任教……不能維持她的生活，還得挨家挨戶賣瘦身褲，去批貨的時候討價還價，一副市井的嘴臉，推銷的時候也跟客人賣笑裝熟，斤斤計較，偷情的對象可能也不高級，老公帶私家偵探來抓姦，互相大打出手，弄得整棟公寓人盡皆知，指指點點。她太普通了，既沒有像《黑天鵝》的娜塔莉波曼那樣精神分裂，也沒有像《紅雀》的珍妮佛羅倫斯變成色誘敵人的女特務，她普通得就像……就像你鄰居。她就是你鄰居。

但誰說這不是一個有血有肉的人？她的每一個最細小的喜怒哀樂都如此活生生，能說不是一個足以讓演員發揮精湛演技的角色？我想問鞏麗蓮，你想要彌補的，究竟是你不滿足的人生過往，還是你不滿足的表演經驗？不要說你想同時滿足這兩者，即便能同時辦到，卻是兩件截然不同的事。

但尚未開口，我卻得先問我自己，我想寫這樣一個人物嗎？每當我編造一個更戲劇性的故事，我想彌補的又是什麼？

光說無益。

「你有沒有過一種經驗，」我對鞏麗蓮說，「你想像某一個男人，或者某一種男人，會令你很爽，但事實上你跟他搞根本沒感覺，而你不會知道，除非你真的試過。你的想像並不是答案。」

我聳了聳肩，相信她能懂我的意思。光說無益，我建議我們每天搞出一小段試寫的段落，讓她演演看。

我們看看她會不會爽到。

20.

由果忙著拍段培安的新片。我以為由果的戲份兩三天能拍完呢，誰曉得由果天天都說去拍片，也有一個月了。由果回來總說她累得跟狗一樣，又抱怨段培安對她不友善。「他從來都不說我好！甚至老唸著要把我的戲剪掉，我還不敢得罪他，只能拚命討他歡心，我覺得已經表現一百分了咧！他還是板著臭臉。」

由果進門連鞋子都不脫，躺在地上一邊罵，一邊睡著了。

也有時候歡天喜地回來，以為是在表演上有什麼滿意，結果是拿了滿袋子羊羹，女主角帶給全劇組的。「幹活那些大哥不愛吃甜，都給我了。」由果把羊羹在地上擺成一排，「你看，有各種口味，紅豆，綠茶，蜂蜜……我最喜歡這個梨子的……梨子的有三個，太高興了！」

由果真像孩子。

「人家是討好那些男人的，人情都做到你頭上了，真是白費。」我說。

「君君才不在意。」

「君君？」

「叫她君凝姐她不喜歡。」

我蠻可以想見由果面對女主角戴君凝時那股熱絡勁，由果不是跟人裝熟，她真覺得人與人之間無界線吧！由果對人的恭維總是大驚小怪式的，你很難不受寵若驚。有時戴君凝的助理接送她，若是順路還撿上由果……不，根本沒什麼順時順路，沒由果的戲時由果也跟著去。

「我喜歡君君啊！我可不像你，就怕人家當你是個阿諛奉承的人，連真心的讚美也不肯說。」由果歪著頭想了一下。「或許段導心裡也欣賞我，只是嘴上不說而已。」

然而一會兒又開始念念有詞地罵段導了。「整天裝模作樣的，我看他自己拍的東西想說什麼也弄不清楚，還得我好心好意給他建議。我的想法可多了，一天有一百個點子。」

「你的點子都是關於你自己的角色吧？」我說。

「當然。」

「段導靠你來教他拍片？」

「我跟你說，」由果賊頭賊腦地，還東張西望一下，明明房子裡就我跟她兩人，還怕有人偷聽似的。「段導總是到了現場，還很迷惑他要怎麼拍，他覺得這麼拍也不夠好，那麼拍也不對勁，他總是感覺不對，感覺不對他還生悶氣。他的意思是，有一種最無懈可擊的完美存在，存在於冥冥之中，但他有的時候抓不到，它就在那裡，他很清楚，但他搆不著。他可浪費時間了。」

「這種事對一般導演來說，是不專業、無能、頭腦不清楚，但是放在段培安身上就成了藝術家特權的任性，話說這是製片人該操心的吧？每分鐘都燒錢。輪到你急？你管好自己的事就好。」我說。

「現在拍這部片，他的事就是我的事嘛！」由果說得振振有詞。

由果買了一張沙發床，白天是沙發，晚上打開可以讓鞏麗蓮睡，就不必睡在睡袋裡，我估計從一開始鞏麗蓮睡在地上就是苦肉計。但這張沙發床自第一次打開，就再沒收起來，現在客廳裡大剌剌擺著一張床，非常擁擠，由果回來的時候一進客廳便力氣用盡，回自己房間的最後一哩路走不過去，倒在沙發床便睡，跟鞏麗蓮擠在一塊兒。早上鞏麗蓮也沒空間跳鄭多燕了。我私心覺得她其實歡迎有個藉口不跳鄭多燕，顯得理直氣壯，並非她偷懶。

一天整日大雨，鞏麗蓮沒精打采的，也沒來跟我追劇本進度，以為她生病了呢，儘管有些擔心，也不好表現出來，裝作不知道，這麼說或許不厚道，但我可難得清靜。半夜客廳傳來古怪的細小又尖銳的號聲，把我給驚醒，像崽貓咽哭，挺嚇人。我瞧了一眼鬧鐘，凌晨三點。把客廳的燈打開，鞏麗蓮貌似做惡夢，眼睛緊閉，皺著眉。把她叫醒，她說夢見走進一個房間，正對著一部電梯，電梯門一開，裡頭噴出血漿內臟什麼的，噴了她一身。她說這肯定是壞兆頭。

「那是因為你睡前看《鬼影特工：以暴制暴》。」我說。我還跟她一起看了開頭二十分鐘。

「電梯是一個象徵，暗示著棺材。」

「你想太多了。」

「我睡前看了瑪法達明年的星座運勢預言，說我明年要生重病，有望壽終正寢。」

「不可能的，這種事瑪法達向來不會說這麼白。要是摩羯座的人明年都要死，得死多少人！」

「你自己瞧。」

鞏麗蓮打開電腦，我一瞧，還如她所說，這星座運勢寫得真狠，但病逝不算壽終正寢吧？

「這是山寨版吧？網站的頁面版型看著就不高級。」

鑰匙開門的聲音傳來，我和鞏麗蓮同時扭過頭看，是由果回來了，一開門竟跟著段培安。

「你們怎麼還沒睡？」由果很意外。

「段導的筆電弄丟了，我跟他說不會丟的，劇組一定有人幫他收好了，但他記不起來什麼時候不見的，他很焦慮，一直狂打電話，他說人家會偷看他的電腦，他的密碼太好猜了，他真的很神經質是吧？我說他需要冷靜一下。」

「想喝點什麼嗎？有黃耆、枸杞、洛神。」鞏麗蓮說。

「我想喝杯咖啡，犯睏。」由果說。

鞏麗蓮沒理，問段培安：「你的電腦裡有什麼不可告人的東西？」

「有很多我的裸照呢！應該擔心的人是我吧！」由果說。

段培安一臉愁眉苦臉，望了我和鞏麗蓮一眼，說：「你們可別瞎猜。」

「我才不想猜呢！」鞏麗蓮不屑地說。

「這麼晚了，你女兒呢？」我問段培安。

「送去美國跟她媽一塊兒了。拍片的時候我沒辦法照顧她。她氣壞了，說要跟我斷絕父女關係，才十一歲呢，就說這種狠話。我啊我也樂得輕鬆，我不是很懂帶孩子的人。」

段培安又解釋：「她原本就跟她媽住美國，但是她討厭那裡，說在學校被欺負。她才小六但是塊頭很大，臉像她媽，塌鼻子細眼睛的，我說你長這麼壯還會讓人欺負？」

由果、鞏麗蓮和我同時皺著臉，齊聲大喊：「怎麼可以對小女孩說這樣的話！」

段培安縮了縮脖子說：「這場面真是三娘教子。」

段培安的女兒在學校裡被人取「母牛」、「海豹」這些綽號，「她喜歡的男孩子說她看起來像是以後會去當卡車司機的人，她很難過，因為別的女孩子被說以後會當啦啦隊長。我說當卡車司機有什麼不好？女性不是都強調男孩能做的事女孩能做？」

「那個早就不流行了。」鞏麗蓮說，「沒想到你比我還落伍。現在的女孩子喜歡像女孩子，男孩子也想要像女孩子。」

由果去廁所的時候，段培安壓低了聲音說：「劇組裡有些人在傳我跟由果有什麼曖昧，傷腦筋，我覺得有狗仔隊在跟蹤我們。今天晚了，沒人送由果回來，她一直抱怨，沒辦法，我也不放心，我怕有人拍了照片，說什麼我跟由果說一起進門，過了多久才出來。」

鞏麗蓮看了看時間。「半個多鐘頭，還行，不算早洩。」

「別胡說。」

「這麼吧，等會兒我跟你一起下去，在門口擁吻，混淆視聽。」鞏麗蓮說。

接著又板著臉。「開玩笑的，別以為我在挑逗你，你不是我的菜。」鞏麗蓮嘆口氣。

「年輕的時候我也會隨口說這樣的玩笑話，不知道別人會當真。那時候天真，都不意識到說這些話不恰當。那些男人我一點興趣都沒有。」

「我不和女演員搞曖昧，這是我的原則，何況由果不是我的菜。」

我總覺得問題不出在真假，而是段培安認為和由果牽扯在一起有失顏面，假使緋聞是他跟戴君凝，他大概不會這麼懊惱。話說回來，如果有這樣的緋聞，人家戴君凝才覺得有失顏面吧！由果還沒從廁所出來，段培安就匆忙溜了。

由果洗完臉，蹣跚地走出來，好像忘了段培安原本在客廳裡這回事，只是咕噥著早上要叫她起來洗澡，又是往沙發床一倒就睡。

一會兒有人按對講機。

「誰？」我問。

「我。」

「我是誰？……對講機音質差，你憋氣音說話我聽不見……是段培安嗎？」

「你不要這麼大聲。」

段培安說他把車鑰匙放在桌上。

我把鑰匙拿下樓去，這個傢伙該不會聽信鞏麗蓮的話，找個人來給狗仔混淆視聽？

「由果演得還好吧？」

外頭真冷，我忘了加外套。

「還不錯，但是她太纏人了，有時候還真無法招架，就是她這麼積極，別人才閒言閒語。」

「由果熱衷於工作，她好不容易在電影裡露臉，拚了命想做好。」

「我知道，但我怕她分不清楚。她好像誤以為我沒跟她上床，所以不給她更多表現機會，我發誓我一點都不想睡她，我也挑人的……不是，我不是說她不漂亮，不性感……」

「我知道，她不是你的菜，你說過了。」

「這個用詞可能不好，我的意思是……」

這人說話怎麼老在企圖辯解什麼！

「我懂，我如果有老二，我也會對某些人硬得起來，對某些人不行。」我說。

21.

進門看見大白天的翬麗蓮躺在沙發床上，旁邊躺著個人，不是由果，而是梁夢汝！

「你們在做什麼？」我喊。

翬麗蓮躺著不動，臉朝著天花板說：「我們正在給彼此做心理分析。」

說罷坐起身。「你以為是什麼？我就算變成同性戀也不至於跟她相好。」

梁夢汝也坐起來。「你越是向外發動激烈的攻擊，表示你越恐懼自己內在的真相。」

「我受夠你這套堅持自己看透了別人內心的把戲，你這個江湖郎中！」翬麗蓮說。

「你們倆為何要給彼此做心理分析？」我問。

「是你說要寫一個足以真實、深刻地表達我的劇本，我必須挖掘內在，最好做個心理分析。」翬麗蓮說。

我確實這麼說過。「做得怎麼樣？」

「我正在敘述我的童年往事，就讓你給打斷了。」翬麗蓮說。

我讓翬麗蓮繼續，我趕緊躲進房間，卻被翬麗蓮叫住。「你也來加入，這中間還能躺一個人。」

「我不要。」

鞏麗蓮很堅持，說要求做心理分析的也是我，何況，要寫她的故事的人是我，我好意思置身事外？雖然這麼說很沒邏輯，我卻拿她沒奈何。

三個人躺在沙發床上很擁擠，真叫做摩肩擦踵，我把雙手交疊擺在肚子上。

「這就是傳說中的 3P 嗎？這跟我理想中的 3P 場景很不一樣。」鞏麗蓮說。

「你又不是沒有嘗過 3P 滋味，你在三級片裡早拍過了。」梁夢汝說。

「色情電影裡都是兩個女的伺候一個男的，我可沒興趣跟個女的在床上服侍男人，我的理想是兩個男人同時服侍我。」鞏麗蓮說。「男人喜歡看女人在他面前親熱，不曉得這有什麼意思，如果有兩男的在我床上自己搞得爽，我有什麼好處？我希望他們都專注在我身上。」

「別忘了我們是在做精神分析，愛莫，輪到你說了。」

「我？我才剛加入！」我叫道。「要說什麼？必須很佛洛伊德的嗎？」

我想了想。「其實我做過跟動物的性幻想。」

鞏麗蓮和梁夢汝同時驚呼。

「你們不要想歪，這是很希臘神話的，宙斯變成一頭大公牛……之類的。」

「我記得你拍過一部三級片裡頭跟驢子。」梁夢汝對鞏麗蓮說。

「那不是真驢子，是個男人穿驢裝！那是古裝片！員外假扮驢子調戲下女，後來園丁把他上了，那園丁平常就愛搞驢子。」鞏麗蓮說。

梁夢汝問屋裡有沒有酒。

「你去廚房的櫃子看看，我記得愛莫放了幾瓶紅酒，別客氣，把這兒當你自己家。」鞏麗蓮說。

梁夢汝站起身，鞏麗蓮喊：「也給我拿個杯子。」

「你不是不喝酒嗎？」我有些驚訝。

「偶爾喝一點，現在把持得很好。」鞏麗蓮說。

「我正想說相同的話。」我說。

「她以前喝得兇了，當開水喝，紅酒啊威士忌，琴酒，伏特加……淨往喉嚨裡倒，她都不知道自己在喝的是什麼。」梁夢汝說。

「噢，那是酒鬼的等級了。」我說。

「拍戲前不把自己弄得醉醺醺的，無法脫光了面對鏡頭。那時候我還是個小女孩呢！拍片也不清場，十幾個大男人盯著看。」

「為什麼不拒絕？」

「我男朋友很需要錢。再說那時候我年輕，身邊圍繞著各色各樣的人，我可說是很早就見過世面，我跟不少大人物同桌吃飯過呢！我真覺得自己不平凡。那時候傻。你們要說我給男人騙了吧？其實他也有理想，他也打算拍片，說有一天要給我量身訂做一部得國際大獎的片子。」

「後來呢？」

「什麼後來？後來不就是現在，你還看不出來？」

「那傢伙哪裡去了？」

「不曉得，從人間消失了。消失了最好，我也不想他出現，應該是死了吧！」

我也一直相信自己擁有超越凡人的天才，並且是獨特，輕視世俗之人，抱持著這樣的想法度過了三十六年的我，不曾動搖過，會不會等我到了鞏麗蓮的年紀，有一天突然看清這一切是盲目的妄想？

「我十九歲逃家，跟男朋友在一起，我的演藝事業都是他安排的。」鞏麗蓮說。

「原來是愛上渣男。」我說。

「不，他很有才華，他不是那種唯利是圖的俗人，他有眼光，有想法，而且很會說話。他總說我擁有出類拔萃的容貌，我生得不是那種完美無暇的臉，卻是一張能使男人迷醉的臉，我擁有自然無邪的氣質，卻又蘊含著性感的能量。他是舌燦蓮花，我演的戲，他都捧上了天，說那些得女主角獎的女演員都不如我，她們之所以得獎，只不過因為她們演的是討好評審的角色，她們得了意識形態正確的便宜，但那些角色看似高尚，實則庸俗，那裡面沒有反骨，沒有顛覆，真正破格的美只有我身上有。這些說詞太漂亮，太蠱惑人心了，那麼頭頭是道，我怎會不信？我當真，我的年輕歲月，那十年裡，都把這些貼在我身上的標籤當真，我信了自己有那麼特別，有那麼好，百千萬裡挑一，別人都不如我，都被我踩在腳底下。」

「你這人真好騙。」梁夢汝說。

「我不覺得他騙我，我相信只有他一個人真正看穿我，理解我，知道我是一塊發光的玉石。」鞏麗蓮說著嘆口氣。「我的人生都被他毀了。不是因為拍三級片，是因為我真的相信我有那麼美，那麼好。很多很多年以後我才想通，都是假的。愛是假的沒那麼可怕，再晚發現都不遲，你是美好的這件事是假的，知道得太晚卻來不及了。」

「為什麼來不及？」

「到老到才覺悟到自己很平凡，不曾擁有美麗、聰明、才華過，外頭演戲的，唱歌的，拍廣告的，幾百幾千個人，你跟她們從來就沒有任何不同，你沒法適應。」

「你的酒量變得真差。」梁夢汝說。

「我常常想，如果那時候我能看清真相，我能理解自己只是個普通人，配不上我以為有的那些虛榮，我是否能選擇不一樣的人生？」

「我早提醒過你。」梁夢汝說。

「不過我年輕的時候皮膚真好，我自己沒什麼特別的感覺，是那些妝髮師個個都讚我皮膚好，有一次遇著一個年紀大我一些的女製片，驚嘆著說我的皮膚真是白裡透紅，我都不好意思了，承認我是有化妝的，她說不不不，那真是跟壽桃一樣白嫩中暈染著粉紅，跟嬰兒的屁股一樣光潔的白，薔薇花瓣那樣嬌柔的粉……」

「那個女製片是同性戀吧？」

「才不是，人家後來也結婚生孩子了。」

「同性戀不能結婚生孩子？多得去了。」

「我現在到外頭看見那些中學生，穿著運動服，擠在一起嘰嘰呱呱的，真青春啊，我看著她們的臉蛋，總算理解以前那女製片看著我的臉的那種感動。我心裡也想，真跟嬰兒的臉頰一樣光潔。」

「你剛才說的是嬰兒的屁股。」
「嬰兒的臉跟屁股是一樣的。」
「話都說不清楚，誰的臉會跟屁股一樣啊？」

22.

梁夢汝的新書出版，邀請我和鞏麗蓮參加她在書店舉辦的座談。畢竟梁夢汝是人氣、身價不菲的作家，沒道理拒絕，甚且還有些受寵若驚。鞏麗蓮哼道：「這老太婆也不怕我搶走她的風采！」

那天睡午覺時鞏麗蓮還做了惡夢，夢見去參加座談的時候忘了化妝。

豈料現場大出我意料之外，原以為門庭若市，爆滿的讀者從書店裡溢出來，蜿蜒到街上，這畫面非但沒出現，還冷清得嚇人，三個聽眾都是中老年人，已經在那兒坐了好一會兒，一個頭髮花白，臉上長滿斑點的老頭，兩個四十多歲中年人，書店的人來打了聲招呼又走了，出版社負責活動的公關是個年輕女孩，輕鬆地說聽眾大概都塞車在路上，再等一會兒吧！等了二十分鐘又來了個中年婦人。

「這次出版的是小說，現在讀小說的人少，梁老師以前出愛情指南方面的書都很暢銷，讀者很多的！也有不少電影觀眾，不過那要跟電影上映配合。」出版社那女孩說，她也是座談的主持人。

梁夢汝對這場面顯然十分不高興，打算拂袖而去，我看出版社那女孩也是可憐，三四個讀者也是讀者，哪怕一個也不該辜負，勸梁夢汝硬著頭皮說幾句話也就過去了，梁夢汝嚷嚷這是對她的侮辱，鞏麗蓮倒是神色自若地吃著隨身帶著的一包花生米。

活動還是開始了，擔任主持人的出版社女孩說：「今天很榮幸地，我們請到了三位美魔女……」

「什麼美魔女？我才三十六歲。」我說。

「三十六歲也很老。」主持人說。

我為這座談可準備了材料的，梁夢汝是打書來著的，她這本書講的是女性勇敢追求愛情的故事，我只隨意翻了翻，由於梁夢汝也是編劇，鞏麗蓮則是演員，我想把主題訂在談論何謂戲劇性。

我們常用到戲劇性這個詞，我們說某個事件很戲劇性，某個人的反應很戲劇性，在文學創作上我們談到某種安排是戲劇性的，或者相反，我們說它缺乏戲劇性，甚至即便是戲劇本身，我們已經在一個戲劇的建構之中，仍提醒自己去追求戲劇性。我們擔心創造了一個不夠戲劇的戲劇，或者我們遇到一種諷刺的情境——有可能一個戲劇被給予差勁的評價，因為它太過於戲劇性，或者它毫無戲劇性可言。戲劇並不因為它是戲劇就足夠戲劇！那麼我們究竟期待戲劇有多戲劇？

我認為戲劇的誕生，來自一種補償作用，對現實、真實生活的補償。補償真實中我們渴望卻沒有發生的，或者發生了但沒有被正確地詮釋的，被一種可能性所佔據而喪失了別的可能性的，好比說，浪漫、英雄主義、詩歌、激情、刻骨銘心、昂首闊步，更純粹而絕對性的……。

台下那老頭突然舉手，喊道：「你說的我完全同意！」接著他轉而對鞏麗蓮微笑。「鞏小姐，我是你的忠實影迷，你的片子我都看過。鞏小姐主演的電影的確對我的生活進行了補償。」

主持人打斷了他的話，向梁夢汝提問：「梁老師這次發表小說創作，請問您認為小說與劇本創作的差異在哪裡？」

「劇本是電影電視拍攝的基礎，它必須對實際拍攝有所考量，即便是編劇完全原創的劇本，你仍舊要帶著人物和場景的表現的概念。就更別提如果導演、製片的意見參與其中，你要把一切實務問題放在優先。」梁夢汝說：「我的小說也是準備拍成電影的，我這小說裡有些我自己的影子，談不上自傳色彩……」

「把你自己過分美化了，我從女主角身上簡直找不著一點你的影子。」鞏麗蓮說。

「你的小說要拍成電影，也由你自己編寫劇本嗎？」主持人問。

「我不這麼打算。寫小說就是為了自由，作為編劇我很知道為了戲劇的表現該怎麼寫，我甚至會考慮故事怎麼發展，拍起來比較省錢。」梁夢汝說。「但寫小說這些都不是我的問題，那是編劇、導演要去操心的事，他們得顧及有沒有忠於我這個原作的精神。」

台下的中年婦女忽然開口。位於書店一角的活動，場地其實很小，觀眾和講者的距離並不遠。「我讀了很多梁老師的文章，我從來沒有買書，都是網路上轉貼的。我覺得寫得挺好，想法很大膽……對不起我剛才遲到了，爐子上煮雞湯，我想等半熟了關火燜，不會老，出門也不怕燒焦，但我馬上得回去。我想問梁老師，你有過失敗的婚姻，你的家人如何看待你這些教人如何撩撥男人的言行？我個人比較喜歡你早期那些教人維持愛情和婚姻的文章。」

梁夢汝還沒回答，剛才那老頭站起來了。

「原來是可以插隊的？那麼我也有話要說，都到我睡覺時間了，我可是捨命為佳人。我今年七十了，每天洗冷水澡，從不洗熱水，哪怕是大寒流……其實寒流來我就不洗了。我今天就是來看鞏麗蓮的。」老頭走上前來，兩手握住鞏麗蓮的手，搖晃了一會兒，又退回去坐下。

「以前那個時代，光碟、上網什麼的，都沒有，都看錄影帶，從出租店租，我把那個租來的錄影帶，盒子上的封面啊封底，都拍了照片，放大了貼在衣櫥上，每天對著打手槍，數十年不間斷，作為一種自我訓練。」

鞏麗蓮端莊地輕輕點頭。

「不過你真是老了，年輕的時候你多妖豔。」老頭搖搖頭。「你看看伊麗莎白泰勒年輕的時候演埃及艷后，那個風情和氣勢，後來哪個女明星能比？偏偏活那麼長，成了庸俗不堪的老婆子，煞風景。」

「人都會老，你就不老？」鞏麗蓮回擊。

「你們別看我這七十老漢，我下面可是老當益壯，還生龍活虎，我已經很久早上沒升旗了，今天醒來想著要看我的女神，竟然立起來了！」

「那是迴光返照吧！」

座談草草結束。三個男的都是來看鞏麗蓮的，為此她頗自得，女的倒是很給面地買了梁夢汝的新書。

回程車上鞏麗蓮悠悠說道：「以前我也覺得伊麗莎白泰勒不該活那麼長呢！」

23.

鞏麗蓮搬回家了，說住在我這兒不方便，老少了什麼東西要回家去拿，不勝麻煩。鞏麗蓮從她家裡還真拿來不少東西堆在我這兒，除了一大堆衣服、鞋子，化妝保養品，還有電鍋、吹風機、電暖爐、杯具組、薰香燈、瑜珈球、鹿角掛鐘、盆栽、裝框的電影海報……，客廳已經被她的東西給佔滿了，她甚至拿來一整袋冰箱貼黏在冰箱門上。

雖然搬回家住，東西還沒拿走，至少人不在可讓我感覺神清氣爽。晚上寫了點東西，約莫凌晨一點，打算上床睡覺，鞏麗蓮打電話來了，說她在酒吧，喝得有點醉，要我去接她回家。

老太婆是喝到頭腦不清楚了嗎？她忘記自己已經不住這兒了？我沒車，也不想花錢坐計程車，鞏麗蓮說的酒吧不算遠，我便騎腳踏車出門了，希望她別醉到從腳踏車上跌下來。

酒吧裡空蕩蕩的，就只有鞏麗蓮跟她的同伴一桌客人，我一瞧竟是座談會上那兩個中年人，一左一右坐在鞏麗蓮身邊，鞏麗蓮向我招招手，我在她對面坐下。大半夜的，我戴著近視眼鏡，頂著毛線帽，土頭土腦地來了。

「大家都喜歡幼齒，我就覺得老女人比較夠味道……抱歉這麼說不太好聽，我沒有惡意，或者說年紀大的女人……我就對年紀大的女人特別有感覺。當然我年輕的時候也喜歡年輕女人，畢竟當年我迷小莎……那時候我都叫你小莎蜜，那時候你也才二十幾歲。瞧我們現在都老了，雖然在我的心中你始終那麼年輕。我那天見到你嚇了一跳，你真的老好多……」塊頭比較大的男人說。

「那當然，都二十幾年了。」另一個男人說。這人眼睛有點凸，留著山羊鬍，在座談會上瞧起來氣質還算斯文，此刻給人的感覺卻很不相同，說不上來，那眼珠子既死氣沉沉卻又狡猾銳利的樣子。

「以前小莎多年輕，天啊，我第一次看你的電影是《唐人街密令》，太棒的一部電影，跟現在的你有點……怎麼說，判若兩人，抱歉我這麼說也許有點不客氣，沒別的意思，我們自己也老了。」大塊頭男人說著哈哈大笑。

座談會上這倆男人都沒說話，貌似沉穩，尤其這大塊頭男人，因為塊頭大，你還以為他可能肚子裡飽藏某種真材實料，或者個性穩健，眼下顯然並非如此。

「我跟你一樣，對幼齒也提不起興致了，我四十出頭的時候還只願意跟二十歲的女孩玩在一塊兒，有一次我過生日，朋友帶一個女孩來給我認識，那女孩很放得開，我說我的車都比你老呢！哈哈哈！現在不行了，公司裡有個女的跟我擺明了不用認真，當砲友就好，她也不算年輕，有三十了吧，幾次下來我說分了算了，床上有點力不從心，壓力大，這把年紀還要看女的臉色，犯不著。那陣子都得靠藥物。離棺材不遠了幹嘛為難自己。」

「就是離棺材不遠了才用不著想那麼多，快活最重要。」

「問題是，也沒那麼快活，你說這種事，完了只有空虛而已。」

「才不過四、五十歲，講得好像馬上要往生一樣。」

大塊頭男人嘆了口氣。「沒勁，這個時局就是讓人消沉，你說年輕人抱怨沒有未來，年輕人至少還年輕呢，怎麼不說咱們沒有未來該怎麼辦？馬上去死？我死了空出來的位子年輕人還不要呢！」

這兩個傢伙明顯醉了，雖不至語無倫次，顛三倒四，但絮絮叨叨的，渾然不覺自己說話不得體，山羊鬍的那男人甚至臉都浮腫了。

我非常討厭男人的醉態，尤其平常喜歡裝腔作勢的男人，只要在人前酒醉過，種種自命不凡早就化為烏有，自己都不曉得。

「那天的座談真是勾起我好多回憶，我回去跟我老婆說，今天老子非常興奮，必須大幹一場，結果當晚跟我老婆做的時候，我一直喊你的名字。」塊頭大的男人對鞏麗蓮說，「不是喊小莎喔，我大喊『鞏麗蓮！喔！太舒服了！鞏麗蓮！』連名帶姓地喊，天啊！我超興奮的。我老婆也沒生氣，畢竟我也很久沒讓她這麼滿足了。」

這話說得就太失禮了，我有些按捺不住，但瞧瞧 Lilian，似乎沒有生氣的樣子，只是茫然地傻笑，當事人自己沒事，我急什麼？便忍住了。

「高小姐不喝一點？麗蓮說你是編劇，在幫她寫劇本，真有才華，寫個像《唐人街密令》那樣好的劇本讓我們麗蓮演，大家都很期待。」

「不了，我喝水就好。」我冷冷說。

「搞創作怎麼能不喝酒？」男人嘻嘻笑。

「喝點酒，寫個《唐人街密令》續集，這樣總算有個打手槍能看的東西。」

「那天那個老頭，七十歲說他每天看麗蓮的照片打手槍那個？真有勁，我現在都沒什麼性慾了，我老婆說我看起來越來越像娘砲，他媽的人生真不容易。」

「你老婆也這麼說？我老婆也說我年紀大了越看越娘，我說你自己才變得像男人呢！只差沒長鬍子。女人更年期以後荷爾蒙顛倒。」

「我怎麼娘了？別的沒有，男人的雄風是不容置疑的，我這下面可是不鳴則已一鳴驚人。」

「不鳴的時候居多吧！」

兩人碰了杯子，又哈哈大笑。

「時間過得真快，想當年我也是個意氣風發的小伙子，頭髮還很茂密，我是自然捲，那時還留長髮，有些女孩就是看中我的長髮，覺得我是那種浪漫又桀驁不馴的類型。」大塊頭的男人摸了摸自己頭頂，他並非禿頭，只是頭髮稀稀落落，頭皮清晰可見。「都不明白時間怎麼會消逝得這麼快，我背著吉他，騎著摩托車背對著夕陽馳騁，好像才是昨天的事。」

山羊鬍的男人把酒一飲而盡。「莫名其妙地就把一生給蹉跎掉了，現在算起來，總共相好的女人也沒有幾個。」

「我那支其實很大，嚴格說起來沒有物盡其用，現在補償它都為時已晚。」大塊頭男人俯臉拉下自己寬鬆的運動褲褲頭。

「你醉糊塗了？不要尿在這裡，去廁所尿。」山羊鬍男人說。

「不是，我讓你們看一眼，真的很大。」

山羊鬍男人低頭瞄了一眼。

大塊頭男人對鞏麗蓮說：「你要不要看一眼？我沒騙人，軟的就這麼大了，硬起來更不得了，你要不要摸一下？」

男人抓住犖麗蓮的手，作勢要拉過去摸他的下體。太不像話了，我抓起酒杯就朝他的臉扔過去。砸在他的鼻子上。

雖然生氣，我還是算準力道的，拜託，在場四個人裡只有我一個沒醉，我不想把他的鼻子給打斷了濺血弄得一片混亂。男人摀住鼻子哇哇大叫。

「幹什麼啦！開玩笑的，開玩笑的嘛！」

「你別丟人現眼了，人家麗蓮看多了，對你這根才看不上眼。」山羊鬍男人說。

「你的就行？你的就行？你這個嘴炮男！」大塊頭男人伸手去拉山羊鬍的褲襠拉鍊。

大塊頭男人站起身，朝山羊鬍男人擠，夾在中間的犖麗蓮驚恐地喊：「先把你的褲子穿好！」我衝過去把大塊頭男人拉過來，給他臉上一拳。我高中的時候可是跆拳道隊的。犖麗蓮慌張地鑽出來，山羊鬍男人喃喃說：「有話好好講，不要動不動打架，要打去立法院。」

吧檯裡的老闆娘對這邊的鬧劇完全不理會，兀自抽著煙。年輕時我常來這家酒吧，那時開到凌晨三、四點，夜裡總是擠滿了人，煙霧裊繞，吵得所有人都得扯開嗓子鬼喊鬼叫才能和同伴談話。想起來那都十年前的事了，現在幾乎沒什麼客人，裡頭一股霉味，桌椅髒又破舊，前些日子我來喝咖啡，聽見老闆娘跟人談起要把店賣了。

走出店外犖麗蓮打了個寒顫，初春了，白天有時還挺溫暖，晚上還是冷。犖麗蓮自然是不肯坐腳踏車的，「一把老骨頭了，坐這破車全身都要散了，掉下來摔成癱瘓你賠得了？」

翬麗蓮自己坐計程車回去，我頂著月光踏著腳踏車，風灌進領子裡，應該戴圍巾才是。

曉天自那天吵架，再沒聯絡過，我們這算是分手嗎？但我們也不是男女朋友，是普通朋友的絕交？心中有些悵然，月色明亮，畢竟還是在同一個月亮下，忽又想起，波士頓此刻是白天。

24.

鞏麗蓮住回自己家後，我倆依舊舉行早餐會報，只是採用網路視訊。

以往鞏麗蓮在我家，早餐總是吃生菜，一些堅果，胡蘿蔔汁，天天不變，為了養生、保持身材，今早跟她視訊，她把筆電放在吧檯上，說起床遲了，邊做早餐邊視訊吧！畫面裡她在廚房轉來轉去地忙，邊忙邊跟我討論，時不時跑來鏡頭前，「你瞧，我也跟你學，買了鮮奶油擠在黑咖啡上。」她朝咖啡狂噴鮮奶油，簡直像蛋捲冰淇淋。「你一定要瞧瞧我做的這個三明治，番茄、烤牛肉，上面是瑪芝拉起司。」她把三明治從烤箱取出來，咬了一口讓我看瑪芝拉起司吃起來拉絲。

發生了什麼事？

「人生苦短，」鞏麗蓮聳聳肩。「什麼叫活在當下？早上起來我問我自己，如果只有當下，沒有明天，沒有下一分鐘，我最想要的是什麼？就這麼一份美味的早餐。這個答案實在太簡單了，你不覺得嗎？」

沒有明天，沒有下一分鐘，只有當下，我最想要的是什麼？我想了想，也起身去煮了一杯咖啡。

「我其實不愛吃生菜，不至於討厭，但沒那麼喜歡。」鞏麗蓮咬著三明治說。「女性總想表現出對生菜很情有獨鍾的樣子。如果你喜歡生菜，你會比較像一個愛惜自己的健康和形象的女人，而且比較清新，增加你的好感度。」

「我用不著好感度，我少把事搞砸就好了。」

「你的追求真低。」鞏麗蓮說，抹了抹嘴，把三明治放下。「我給你看我的沙拉盤，我有好幾個很漂亮的沙拉盤。」

畫面裡鞏麗蓮打開廚房邊上的一個有玻璃門的櫥櫃，那裡頭放了許多杯盤餐具。她取出兩個大玻璃碗捧過來。「你瞧，這個是水晶的，我從東歐……是哪裡？捷克？很有名的做水晶的牌子，在店裡擺著的時候真美，他們的燈光打得好，跟拍戲一樣。這個是彩色玻璃，我買了幾個不同配色的，都美極了。我這個人朋友不多，很少人到家裡，但還是準備著隨時有不速之客，讓人家瞧瞧我是很有品味的。現在覺得這些東西都很多餘。」

鞏麗蓮說罷，居然把那個大玻璃碗砸在地上，嚇了我一大跳。

「都是身外之物。」她說。

忽然想起什麼似的，「我演舞蹈家那個點子，我想明白了，何必是一個舞蹈家？只要是個愛跳舞的人就行了。」翚麗蓮走近螢幕，把筆電拿了起來，走到客廳，放在茶几上，「我給你聽聽我最喜歡的音樂。」螢幕上見翚麗蓮走開幾步遠，隨著蔡依林《怪美的》音樂舞動起來，狀甚陶醉，陶醉到有些不忍卒睹。

「你這不是怪美，是怪誕。」我說。

「我什麼時候說要美來了？我就要怪誕。」

翚麗蓮在那兒又扭又轉的，冷不妨見她的身影噗通倒下，掉出畫面外頭，音樂繼續響著，好一會兒都沒見她起來。

「Lilian！你跌倒了？沒事吧？」我喊。

沒回應，畫面裡還是不見她人影，我急了。「Lilian？」

也許音樂太吵，她聽不見我的聲音？

「Lilian？……麗蓮！翚麗蓮！」

她該不會暈過去了？或者摔斷骨頭，站不起來了？畢竟年紀老大不小，或者心臟病發？

「Lilian？你沒事吧？要不要叫救護車？你撐著點！保持呼吸，保持意識的清醒！撐著，我會一直喊你，你別昏過去，集中注意力！你可以的！」

我又等了幾秒鐘，一直把頭伸出去，好像這樣就可以看更近一點似的。

音樂停了。

「犽麗蓮？」我大喊。

犽麗蓮的臉突然從螢幕冒出來。

「我沒死，我只是想躺著不動，不行嗎？你不會偶爾只想躺著不動？」

並不是偶爾，我經常只想躺著不動。

我們又討論了一會兒劇本的事，正要斷訊，犽麗蓮的電話響了。

犽麗蓮接起電話，消失到畫框外。

犽麗蓮講電話有時會開擴音，但我聽不見對方，只模糊聽到犽麗蓮的聲音。

「別跟我說這些，我是不去醫院的，你操心你自己吧……不做進一步的治療……是啊，與其被綁在醫院裡，不如在外頭享受最後的人生。」

我感到詫異，什麼意思？犽麗蓮該不會得了什麼重病？

犽麗蓮回到畫面裡，也不知是我多疑，總感覺她變得沒精打采，臉上蒙著一層陰影，帶著點疲憊說剛才滑倒在地上的時候閃到腰了，現在全身痠痛，今天的討論先到此。

說罷她忽然大罵了一聲：「該死！」

原來是踩到剛才砸破的玻璃碗碎片。

「怎麼樣?還好吧?」我擔心地問。

犟麗蓮把腳舉到筆電螢幕前。

「你的腳不要晃來晃去，這樣無法對焦，一團模糊，我看不清楚傷口。」我說。

鏡頭換上犟麗蓮的一張靠近了的大臉。「你知道我這個年紀的人還能這樣把腳舉起來很不容易嗎?」

由果回來的時候我提起早上發生的這些事，犟麗蓮突然拋棄她刻苦的養生早餐，莫名其妙的沒有明天一般的言論，以及讓人不安的電話內容。

由果想了想。「我想我能理解，生命很無常，很多堅持並沒有意義。這陣子拍戲，段導也一直嫌我胖，不准我吃東西，只能啃黃瓜，好幾次我經過速食店的時候想偷吃炸雞和薯條都忍住了，有一次還是一咬牙耍了個狠，吃了雙層牛肉起司漢堡，我心想管他的，人生苦短，命運難料，搞不好段導明天就死了。」

我嘆口氣。

「Lilian 突然要搬回去住，你想會不會跟這有關係?她怕我們擔心。」

「你一直希望她走啊，你老是背地裡發脾氣，說 Lilian 在這裡很打擾你的生活。」

「說是那麼說，劇本寫完了自然她會走嘛，我只是氣進度太慢。」

事實上我是個沒用的人，只會跟由果抱怨，卻不敢當面跟鞏麗蓮翻臉。我討厭衝突，或許這也是我討厭和人親近的原因。

「她自己也說住這裡不方便啊，要不是你需要她盯著，她才不想擠在這個破地方。」

「她這麼說的？」

竟然說這裡是破地方？我才不需要人盯著呢！

由果突然用力拍了一下自己的胸部。「我知道了，一定是乳癌！有一次鞏麗蓮在洗澡，我想大便，很急，她沒鎖門，我就進去了，我看她的兩隻奶大小不太一樣。」

「每個人的身體左右都不對稱，形狀大小都有些差異，這是正常的。我的胸部左右大小也不是一模一樣。」

「真的？給我看看！」由果傾身過來要抓我的胸部。

「你滾啦！」我拍了一下她的頭。

「我覺得不是乳癌，現在乳癌不難治癒，照她電話裡那樣說，似乎更嚴重，恐怕剩下時間不多。」我沉思著說。

我的腦子裡突然閃現鞏麗蓮曾擔憂的關於星座預言，還有她的電梯裡血肉橫飛的不祥的夢，這一切是否都有關連？

由果皺著臉，一副要哭的樣子。「Lilian 要死掉了？騙人！我去問她！」

「你別問，假裝不知道這事，她若不主動說，我們就別吭氣。」

「為什麼？」

我沒理由果這個問題。

「這麼一來，一切都說得通了，為什麼鞏麗蓮要一個量身訂做的劇本，為什麼她說不惜拿出她的畢生積蓄……」

「她並沒有拿出來。」

「這不是重點。我終於懂她的用意了，她知道自己生命將盡，想要留下一個真正能代表她的作品。……不，她不想這一生從未演過一部好電影就這麼走了，她要在她的人生最後的時光盡情綻放，痛快地演一回，做一個真正的演員，享受真正的表演……」

由果猛點頭。

我在心中尋思，如果是我，如果我的生命剩下的時間只能演一部電影，我會想演什麼樣的角色，什麼樣的故事？

25.

老賈送來新年禮物給我，打開紙袋，是一頂粉紅色羔羊毛的報童帽。會令人驚呼「太可愛了！」的帽子，但是戴在我頭上似乎不太適合。帽子上有絨毛字母貼布：J&H。

「這是維若妮卡的商品吧？真是慷他人之慨，我還差點被感動了呢！」我說。

「我專程去店裡拿來給你的。」老賈說。

「店裡生意很好吧？」我問。

維若妮卡的店面設計非常漂亮，空間格局有精品店的豪華氣派，又有活潑時髦的年輕氣息，裡頭還有一間咖啡吧，無論是門口或者店裡各角落都規劃了適宜打卡拍照的背景陳設，聽說每天擠滿了排隊拍照的人，咖啡吧也一位難求。

「但是買東西的人很少。」老賈說。

老賈的表情有點悶，貌似有事想說，卻欲言又止。

「我剛到她店裡，居然沒開店，裡頭燈暗著，玻璃門鎖上的。我知道她今天去店裡的，而且今天沒道理關門。」老賈說。

我看不出那表情意味著什麼心情，沮喪？困惑？憂煩？我本想他是擔憂維若妮卡出了什麼事，但我低頭把玩著手上的帽子——我剛還戴在頭上照了鏡子，其實也沒我想像的不適合，挺俏皮的——他說去的時候關店，但既然從店裡拿了帽子，想來還有下文。

「我正想打電話給她，燈亮了，有人來開門，是她，她見到我在門口還吃了一驚。從她身後竄出來一個傢伙，戴著棒球帽和口罩，一陣風似的，鑽進一輛車揚長而去。」

「強尼？」

「你怎麼知道？」

「那是她的合夥人，不奇怪吧？人家是明星，不想被粉絲糾纏，行蹤隱密一點也是合情合理。」

老賈一臉苦惱。「維若妮卡臉色蒼白，她見到我當然很意外，但其實不在意我的出現，她一臉失魂落魄，有別的心事。你知道維若妮卡很漂亮，總是把自己打扮得很完美，出門一定會精心化妝，她很率性，但非常講究，她對美這件事很迷戀，女人這些門道我看不出所以然，但真不是我多疑，我覺得她的妝有點七零八落，我什麼都沒說，我可沒質問她跟一個男人關了店門在裡頭做什麼，她自己心虛，承認她跟強尼吵架。你懂吧？她哭過了！她哭過了，拿紙擦臉，才會搞成這樣。我心裡有點不是滋味。她就開始抱怨公司的營收不佳，她的壓力很大，很焦慮。我說這才剛開始嘛，不可能馬上賺錢，她說和預期相差得太遠……」

「維若妮卡的生意不好嗎？我以為很受歡迎呢！」

老賈一副糟了的表情。「說溜嘴了，算了，告訴你也沒關係。她把事情想得太天真了，別跟她說我告訴你了，見到她你假裝不知道。」

「我可明事理了。」

「她說跟強尼在公司經營的事情上起了爭執，那個傢伙管什麼公司經營？他根本只出一張臉吧？」

「不是他想長成那樣子，他的臉好看並不是……」

我本來想說「原罪」，後來覺得這會造成一種誤導。因為他可能整形過，然而即便不是天生的臉，「原罪」這個詞依然成立，我的意思是，美，美本身並不是原罪，不管先天或後天的美。當然這又涉及審美，同樣的美有人認可先天的可以叫做美，後天的不行，明明看起來一樣，不，有人認為看起來就不可能一樣……但我單指「美」這個詞，不管它被放諸任何一種主觀審美標準之下……噢，我內心裡作起文章就沒完沒了。

「你有沒有看過他舞台上把衣服撩起來露腹肌？就是為了那一瞬拚命練的。」老賈不以為然地說。

「用無數個小時的汗水交換那一瞬，你還做不到呢，人家年輕。」
「我以為成熟、知性、帶點滄桑的男人才是女孩子會動心的。」
「你太樂觀了。」
「你覺得這是我多心，或者妄想嗎？愛莫，你從編劇的立場想，這是很有邏輯連貫的劇情，俊男美女在只有他倆的空間裡，浪漫深情，相擁，愛撫，燈光是黯淡的，迷離的，但有一些微光映在臉上，必定是側面光，一邊是柔和的輪廓，一邊浸入黑暗……，接下來就不說了，但不是跳過，不是跳接下一個鏡頭，過程是鉅細靡遺的，只是我暫且不描述而已。總之，本來是甜美的，兩個人穿上衣服，只穿一半，開始聊生意上的事，然後就起爭執了，他們以為彼此的想法是一致的，一直以來他們都錯以為一致，但在某一個點上，他們驚覺彼此的認知大錯特錯。理念不合！原來理念不合！」
老賈開始在屋子裡踱步，揮舞著雙手。「你相信嗎？因為一種理想主義上的差異，女的說其實是因為感情問題，男的說純粹是實務觀念不同……」
「萬一是倒過來呢？」我插嘴。
「什麼意思？」
「我覺得你有偏見，為什麼你認為這個衝突起於維若妮卡不高興他不夠愛她，而他認為純粹是工作理念不合？也許是反過來。」

老賈迷惑地看著我。

「老賈，這全是臆測，在臆測中辯論你不覺得太滑稽了？」

老賈走過來，在我身邊坐下。「愛莫，維若妮卡跟你年紀差不多。」

「我知道，但是她比我聰明、能幹，她有自己的事業……」

「她比那個強尼大了快十歲！」老賈激動地說。「你知道當我想像他們倆在一起親熱，她可不是韓國女團那種小女孩，她的年紀對他來說根本是個老媽子了，如果這種緋聞傳出去，人家會怎麼說，有多難聽，她為何要自不量力？」

「老賈！」我忍不住大喊。什麼叫做自不量力？

要知道老賈這番發言的開場可說的是維若妮卡和我同年！

老賈根本不理會我的反應，自顧自說下去：「人家會怎麼形容她？說她是肉食女，魔掌伸到小鮮肉身上，迷戀自己失去的青春……」

真可怕！維若妮卡美得那樣光燦奪目，在我心中維若妮卡始終獨特、華麗，帶著壓倒性的氣場，她混合著慵懶與尖銳的氣質，是個既具有野性、攻擊性，又滑溜俏皮的女人和女孩，她令人迷醉，但為何把她和一個世俗偶像型的年輕男人放在一起，突然她就變成了貪婪甚至有點可悲、腐壞的，彷彿吸食青春男子精氣的女鬼？

我不耐煩地揮手。「別說了，我不想聽你這些無聊的妄想，強尼根本配不上維若妮卡。」

老賈面露微笑。「當然，她應該明白我這種有智慧而穩重的男人才跟她匹配。」

26.

打從和鞏麗蓮一起搞劇本，至今也發想過好幾個故事大綱，有些進一步往下走的，就琢磨著寫出一兩場能讓人物呈現基本特質的戲，讓 Lilian 試試讀劇，感受一下角色能在她心裡激盪出什麼滋味來。到目前為止，幾乎沒有想認真發展的，鞏麗蓮很愛讀劇，興致勃勃，總在期待這一刻，但她的表演方式實在矯作誇張，只要一和她對過詞，我就熱情全消，放棄這故事行得通的想法了。

但這次不同，我感受到時間的壓力，原來我們在跟時間賽跑！而我竟還厚著臉皮散漫敷衍，不當真、嬉戲一般來地蹉跎！我感到羞恥。但我怎麼會想到鞏麗蓮去日無多了呢？

我寫了個新的大綱，附上兩場試寫的段落，睡前寄給了鞏麗蓮，一夜我都沒睡好，對她會如何反應感到不安。

早上鞏麗蓮打電話來。「我就在你家門外。」她說。

我打開門，鞏麗蓮氣急敗壞地走進來：「這真是我看過最差勁的劇本！」

我已經有心理準備她會反彈，但即便我理性上能諒解她的情緒——冷不妨被直接擊中內心的脆弱和恐懼激怒了她，引起她的強烈排拒，但這種粗暴的攻擊令我忍不住本能反駁。「你不能因為自己的否認心態而把憤怒轉嫁到劇本上，這明明是一個很好的劇本。」

這可能是我寫過最好的劇本了，我想這樣說，雖然它還算不上是一個劇本，但它在我的腦子裡已經成形，不斷生出細節，每冒出一個新的情節點子都令我自己興奮和佩服。

「否認心態？轉嫁憤怒？哈！我原句奉還。」鞏麗蓮喊。「你不能接受任何人說你寫的東西有缺點，你總是責怪別人不理解，沒有美學，庸俗，水平不夠，你把面對這是個爛劇本的現實推到我快死了上頭，告訴你，我還有幾百年呢！」

「你想強迫我承認這個劇本不好？我面對過多少製片、導演，不管他們對我的劇本再不買帳，我也從來不會退讓，承認沒有才華的人是我，我不在乎金錢、名聲、評價什麼的，我只在乎我自己的堅持。問題在你的鴕鳥心態，你以為逃避、跟自己說沒有這回事，它就不會發生？接受這個事實吧！」

「接受什麼事實？」

「接受你快死了的事實啊！」我大吼。我十分激動，感到自己幾乎聲嘶力竭，但聲音卻十分微弱。

鞏麗蓮發出怪笑。「哈！你對死亡懂得多少？這麼爛的劇本，我就是死了，也從棺材裡爬出來挑你的毛病。你自己聽聽看這寫的是什麼……」

翟麗蓮翻開劇本開始唸。

這時我才發現翟麗蓮手上拿著一本紅皮冊子，她把劇本列印出來裝訂成冊，還加上封面？可真怪，我寫給她的內容也不過五、六頁，哪兒能印成這麼一大疊？

翟麗蓮邊念邊笑，恣意穿插批評，我知道這東西只是初步構想，很多邏輯是空白的，但我本來最焦慮的是點破翟麗蓮企圖隱瞞的病情，現在她卻轉移焦點，毫不留情地批評我的才華。

然而她越往下唸，反倒讓我驚訝這故事的創意豐沛，出乎我想像的情節設計層出不窮，我竟有一股衝動到處找紙筆想記下來。

這是我寫的？為何我覺得印象模糊？

「你這個笨蛋，你知道死亡是什麼感覺？因為你什麼都不懂，我只好從棺材裡爬出來，寫給你看。」

翟麗蓮抬起臉，咧開嘴笑，她的嘴裡沒有牙齒，臉上的皮膚變成一種灰暗的藍色。

「這應該是恐怖片。」她說，笑得更大聲。

我驚醒過來，明白自己是做夢以後，心臟卻砰砰跳，殘餘的驚嚇感覺仍然很強烈，身上的皮膚、細胞都彷彿還浸染著方才夢境中的恐怖。然而即便驚魂未定，腦子卻迅速轉動，想要捕捉夢中鞏麗蓮讀的劇本，那些內容根本是天才之作，非清醒時候愚鈍的我所能構想，然而越是追憶，努力捕捉、拼湊那些斷簡殘編，原本彷彿合情合理的情節，卻顯得荒唐怪異，逐漸煙消雲散。

折騰一夜睡睡醒醒，幾次夢見早晨與鞏麗蓮的面質，但夢境很快不復記憶，天亮時頭痛欲裂，以為自己是徹夜無好眠了，轉過身竟然呼呼大睡。起床已近十點，鞏麗蓮並未如常打電話來討論劇本，我也不想主動聯絡，甚至有鬆一口氣之感。

隔天早晨鞏麗蓮與我視訊，神色倒是輕快，和過去沒有不同，我見她又恢復胡蘿蔔汁、堅果和生菜的養生早餐。

「不吃瑪芝拉起司三明治了？」

「那是偶爾放縱，是例外，我這魔鬼身材只是一天的任性毀得了？我跟你們這些懶散、沒有紀律的年輕人不同，我很有意志力的。」

我心想鞏麗蓮必然還處在否認現實的階段，相信她如果保持堅強的信念，就能還原到太平無事的狀態。她有能力為自己負責，我也不便插手，我的任務只是為她寫出最後的劇本，想到此不禁有點心酸。

「昨天怎麼沒消息？」我問。

「老有各種理由取消早餐會報，整天跑得不見人影的人是你吧？我怎麼就不行了？我很忙的。我本來覺得人要有責任感，要把重要的工作放在一切私人事務的前面，但是到頭來只會顯得很沒有身價。」

我問鞏麗蓮看了我給她的劇本沒有。

「看了，挺好的，我演過女殺手，沒問題。」

「這不是女殺手！」

故事描述被醫生宣布壽命只剩不到一年的女人，被一個專門利用因絕症或其他原因不久人世者從事犯罪行為的集團接觸，而後接下殺人的工作。這可不是動作電影裡那種主人翁將接受訓練，利用各種高超的職業殺手技巧從事驚險任務，殺人之難，難在脫身，如何掩蓋證據，不被抓到、繩之於法，但如果是不在乎後續的將死之人，根本不用考慮技巧，甚且殺人者本身也不被在乎，成功當然是最好，失敗了不起換一個人再執行。所要殺的對象也都很普通，既不是政治高層也不是黑道大哥，都是尋常百姓，委託人花點錢希望取人性命的理由未必是深仇大恨，可能只是因為看不順眼。

構思出這個故事，第一個想到的不是鞏麗蓮的反應，而是曉天會怎麼想？我太習慣跟曉天討論腦子裡各種天馬行空的幻想，而曉天的評價總能切中核心，並且引發諸多聯想，彼此都很有共鳴。我想像曉天可能說什麼。

「這不就是自殺突擊隊嗎？」或許他會先哈哈大笑，接著一本正經說：「利用餘命無多之人去殺人是一種降低成本的概念。事物會因為成本低廉而隨著降低價值，比如說，如果要付一千萬去殺一個人，必定得選擇抵得上這筆錢的惡或仇，或利益，但只需要花一千塊的話，只是說兩句不入耳的話就足以動念了。」

除了煞有興味地點出命題，曉天的習慣總還會一臉無奈地批評我兩句：「你這個人為什麼總要帶點反社會意識？你說的好像人都是隱藏了自己對這個世界運作法則的鄙夷和不信任而活著的，只有失去未來，無所顧忌的時候，才得以坦白面對自己真實的感覺，用背叛來報復過去虛偽或者不得已的忠誠。你有沒有想過一個人如果因為懦弱才對善行忠誠，這其實沒什麼好質疑的。」

這是曉天可能說的話，我的腦中甚至浮現曉天說這些話的聲音和表情，我們是如此了解彼此。但即便好幾度有強烈的衝動想把大綱寄給曉天，結果還是打消主意。

至於鞏麗蓮，「要揣摩剩下沒多久好活的人是吧？這倒是不難。」這麼一說我心一驚，只待接下來她要坦承生病的事了，誰知她接著說：「她跟這男的似有若無的感情，到底是愛還是不愛呀？有沒有床戲？床戲也不見得他倆就玩真的了，一種惺惺相惜吧？不用太浪漫，中年人嘛，看待感情是不同的層次。不過有床戲的話我是覺得可以來一段拍得唯美的。」

27.

這場戲是女主角與心理顧問的對話。故事的背景是，當醫院診斷出病人的病情嚴重，在心理調適上需要專業協助，會建議其同時接受身心科的諮詢。女主人翁與精神醫師相談的過程起了衝突，有人介紹一位私人醫生給她。這其實是利用絕症病人執行犯罪活動的集團所安排，集團有管道能得到病人情報，便藉機接近，通過心理顧問的評估，如果是合適的對象，便會進一步透露相關資訊，試探意願。

由於對話全程兩個角色都只是面對面坐在桌子兩端，因此我和鞏麗蓮可以透過視訊來對戲，我擔任心理顧問的角色，劇本是我寫的，台詞都有印象，鞏麗蓮也讀得很熟了，因此雖然是對詞，我倆都能只時而瞄一眼劇本，大部分時候帶著角色的表情動作對話。

但鞏麗蓮從來不喜歡乾坐在電腦前視訊，她總是在房子裡走來走去，到處摸摸蹭蹭的。

「開始了嗎？」

「你可以了就開始，隨時。」

鞏麗蓮站在掛鐘前。「這鐘是不是停了？怪不得我覺得納悶，怎麼可能才過了一小時？

還是我起早了呢？」

這不是劇本裡的台詞，但我覺得這句挺好，很自然，或許我該把它加進劇本。

「我年輕的時候很漂亮。」

「看得出來，你現在還是很漂亮。」

「風韻猶存是吧？你跟我，這種浮濫的客套話就免了，沒意思，我指望你的開場白更深刻、高級一些呢！」

「以我的立場，如果說的是客套話，就得不到你的信任。也許你不信任的是你自己。」

「你是按時間收錢的吧，那我就直接切入正題……雖然現在我似乎沒必要再去在乎錢了，因為我就快死了……你看我還是直接切入正題了。」

「你害怕嗎？」

「死亡？你一生裡害怕過多少事情？不管你怕不怕，它都一樣發生。」

「我相信這種感覺不好受，沒人在這種情況下會好受。」

「你期待我有多沮喪？我好得很。」

「那你為什麼要來找我？」

「閒著也是閒著。活得好好的，往後長得很的時候，老覺得沒時間，現在快死了，倒發現自己什麼都沒有，就是時間多。」

「不論你剩下多少時間，你都可以更珍惜。」

「哎呀咖啡煮好了！」鞏麗蓮忽然大喊，起身走到廚房。

走回來時拿著咖啡杯，另一隻手把堅果丟進嘴裡，喀滋喀滋咬。

「或許過去有什麼願望你希望能實現而未實現的？」

「你知道每年過生日的時候，親朋好友們圍繞著我，唱完生日歌，吹蠟燭許願的時候，我都許什麼願望？」

我忽然想到，劇中角色說話的態度故作輕鬆，鞏麗蓮演來卻十分輕挑，她在戲裡是個退休舞蹈教師，借用我們之前發展過的劇本裡的角色背景，但現在看來比較像是個退休舞女。

或者我該把人物改成退休舞女？

「世界和平。」

「你一直努力地當一個，符合他人心中善良、無私的想像之人。」

「當然不是。你不知道願望要是說出來就不靈了？剛好相反，我深怕別人不知道我唯恐天下不亂。」

「你只是厭惡人的表裡不一，你想用虛偽武裝自己，卻辦不到，你是一個真誠的人。」

當我在構思這個劇本的時候，我心中想的是，鞏麗蓮不久人世，我必須掌握她的心情，儘管不便直接探問她，我要藉由她對這個故事的反應來確認我的猜測，我要觀察她的表現，而這不正就是我此刻所飾演的這個顧問在戲中所做的事？

原本的盤算，有些過分尖銳的台詞可能刺中她的痛處，或許她會分不清戲裡戲外，或者她企圖掩飾，卻仍無法避免洩漏真實的情緒，我要掌握她臉上、肢體最細微的變化，甚至她有可能突然失控。然而我太專注在自己的表演上了，不知不覺就沉浸在表演的快感中。

怔了一下我趕緊回神。

「我二十五歲時就生了孩子，我曾經是個舞者，那時是我最好的狀態，我的夢想因為孩子而中斷，我得了產後憂鬱症。」她拿起桌上的小擺設把玩。「我那時候應該看心理醫生，可是我沒有，我現在都一腳踏進棺材了，卻跟你在這裡閒磕牙，你不覺得很好笑？總之，我沒愛過我女兒，對她很冷淡，我心裡總是有個什麼說不上來的隔膜，不像一般的母親能把孩子當作自己的一部分。」

「你覺得她恨你。也許你可以嘗試彌補什麼。」

「因為我快死了？你不用拐彎抹角，覺得這是什麼禁忌的字眼，你不是心理醫生嗎？我很好奇如果你快死了，你還有功夫琢磨怎麼講話不傷人？」

「你感到生氣是正常的。」

「天哪！再也沒有比這句話更會激怒人的。」

「我並不想激怒你，我相信過去的人生裡，你被很多事激怒夠了。」

「你剛才說我女兒恨我，不，她不恨我，她打小我就經常跟她說，是她害了我，她的來到毀了我一生，她對我心懷愧疚。」

「你心裡很明白，應該心懷愧疚的人是你。……那麼你丈夫呢？」

「他很疼女兒。」

「其他方面呢？」

「他人很好，但沒什麼能耐，是那種在外頭又不願意表明態度，又鬥不過人，做起事差強人意，回到家卻不斷怨天尤人的人。」

「你們相處得怎麼樣？」

「他多半順我的意思，但我們還是經常吵架，別看他溫溫的，脾氣發起來很驚人，女兒小時候總被我們吵架嚇得躲到櫃子裡，她覺得我們其中一個會在吵架中死掉。她因為太害怕而變得有點口吃，老師還以為她智能不足。」

「你丈夫並不是脾氣壞，他只是太多時候過分壓抑。」

「我曾經問過他，會不會後悔娶我……他追求我的時候，是有幾個女孩子對他挺有好感的……真不曉得看上他哪一點。他說沒什麼後不後悔的，人生就是這樣，婚姻，家庭……每個人都差不多，娶誰都一樣。你瞧，他居然說得出這種話！」

「你覺得自己是個失敗的妻子和母親嗎？」

「難不成我要像電視劇裡那種白蓮花，大半生委屈求全地做表面功夫？人人當我善良完美，我有什麼好處？周遭的人都認為我是不體貼的妻子，不稱職的母親，長得不好看也不化妝，不溫柔又不端莊，家事做不好，丈夫女兒的需求都置之不理，我到後來索性澡也不洗，頭也不梳，自由自在得很。」

「你感到快樂嗎？」

「誰會真的快樂？那些表面嘻嘻哈哈的人都是裝的。只有不快樂跟更不快樂、非常不快樂……這些比較。我雖然不算快樂，但往好處想，我可能更不快樂。」

「被認為是不稱職的妻子、母親，懶惰、失敗，丈夫和女兒都很痛苦，你相信這已經是對你而言最好的選項？你不想要這樣，對吧！你也想被信任，想被看作是好的，想要美好的形象，但是你害怕，你怕只要往符合他人期待的方向踏出一步，就無法回頭，而你將無法負荷那些東西。」

「你看看你，坐在這裡和人聊天就能賺錢，穿得這麼體面，有一間自己的辦公室，你怎麼會去想，噢，我當個受人喜歡的人，還是被人討厭的人，到底選哪個好呢？」

「你丈夫和女兒知道你的病情嗎？」

「不讓知道。免得他們太高興。」

「你怕他們擔心，難過。」

「他倆夠辛苦了，我丈夫身體也不好，整天憂心忡忡。我女兒跟我一樣，年紀輕輕就生孩子，跟孩子的爸分手才發現懷孕，那男的我連見都沒見過，好像是個遊手好閒、滿口謊言的傢伙，她堅持要生，說從她自己的成長經驗她覺悟到，婚姻不重要，給孩子愛才重要。她做給我看的，你明白嗎？她用這種方式跟我宣戰，她就為的告訴我，我是錯的。這不是傻嗎？跟自己過不去。她的孩子兩歲，有心臟病，不能動手術，現在需要的一些醫療既昂貴健保又不給付。」

「你裝作無所謂，其實在你的心裡，你一直在責怪自己。」

「說什麼都沒用，一生都過去了。」

「你現在還活著，還有很多事能做。」

「你沒明白我的意思，不只我的一生都過去了，我丈夫，我女兒，都失去了一生最好的時光。我丈夫也年紀大了，什麼都搞不好，讓年輕人欺負，我女兒一雙眼睛跟死人一樣，沒有光。我可以拍拍屁股一走了之，巴不得離開這個見鬼的人世，但他們還活著。」

「這不是你的錯。」

「別安慰我。」

「聽著，你犯的最大的錯，就是把這一切歸咎於自己，你沒有發現，從什麼時候開始你就被剝奪了，你喪失了做夢的權利，在你心裡，你一直想公平地對待別人，但你早已被不公平地對待。」

女主角迷惑地望著眼前這位顧問，迷惑，卻有什麼東西打動了她，前所未有的。

「你自以為不受他人的眼光、世俗價值觀的束縛，事實上你比那些迎合世俗標準的人更被束縛著。」

「胡說！」

「你不是將死，而是重生。現在你有機會，你能彌補這一切，彌補你自己，和你愛的人。」

28.

過馬路的時候巧遇維若妮卡，她的跑車很好認，烤成了顯眼的桃紅色，是她的「品牌色」，這個顏色很時髦，復古，有種八〇年代的風味，但是總覺得太……年輕了。維若妮卡把頭伸出來向我招呼，「去哪兒？載你一程？」

我鑽進維若妮卡車裡時陡地一驚，方才一眼見她，只迷迷糊糊有哪兒好像不一樣的感覺，回神來說：「我還以為自己上錯車了呢！」

維若妮卡染了一頭淡粉色的頭髮，她膚色很白，整個人看來真像漫畫人物，但這種髮色是十幾二十歲的少年少女的髮色，沒有使維若妮卡看起來年輕，剛好相反，顯得她格外蒼老。

「不是我譁眾取寵，是掩飾我的白頭髮。」維若妮卡苦笑。「突然多了好多的白頭髮，壓力太大。」

「很漂亮，很引人矚目。」我說。這也不算違心之論。「對了，謝謝你送我的帽子。」

「噢，老賈要我替你選的，你喜歡嗎？我猜你從來沒戴過。」

「戴過啊，挺好看。」我只在鏡子前戴過一次，沒敢戴出門。我轉移話題。「老賈有沒有跟你提過，我新寫了個劇本，給犖麗蓮那個，還沒寫完整，有一段我請老賈和犖麗蓮對詞，還錄影了，昨天本來要傳給老賈，忘了，他自己都沒看過。」本以為維若妮卡毫無興趣，出乎意料她卻說想看看那影片，不如去我家一起看。我當然也沒什麼好拒絕的。

一進門，維若妮卡問：「由果在不在家？她的戲殺青了吧？」

「我不清楚。」

我知道自己煮的咖啡維若妮卡不會鍾意，幸好家裡的茶葉還不錯，替她泡了阿薩姆紅茶。

我禮貌性地問了維若妮卡的品牌經營得如何，預期也會得到客套之詞，還不錯之類的，沒想到維若妮卡乾脆地答說很糟，撇撇嘴，莫可奈何地聳聳肩。

「我現在是父子騎驢，你怎麼做都聽到一片說你錯了的聲音，你一被罵，嚇得趕快掉頭往反方向跑，然後又吃一記悶棍。」

這不是維若妮卡的個性，她向來很自我，她的強勢就是她那種俏皮的不在乎，她有一種玩世不恭的離經叛道，但又在世俗遊戲裡拿捏得很好。

我以為維若妮卡總能不費力地找到平衡。

「平衡？沒有平衡這回事，你這麼做曲高和寡，你那麼做媚俗迎合，你這樣太躁進，你那樣做節奏太慢，你太貪心，你太怯懦，還有……你太老……」維若妮卡笑笑。

雖然還在做困獸之鬥，我感到維若妮卡的內心卻相信大勢已去，已經承認了失敗的事實。人真正的失敗就是在你自覺失敗的那個點上，被決定了。

「由果在拍段導的戲，你去探班過嗎？」維若妮卡問。

探由果的班？我想都沒想過。

「老賈去看過，還不只一次。」維若妮卡說。

「那也不奇怪，老賈一直很想跟段子稱兄道弟，把由果介紹給段子差點壞事，現在倒像由果幫了段子的忙。」

「所以他屁顛屁顛地跑去分一杯羹是吧？」維若妮卡哼了一聲。

「老賈很欣賞段子。」

「他欣賞段子？」維若妮卡大笑。「他這麼現實的人，段子的電影很不商業，但是名氣大，影迷心中有地位，老賈這個人就是既想追逐利益，又妄想名聲。」

「老賈還是懂電影的，你看看他跟鞏麗蓮對詞的影片，很不錯的。」

我說著，打開電腦。

被宣告生命剩下不到一年的女主角，我還沒想好名字，姑且先稱她S。

利用得到不治之症生命所剩無多之人從事犯罪尤其是殺人活動的組織，在對方接下任務後，會分派一位指導員，指導員是其聯絡人，同時也負責交代執行任務的各種注意事項。S的指導員是一位中年男子，年紀長她一些。老賈——自然就是飾演這位指導員了，和鞏麗蓮對詞這場戲的背景，是S已執行任務之後。

在這之前的故事梗概——S的任務是殺死一個八十多歲不良於行的老人，老人的家人會把老人帶到商場大樓，藉故走開，S的行動很簡單，把坐著輪椅的老人推到樓梯間，把他推下樓去。S進行的初始很順利，然而老人摔下後，非但沒死，還大聲叫痛。此時卻剛好有人闖入樓梯間，大喊發生什麼事，S驚慌不知如何是好，指導員衝了進來，把老人勒斃，抓著S逃跑。

S錯愕。不同於黑道或者職業殺手的殺人行動，利用這些將死的普通人殺人，簡便之處就是既不費心裝成意外，也不費勁煙滅屍體，是否希望當場全身而退全看殺人者自己的意願，但事實上組織只挑選在心理評估中預測不在乎被逮補的人。任務只要執行了，就算沒有成功，也能得到一半酬勞。而犯罪者和組織沒有直接聯絡，警方也難找到幕後主使。換言之，老人就算沒死，或者S的犯行被人撞見，指導員根本不需要出面幫忙。

指導員告訴S，他並不是協助S完成任務，他是執行自已的任務。原來S的任務是受老人的家人所託，為的是取得老人遺產，而指導員接的任務則是受老人所託，厭煩於無尊嚴地苟活，身處於日日爭鬥的家人之中，老人寧願自死，且先一步把財產捐了出去。

S和指導員之間產生了情誼。剛與S接觸，指導員認為她是個完全狀況外，頭腦奇怪，一定會壞事的女人，她有一種超乎常人的神經質，以及各種矛盾，她既敏銳卻又粗率，她在莫名其妙的地方執拗，普通人都知道該遵守的法則毫不在乎。她的問題很多，多到他無法招架，卻無視於關鍵的答案。她喜歡裝作老於世故，他卻感覺她一派天真。

而她呢，她發現自己在學新的事物，那不像學語文、學才藝、學科學這種事，而像是學著當一個新的人，這個人很瘋狂，不是活了大半輩子的那個她。她充滿好奇，有好多她想知道的事，一個幼兒剛開始探索世界，一開口就有十萬個為什麼，而一個成年人往往不再有驚奇、納悶，以及無窮的「我想知道」，她從未想到她能對那麼多事充滿追根究柢的慾望，一個人肚子被捅一刀，多久會死？一個人的老二被割掉會流很多血嗎？要怎麼解開從背後被綁住的繩子？如果被人打昏關在一間屋子裡，醒來怎麼知道時間？甚至於，她想知道每一輛公車開往哪裡，街上的流浪漢每天到哪裡去找吃東西、上廁所、喝水、睡覺的地方，早晨她走在尚未甦醒的街道，只有早餐店開著，她聞到煎肉排和蛋的味道，她聽見鐵捲門開啟的轆轆聲，她看見屋簷有燕子築的舊巢，她注意到腳底地板的顏色，她考驗自己是不是能看清和記得飛馳過去的汽車車牌。這些事有什麼意義，她不在乎，她只是覺得自己變成一個新的人，用新的眼睛、耳朵、鼻子、觸覺在和世界打交道。

她搬出家裡，不告而別，只帶了些簡單的東西，住在萬華巷子裡的小旅館，那裡又吵又髒又亂，夜裡她總聽見有人叫罵，她覺得自己就像電影裡的人物。她雖然一個人，但不覺得孤獨有什麼不好，她並不無聊，每天她從這條街走到那條街，望著街上形形色色的人，幻想他們的故事。現在她的生活裡沒有別人，沒有人會提醒她過去這一生的線索，她絲毫不想那些。

她最期待的就是他——她的指導員，和她聯絡，一開始只有他能主動連絡她，後來他給了她一個只有他跟她專用的號碼。她毫無忌憚地打給他，她才不怕他嫌煩，討厭她、疏遠她，或者把她看作厚臉皮、難纏的女人，她都快死了，她怕什麼？任何事她只要一猶豫，就跟自己說：「反正你快死了。」

「反正你快死了」成了她對她自己的口頭禪。

他常常不接她的電話，不開機，她留言也不回，她不介意。其實他們還是常見面，他們甚至還一起去跳舞。她都多久沒跳舞了。她多愛那音樂喚起身體躁動的慾望，身體有自己的意識，她驚覺到，她在享受生命！他的動作非常笨拙，她教他，他們笑，他們有多快樂！

她中途有一兩次藉口上廁所，其實坐在馬桶上喘息了很久，她開始感到身體的衰退了，她害怕她正在走向終點，但她打起精神，補好妝，她不能讓他看到她臉色慘白。

跳完舞，他們走在深夜的街上。剛才她跳得滿頭大汗，身體都濕了，這會兒夜風吹著感覺特別冷。她有點後悔先前的忘我，不是她認為矜持的形象較好，而是她自己都聞到身上的汗味一陣陣飄來，不知道他是不是也聞到了。

她喜歡他在身邊，她這輩子還沒碰過一個人能這麼給人安全感，她遇上的人都無能卻囉唆，賣弄愚蠢還當聰明，牢騷滿腹，他那麼不一樣，他很穩健，不談他自己，說話不急不徐，他不愛笑，笑容很淡，偶爾他笑出聲的時候，她都歡喜得好像自己做了什麼天大的美事。

「我死後不知道會不會下地獄呢？你覺得有地獄嗎？」她問。

「地獄只是人的幻覺。」他說。

「那我就放心了。」

「人世也是人的幻覺。」

「好深奧的想法。」
「這是以前我的指導員對我說的。」
「你也有指導員？」她很驚奇。
「我跟你一樣，當初也是被宣告得了絕症，不久人世。」
「那是什麼時候的事？」
「三年前。」
「三年前？」
「對。你以為你快死了，你當自己是個死人，所以才接了殺人的活。沒想到殺了人，你卻沒死。」
他的口氣很平淡，臉上有一抹很淺的自嘲的笑容。
「我可不是那種漫畫看太多、幻想自己是《神鬼認證》的麥特戴蒙，或是整天打殺人電玩遊戲，憧憬當個狠角色那種人。我是平凡的老百姓，我不喜歡暴力，不愛管別人閒事，我希望這個世界的權力、利益、是非、愛恨的糾紛都跟我無關。我想本本分分地過完一生。叫我去殺人，是一件很為難我的事。」
「那麼你為什麼做了？」

「我的腦子裡長了一個瘤。我的頭常常痛得要命，好像裡面有一顆炸彈爆炸。有時候我會出現幻覺，我很害怕控制不住自己的思想和行為，而我對自己處於那樣的情況卻一點也不知覺到，我不知道自己的想法很荒唐，我不知道自己做的事莫名其妙，我怕我無法分辨。有一天我醒來時眼前一片模糊，一隻手不能動彈，我嚇壞了。雖然後來恢復了視覺和知覺，我卻覺悟到自己不剩多少時間。我恐慌起來，好像在跟一個隱形的什麼東西賽跑，但我到底搶在它前頭做什麼呢？」

「於是他們就找上你了。」

「對。他們針對不同心理狀態的人分配適合的指導員。我現在偶爾也跟其他幾個指導員交流⋯⋯組織其實不允許我們這麼做，但他們睜一隻眼閉一隻眼，大家交換心得其實是有幫助的。」

「你當過多少人的指導員？」

「我沒算，十幾個吧⋯⋯什麼樣的人都有。」

「你怎麼被說服的？」

「幾乎所有的人接下任務以後，心裡都是有疑慮的，所以指導員是很重要的角色，不只是聯絡人而已。我的指導員老說生命是幻覺，別把活著這件事看得太認真，他的用意是消除我對殺人的罪惡感，如果生命是虛幻的，如果生和死都不那麼有重量，那麼殺人這件事的心理負擔就會減少，下手會簡單一些。死亡並不是消逝，只是望向別處。你瞧，他說得多麼有詩意，死亡只是調個頭罷了，原本你面向你活過的時間，死後你轉臉望向另一個彼方，那裡也有風景，只是現在的你看不到，如此而已，所有的人都要調頭的，別以為自己剝奪了別人重大的什麼。他努力讓我這樣理解。結果他對我來說不是什麼殺人老師，反而像是人生的上師呢！」

「難道你因為看清了這一點，奇蹟似地康復了？」

「我不知道。我不知道原因，總之我沒死，康復了，毫無道理地活了下來。我甚至懷疑，難道殺了人的我，因為殺人的快感而找到活下去的神祕動力？我沒這麼變態吧？……你到底在高興什麼？」

「我第一次聽你說關於你自己的事……我覺得好幸福。」

「大部分的人被說動，都是誘導他產生仇恨的心理，並不是仇恨他要殺的那個人……執行任務的人不會知道他要殺的是什麼樣的人，也不需要知道理由，他只是把仇恨投射出去，殺人是一種類似儀式的行為，帶著報復的快感。我到後來發現，仇恨根本不需要教，人這種生物別的都不會，對仇恨卻很擅長。最妙的是你只要一去點燃，周遭的一切莫名其妙約好了似的都會協助你煽風點火。只要你想恨什麼，全世界都會聯合起來證明你是對的。」

「那很抽象，我不知道具體是誰，在哪一個時刻、哪一件事，決定性地傷害了我，但是告訴我我是被剝奪、被孤立的，我卻覺得我被理解了。回應這個理解，彷彿自己非做點什麼，什麼激烈的事。……你覺得自己做了很可怕的事嗎？」

「殺人？別開玩笑了，大部分的人根本就不在乎殺人，在乎的是裝腔做勢地找一個冠冕堂皇的正當理由。這個世界上如果有十分之一，不，哪怕百分之一，千分之一的人當真在乎，人類史上就不會發生戰爭了，以前不會，現在不會，將來也不會。你看清現實吧！」

她從皮包裡拿出手機，想要拍一張合照。

「別拍，我不喜歡照相。」

「但是我想留一張和你在一起的照片。」

「這有意義嗎？你都快死了。」

「你怎麼說這麼失禮的話！」

「你還介意這個嗎？我們之所以有交集，不就建立在這件事上頭？」

「那是之前，現在不一樣了。」

「有什麼不一樣？」

「我覺得活著的感覺很好。真諷刺，我活到這麼大歲數，第一次感覺活著很幸福。我突然好希望我不會死了。你不是也活得好好的？」

「我雖然沒死，但像是懸著，只是暫時把生命給寄著的狀態，或者被判死刑但尚未執刑的囚犯。但到什麼時候呢？我已做好準備，面向死而非面向生地活著。」

「你不想一直活下去？」

「我不知道。但我並不想自己了斷，沒有必要，我只是等著，等著有什麼來拿走我。」

「你怎麼會不想活下去？我遇見了你以後，感覺到活著的快樂，所以我不希望死了。你跟我在一起，沒有相同的感覺？我的存在沒有讓你感到活著是有意義、有價值的？」

「我承認和你在一起很開心，但那是兩回事。」

「我是因為你而改變的，我去殺人是為了你，不是為了錢，不是憤世忌俗，不是要表達什麼反抗，只是因為你叫我去做的，就算我不是快死了。我願意做任何你叫我去做的事。」

「天啊！你這麼說我可承擔不起。」

「我不是要你負責什麼，我只是希望你明白，你對我而言有多重要。」

「都幾歲的人了，怎麼會說這麼不成熟的話。」

「說了半天，你就是嫌我老。」

「這到底有什麼相干啊？」

「如果是一個性感美貌的妙齡女子，你的反應就不一樣了吧？我只是個老太婆，天真而且愚笨，你對我虛情假意，你只是哄我去殺人而已，你這個詐騙集團！」

她怒氣沖沖地轉身走了。

29.

「他倆有上床嗎？」維若妮卡問。

「什麼？」

「這個女的和她的指導員，他們有床戲嗎？」

我搔了搔頭髮，「我沒有想到這些……也許會接吻？但不太過分，輕輕的一吻。」

維若妮卡不耐地揮揮手打斷：「我建議你加入幾場床戲，把那個指導員改成女的，女女戀。」

「為什麼？」

「比較時髦。如果指導員是男的，不但了無新意，而且女主角面對死亡的逼近，生命價值的終極考驗時找到新的自我、重生的慾望，結果只是因為她遇見了喜歡的男人——我敢說，重點是他比她老公帥，電影一定會找個帥的男演員來演他，毫無疑問。這種意識型態太陳舊，如果指導員是女的，她才是真正開發了另一個自己，這比較符合潮流，還能得個歐洲的電影獎。」

「這不是一個愛情故事。」我叫道。
「不是愛情故事？那還有什麼意思？」
「你覺得老賈的表現如何？他以前在公益廣告插花演出過，他的型還不錯。他蠻愛演的。」
「他就是太愛演了，裝模作樣的。」
維若妮卡的口氣，我不知道她指的是老賈在戲裡還是戲外。
「這個蛩麗蓮也不太行，太矯情了，她不會當真那樣演吧？」
維若妮卡也一眼看出來了，蛩麗蓮的演技老派，誇張而不自然，但這只是對詞，試試感覺，話說回來如果這是一場試鏡，她顯然證明了自己不適合。世界上真的有能讓蛩麗蓮表現亮眼的量身訂做劇本嗎？或者這證明的其實是我的能力不行？
「由果有跟你說到老賈嗎？」維若妮卡突然問。
「說到老賈的什麼？」我一頭霧水。
「任何事。」
我歪著頭想了想，還真沒印象，由果是不是說過老賈去拍片現場看她，而我沒聽進去？但我壓根就不認為老賈是去看由果的，老賈只是跑去在段子面前表現出他對段子很欣賞，很關心的模樣。

「我只記得由果回來老是罵段子，說段子喜歡故意忽視她，抹煞她的努力，把她當笨蛋，認為她演技不及格，戴君凝像公主，她就像丫環。其他人會聊在一起，她就沒人理，自己躲在角落裡背台詞，我還笑她，你那個角色沒台詞吧……」

「我知道，老賈也跟我說過，段子很躲著由果，由果都自嘲，說段子當她簡直像瘟神一樣。」

「段子為何要躲由果？」

「人家說由果企圖心很強，拚命想睡段子，讓段子捧她。」

「由果不是那樣的人。」

維若妮卡瞪著我。「你說的話跟老賈一樣，挺護著由果。」

「這不是偏袒，由果的頭腦很單純。」

「由果就算想跟段子親密，給自己爭取更好的機會，又怎麼了？這種事哪有什麼公平的。但是段子很避諱，人家說段子怕老婆，我不覺得段子重視的是他老婆，何況他老婆根本不在台灣。他愛自己多得多了，他保護的是自己的形象。段子的電影不主流，他總喜歡帶點離經叛道的姿態，挑戰傳統，但又想把他自己真實的生活切割開來，他本人是正直正派、符合最普羅大眾的道德標準的。你看他這人多虛偽。」

維若妮卡的眼光很犀利。

「老賈罵段子對由果不公平，說由果對這個演出機會看得非常重，很認真地研究角色，成天翻來覆去看劇本，追在段子後頭要講她的想法，段子怕死她了，成天找地方躲，叫大家說沒看見他人。由果好強，毫不知難而退，就怕人家不知道她來真的。老賈對由果可心疼了，說由果聰明、用心，不是那種想當明星的女孩，她真的想演好戲，但她個性又倔，受傷也不想表現出來。」

「她那角色只算客串吧？沒什麼好研究的啊！」我有些納悶。

「她就搞不明白這一點。」維若妮卡冷笑。「我懷疑老賈搞外遇。」

「跟誰？」我愣了半天。「由果？你不是認真的吧？」

只因為老賈同情由果嗎？由果這麼投入，週遭人都看得出來徒勞，只有她自己不知道，確實挺可憐，這不表示老賈跟由果有什麼吧？

「老賈要是跟由果有什麼，他還跟你大談由果的事？他沒那麼傻吧？」

「你以為我因為老賈替由果說話而吃醋？老賈不是探段子的班拿由果當藉口，而是相反，我在劇組有認識的人，老賈甚至幾次去接由果都沒讓劇組知道，他還刻意等在外頭隔一條巷子遠，怕被人看見。」

維若妮卡這麼說，我也無言，我並未因此相信老賈和由果亂搞，只是不想費勁去替他倆解釋，我替他倆解釋幹嘛呀？隨之想起老賈也懷疑維若妮卡跟強尼搞外遇，這兩人犯疑心的勁倒是很相似，我自然沒跟維若妮卡提起這事。

稍晚我又想起寫給鞏麗蓮的劇本，維若妮卡認為指導員應該改成女的，照以往的習慣，我第一個會跟曉天分享這件事，你一言我一語地熱烈評價，半嚴肅半開玩笑地發展下去，奇思妙想不斷。

跟曉天聊聊這件事又有什麼關係呢？沒道理不可以，什麼邏輯兩個人非得有某種關係，即便不是情侶，還非得是朋友，才能討論劇本的創意？

我說服自己跟曉天聯絡，談這件有趣的事，沒有任何不妥，畢竟，世界上只有曉天跟我存在著無人可以取代的奇特默契，而我多麼懷念、需要這種樂趣。正當我已經打算動手這麼做，突然一拍腦袋！此時在波士頓的曉天，或許不是一個人！

如果晴恩在他身邊呢？這幾乎是合情合理的事，晴恩是曉天的同事，他倆一起出差到波士頓，一待兩個月，他們可能租一間公寓，住在一起，雖然孤男寡女，但這都什麼時代了，大家都是成年人。這麼一想，原先那股聯絡曉天的衝動整個被澆熄了，那種管他三七二十一的理所當然，假裝衝突不曾存在的自信滿滿，如從前一般歡快熱烈交談的想像，頓時化為烏有。不但熄火，而且不太高興，什麼事都沒發生，只是我自己的一連串內心戲，卻莫名其妙賭氣起來。曉天在地球另一端不知道會不會突如其來打噴嚏。

晚上由果回來，遇著鞏麗蓮一起，鞏麗蓮還買了宵夜，她想看看跟老賈對詞那段錄影，我們一起看了兩三次。儘管我特別留意鞏麗蓮的反應，且小心地不讓她留意到我在留意她，但她神色泰然。她跟老賈對詞時，那表演方式實在令我很難專注，她用一種幾乎是諂媚的撒嬌態度，而我不好意思指正她，她看起來很投入，很樂在其中。我沒有感受到她被劇中人面臨的生命期限所刺痛，或者內心產生了某種震動，難不成她刻意用一種浮誇的演技轉移我的注意力？

我說了維若妮卡對S和指導員改成女女戀的提議，心中有些悵然，這原本是我想和曉天分享的，現在落到只能搬出來跟這兩傢伙聊。鞏麗蓮拍手說：「我演女女戀可有經驗了，《蛇女》裡就有不少女女激情戲，說起來我還是從那起家的呢！」

「或者三角戀？啊！我有一個點子，四角戀，有另外一個殺手和一個指導員，男男戀，女女戀，男女戀，交錯在一起。」由果說。

我嘆了一口氣，提到曉天在波士頓，或許跟晴恩在一起，抱怨我因此放棄了和曉天聊天的打算。

「晴恩？有來過我們家拿曉天的東西那個？」

由果和鞏麗蓮異口同聲說晴恩比我漂亮得多，曉天跟她比較登對。

「年輕。」鞏麗蓮說。

「有一種藝術家氣質。」由果說。

「我才有藝術家氣質！」我不滿地說。「那個女的明明看起來就很世俗，很精明的樣子，自以為說話、做事很有條理，很會打點一切。」

「那挺好，曉天就不太世俗，兩人剛好互補。」

「曉天是個很有想像力的人，他不適合那種過分務實的頭腦。」我說。

「他面對你的時候挺務實的，你缺心眼的時候他都替你先把事情想周到了。」

「你們都不覺得自己說話顛三倒四的？」

由果和鞏麗蓮一起翻了白眼，逕自吃起鞏麗蓮買來的宵夜。

「他怎麼能一個半月前才說他根本不喜歡那個女的，是對方單戀，而他認為我們是一對，結果現在跟那個女的同居？」我說。

「他們不是同居，那只是出差。」鞏麗蓮說。

「我這可不是吃醋什麼的，我只是單純覺得不可思議，他那時講得好像他對我有多深的感情，到現在，才一個半月，太沒道理了。」

「沒道理又怎樣？干你什麼事？照你的說法，你又不喜歡他。你該不會指望聽到我們批評他吧？說他變心得這麼快？」鞏麗蓮說。

「變心快有什麼不行？」由果說。

「重點不是變心快不快，而是你管人家那麼多？旁邊有迷人的女孩子，抓緊是必須的。那女孩條件不知比你好多少倍。」鞏麗蓮說。

「愛莫你是不是反悔了？」由果問。「你要是喜歡曉天，把他搶回來就是了。」

「我並沒有喜歡曉天。」

「自己不喜歡，也不樂意別人拿走。」

「完全不是這麼回事！」我大聲說。

「那女的是不是也在波士頓，你根本不確定吧？自己生悶氣。」由果說。

「我確定晴恩在那裡，不然曉天早就和我聯絡了。」

「哈！」鞏麗蓮誇張地冷笑了一聲。

「或許他很忙，他是去工作的。」由果說。「但我還是不明白，愛莫你既然沒有把他當作男朋友，你到底在介意什麼？」

「她不是介意曉天，她介意的是她自己，她只是面子掛不住。」鞏麗蓮說。

「跟你們說不通！」我一氣站起來，走到自己房間，把門摔上。

鞏麗蓮這個人實在太不討人喜歡了！我雙手抱胸盤坐在床上，嘟著嘴一肚子不高興，繼而一想，她都不久人世了，也就不跟她計較了。

30.

泰國最熱的季節已經開始，雨季快要來臨，空氣濕悶，不出幾分鐘就讓人滿身大汗。

鞏麗蓮戴著她的超大墨鏡，遮住大半個臉後，倒是頗有女明星架勢。由果穿著袖洞很大的寬鬆背心，裡頭是比基尼，下身是毛巾布短褲。我呢，一時疏忽，竟然把大簷草帽給掉在海關安檢處，那帽簷就像波浪裙擺一樣，幾乎可以整個罩住臉，陽傘都不必撐，鞏麗蓮和由果也沒提醒我忘了草帽，害我生了好一會兒悶氣。

儘管熱得頭昏，我們三個還是非常興奮，由果更是又跑又叫。是鞏麗蓮提起旅行的事。

由果的戲殺青了，我也是個閒人，沒什麼理由不贊同，由果尤其歡欣，舉起雙手繞著屋子跑，我卻浮起一陣悲傷，鞏麗蓮必然是想做最後的旅行，電影裡將死之人都要去旅行，我也不太明白為什麼，或許想趁著有生之年再多看看這世界。人總是這樣，生命將要結束才發現自己活在井底，終其一生所見有限，你浪費了整整一生的時間所做的，就是與如此廣大的世界失之交臂。但鞏麗蓮也沒想選擇多麼特別、遙遠、陌生的地方，她說要去蘇美島度假，躺在海灘上一動也不動，游游泳曬曬太陽。我心想，也有可能鞏麗蓮老在美白，冰箱裡放的都是她的維他命C美白安瓶，陰天出門也要戴包臉頭巾、太陽眼鏡，穿抗UV遮陽衫，現在都要死了，不用為了怕太陽而那麼折騰了，又不是吸血鬼，吸血鬼還永生呢！被溫暖的陽光照耀是舒服的，太陽是生命力的象徵，當你快要失去生命的時候你才明白，你想敞開雙手擁抱燦爛陽光。

我們住的飯店，美其名為度假村，卻很簡陋又寒酸，只有一個餐廳，沒有酒吧。所謂的休閒娛樂設施就是一個撞球台，但沒有球。有一個游泳池，但旅館就在海邊，誰要去游泳池游泳呢？不過裡面倒是有水。由於地處島上偏僻的所在，儘管這島也就一點大小，但與最熱鬧的海灘比較起來，此地卻極冷清，外面就一條小街，總共才十來家商店、酒吧，旅客很少。房錢便宜，一人一晚七百元台幣，因此我和由果、鞏麗蓮各住一間房。一開始由果也抱怨旅館的粗陋，但不久我們都喜歡它的清靜，所有房間都是一層樓的木屋，每間房都有寬敞的陽台，陽台上有躺椅，走出房間不遠就是海灘。

在飯店遇到梁夢汝時嚇了我一跳。

鞏麗蓮雖然一副巧遇吃驚的模樣，但我看得出來她早就知道梁夢汝在這裡。我當然沒說：「你的演技真差。」但我意外的不是梁夢汝也在蘇美島，和我們住同一家飯店，而是她看起來瘦了很多，不曉得用的是什麼減肥方法，估計是瀉藥之類的，她的臉色不太好。梁夢汝和她的助理住在比我們等級高的獨棟別墅。

入住隔天上午，吃完早餐我在陽台看書，由果近午才起床，我們一起到街上吃了午餐。由果心情和胃口都很好，說拍戲的時候吃的便當其實還不錯，但她得減肥，段導成天當著大家的面罵她太胖，連自己的身材都沒有能力控制還妄想當什麼演員，侈言要為了表演藝術付出多少代價，簡直是笑話！她只好把便當丟進垃圾桶以表明決心。

「那根本是我最愛的炸排骨，我好不容易搶到的，飯盒上有標示排骨、雞腿、魚排，字寫得好草，虧我眼明手快，每次排骨便當數量最少，幾十個裡只有三、五份，你知道要搶到多難！」由果說。

「把便當丟進垃圾桶？你這個戲精有沒有是非概念！這個世界上有很多人沒飯吃的。」

「在哪裡？我怎麼就沒見過。」

「你沒看到常有遊民翻垃圾桶？」

「那是撿資源回收吧，可以換洗碗精。我都不用洗碗精，有害人體健康。」

「你根本不洗碗。」

下午到海邊去玩，鞏麗蓮和梁夢汝躺在遮陽傘下，鞏麗蓮穿著一件緞面的和式罩袍，梁夢汝蓋著兩條大浴巾。鞏麗蓮喝著啤酒，嗑瓜子，有一個泰國男孩來回跑，給她們送冰桶、冰淇淋。

由果很怕海，不敢游出岸邊，她躺在靠近浪會撲上來的地方，浪一來她就尖叫著爬起來往回跑，跑個幾回她就累了。我在離岸不遠處游了一會兒，回來跟由果說，那邊有幾個白人女性裸著身子在做日光浴呢！這個海灘的遊客多半是年輕的歐洲人，少數老年人，不太看到亞洲人。

由果一聽有人裸體，馬上動手把自已的泳衣脫下，一邊脫一邊叫我們三個也脫了。「別怕，在這兒脫光應該不犯法，要抓也讓他們先抓那些洋妞，要是抓我們不抓她們，就告他們種族歧視。」由果說。

由果脫光了躺在沙灘上大喊好舒服，伸長手腳呈大字型在沙地上嘩嘩揮動。一會兒停下來，把骨盆抬高，鼠蹊部對著天空。

「由果你在做瑜伽嗎？」

「讓那裡面透一透光，裡面平常太陰暗了，讓它接收一些太陽的正面能量。」

我和鞏麗蓮、梁夢汝同時張大了嘴瞪著她。

由果坐起來，正色地說：「拍戲的時候，大家都說君君長得好有氣質。段導跟我說，君君那張臉，看起來就很知性，光是一張臉擺在那裡，什麼表情都不用做，底下就彷彿千言萬語，人家就覺得她在思考，她懂得人物的心，你明白嗎？她的長相就好像臉上寫著『我對這一切有深刻的理解』五個字。」

「那不是五個字。」我說。

「這是比喻性的說法，不要把我當成笨蛋。」由果說。

「這跟你把下面抬起來曬太陽有什麼關係？」鞏麗蓮問。

「我希望我的私處吸收到自然的靈性，達到它什麼都不用做，就深刻地理解一切的境界。」由果說。

31.

傍晚梁夢汝租了一輛車，我們到島上最熱鬧的海灘去吃飯，梁夢汝的助理開車，是個沉默的中年女性，完全不跟我們交談。

和我們住的地方相比，這裡繁華得太多了，老遠就看見飯店的建築物和燈光，我心裡倒有些納悶，梁夢汝那麼有錢，為何不選擇入住這家高級飯店？倒是晚餐選的餐廳還不錯，由果點了龍蝦和鮮魚，也就她吃得最多，梁夢汝和鞏麗蓮幾乎沒怎麼動。

晚餐後逛街，由果樂瘋了，我們住的那條小路就兩三個地攤，這裡有整條商店街，許多店面賣絲巾、草帽、泳裝、印花洋裝，也有賣手工飾品的。梁夢汝在一家燈光黯淡，狹小的賣竹籃子的鋪子看中掛在角落天花板的一個懸絲木偶，木偶有活動關節，穿著縫綴著彩色亮片的傳統服裝，看起來十分陳舊，木頭呈暗褐色，衣裳也褪色了，亮片有些許脫落以至於顯得參差不齊。梁夢汝一眼相中，請老闆取下來細看。老闆是個缺牙老頭子，重複說這是個老東西，每當他說「老東西」，我總有種錯覺好像他是在說他自己，直到他加上形容詞——珍貴的老東西。我看出梁夢汝第一眼就喜愛這個人偶，不待老頭強調，她就認為是古董，老頭開價六百元，我覺得太貴了，我們幾人都覺得貴，由果更是嫌這個人偶又髒又破舊。

由果認為這人偶是個小丑，鞏麗蓮說他是個舞者，跳傳統舞的，我想他是個在宮廷裡跳傳統舞給國王皇后看的小丑。梁夢汝問老頭這人偶是什麼角色，老頭答：「詩人。」老頭絕了！真會說！梁夢汝原想殺價，一聽老頭這麼說，馬上掏錢買了。

我們往下走，過了一個轉角，發現一眼望去好幾家店都賣一模一樣的人偶，琳瑯滿目掛在牆上，這人偶根本不是什麼古董，是大量生產來賣給觀光客的，其他店裡掛著簇新的人偶，有不同造型，也有同款但穿著不同顏色服裝的。和梁夢汝買的那個極其相似的人偶，仔細瞧確實是同一款，梁夢汝買的並不是什麼珍貴、獨特的古董，只是一個髒舊了的觀光區紀念品。這些新人偶一個只要三百元。「我比較喜歡新的。」由果說。

梁夢汝沒說什麼，我不知道她是否後悔。

我們經過一間舖子，裡頭賣的東西琳瑯滿目，除了普通的T恤、印花沙龍、燈籠褲、紀念品，還有許多像是化妝舞會用的服裝、道具。

「我聽說過明天飯店有化妝舞會，我們各人挑一件造型服裝買回去。」梁夢汝說。

「噢，下午我看到許多客人入住，好像有人要在飯店舉行婚禮。」由果說。

「在這麼廉價的飯店舉行婚禮似乎有失面子，但經費有限的話，畢竟這是個海島婚禮，我也覺得挺好，將來我結婚也想在這兒。」鞏麗蓮說。

由果看到一件褐色長絨毛有頭罩的衣服，大聲尖叫。「狼人！我要這個！」

「由果，那是熊。」

後來由果選擇了一件巧克力色緊身衣，側邊鑲有一條白色布條，吊牌上說明這是Oreo夾心餅乾。

梁夢汝想要一件縫滿彩色大圓壓克力片的美人魚尾，可以套在雙腿上。

「你買那個做什麼？那是給小兒麻痺的。」鞏麗蓮說。

「你能不要那麼刻薄？」梁夢汝說。

「你還能走，難不成你想躺在地上？」鞏麗蓮說。

「我一直覺得人魚很美，半人半魚，有著閃閃發亮的尾巴，很浪漫。」梁夢汝說。

「半人半魚到底有哪裡浪漫？老天，魚只是一種海產類！」鞏麗蓮說。

「你被人魚公主那種失敗的童話洗腦了，人魚是妖媚的生物，你想想在海上誘惑水手的女妖。」

「她們把水手都給誘惑來了，然後呢？她們只有魚的尾巴，能幹嘛？她們連腳都沒有！

就跟你一樣，成天講些怎樣誘惑男人的伎倆，然後兩腿夾得緊緊的。」

由果在貨架的另一端大喊：「我知道啦！是在海邊開的慶祝會吧？我不要當 Oreo 餅乾了，我要當大章魚！」

由果拿著一個橡膠章魚頭套走過來，這個頭套在臉部挖了一個洞，罩在頭上有八隻巨大的長滿吸盤的觸手垂下來，看起來像一頂巨大外星人假髮。

「我一直想拍那種披著一頭及腰長髮的裸照，垂在胸前的頭髮剛好遮住乳頭，現在覺得用這個更好，感覺太棒了！這根本是我夢想中的東西！」由果快樂地喊。

我發現一頂加勒比海盜帽子，這下輪到我尖叫了。「我要扮演傑克船長！」我說。

由果把她的章魚頭摘下，不高興地說：「我不想要讓人以為我扮演的是深海閻王，我只是一隻單純的章魚，我跟你不在同一部片裡。」

「沒人以為你是深海閻王，如果你下面要裸體的話，根本不會有人注意到你的頭上是什麼。」鞏麗蓮說。

鞏麗蓮自己則是在羽毛頭冠和白紗蓬裙的天鵝公主芭蕾舞服以及女超人服之間猶豫。

「我建議你不要選天鵝公主，你會和人撞衫，一定會有人也扮天鵝公主，而且是男的。」梁夢汝說。

我們全都覺得很有道理，於是鞏麗蓮選了女超人服。
梁夢汝選了一頂金色假髮，她說喜歡《重慶森林》裡的林青霞。

32.

由果提議大家一起裸泳。

「無拘無束的奔放感覺，把自己毫無保留地交給大海，你們不想體會那種感覺嗎？」由果說。

「由果你根本就不會游泳。」我說。

「我不要，光天化日之下成何體統。」鞏麗蓮一口拒絕。

「其實在海水裡只有頭露出水面吧！」我說。

「你又不是沒脫過，人家靠一脫成名的女明星，紅了以後衣服就一件一件穿回去了，人都紅了，架子大了，當然要端莊，你又沒紅。」梁夢汝對鞏麗蓮說。

「Lilian 以前演的三級片都沒露點的，根本不算脫，要露出乳頭才算數。」由果說。

「說出來你們不相信，我的乳頭到現在還是粉紅色呢！」鞏麗蓮自豪地說。

為了證明乳頭是粉紅色，鞏麗蓮終於願意了，既然鞏麗蓮都屈服，我也不好說什麼，但為了顧及大家的矜持，折衷改為在游泳池裡。原來梁夢汝的 VIP 別墅房間有自己的游泳池！

晚上在月光下，由果首先脫光了，歡呼著躍進泳池裡，鞏麗蓮摀著胸部下水，梁夢汝裹著浴巾坐在池畔，她說怕水涼，至於我，我不想表現得扭扭捏捏，因此擺出一副若無其事、雲淡風輕的姿態，事實上用力地吸緊了小腹，把胸部挺出來。

由果在水裡上下跳動著。「這麼熱的天我以為不會冷呢，還是有點涼。」

「又不是泡溫泉。」鞏麗蓮說。

「Lilian的乳暈好小。」由果瞇著眼睛走近鞏麗蓮，盯著她的胸部看。鞏麗蓮給由果的額頭一掌，把她推開，由果哎呀叫了一聲往後一仰，嘩嘩拍著水大喊：「殺人呀！淹死啦！」

鞏麗蓮緩緩游開，由果在水裡一會兒轉圈，一會兒蹦跳。我聽著水波蕩漾的聲音，把頭鑽進水裡，睜開眼，看著模糊的水中流光，這兒的夜好靜謐，一剎那竟有種非現世之感。由果跳上池邊，兩腿伸進水裡晃動，一會兒我和鞏麗蓮也爬上岸去，梁夢汝的助理給我們準備了水果和雞尾酒。

「我小時候好嚮往院子有游泳池的房子，我心想，得多有錢的人家才擁有游泳池啊？」由果說。

「人總是會嚮往沒有用的東西，要游泳到運動中心去就好了，買月票才一千五，不限次數。你知道養一個游泳池要花多少錢？還沒養跑車實際。」鞏麗蓮說。

「你都到公立運動中心游泳？」我問。

「當然不！我是女明星，給人認出來怎麼是好？」鞏麗蓮說。

「她都去那種養生游泳池，有三溫暖和草藥浴的，草藥池裡頭還放薑，老人都去那兒。」梁夢汝說。

鞏麗蓮和梁夢汝這麼愛拌嘴，以前以為有宿怨，現在看來反而是交情匪淺。

「都說女明星喜歡嫁豪門，我就沒興趣。」鞏麗蓮說。

由果一聽，興致勃勃地說起豪門小開追求她的故事。

由果剛出道時，同經紀公司有個叫做吉吉的女孩跟她交情不錯，依我看也不是特別好，只不過因為年紀輕，剛入行經驗不足又常受欺負，孤單，容易焦慮，兩個女孩子就成患難交，又有共通話題，所謂的共通話題就是做同樣的工作，受同樣的人的氣。吉吉有個男朋友，不是入行才交往的，之前交往一陣子了，那男的喜歡吉吉的惹人憐愛，像隻很容易受驚嚇的小松鼠，很多女孩貪圖他家的財富，但這個女孩不一樣，她是可以一眼看穿的女孩，她畏縮，怕動輒得咎，當然不會想強出頭，她不貪戀名聲，她走這行是陰錯陽差，她長得太漂亮。當然，這是他的眼光，由果可不認為吉吉美，由果覺得她長得像白老鼠，而不是她男友以為的花栗鼠。

兩人交往了有半年時間，男的想讓女友見見自己母親，這可是大事，見男友的父母在吉吉以為就是要邁向禮堂的意思了，竊喜，又恐慌，當然不能拒絕，但她也很怕壞事，男友常提他母親，她直覺這未來婆婆不好惹。唯一讓她感到安慰的是男友很愛她，她老跟由果炫耀男友如何疼她、寵她，她相信如果未來婆婆欺負她，他會守護她，會站在她這一邊。但她還是很擔心，很恐懼，由果聽煩了吉吉成天念念有詞，慌慌張張地說自己好害怕，該如何是好，便提議陪她一起去。吉吉起先拒絕，哪裡有見未來婆婆的還帶著外人一起，多奇怪，但想想又覺得有由果壯膽也不錯。因為是約在餐廳，便要由果坐在鄰桌，假裝是陌生人，只要由果在旁，她能看見由果，便覺得比較安心。吉吉答應替由果付帳單，那可是平常吃不起的高級餐廳，由果馬上同意，自己一個人去吃飯很怪異，由果還帶著當時的男友，吉吉本來不願意付由果男友的部分，後來還是妥協了，由果跟這男友認識才一個禮拜，覺得那男的真賺到了，這麼昂貴一頓飯，平常約會他也不請客，說什麼兩性平等的時代應該是各付各的。

那天由果坐的位置雖不是很近，卻足以聽見吉吉男友的母親說的話，那女人說話的聲音不小，開宗明義就聲明不喜歡演藝圈的女孩子，吉吉趕緊答結婚後會退出演藝工作，那女人一副莫名其妙的樣子說，你婚後要幹嘛，跟我有什麼關係？

「如果以為只是長得漂亮就能嫁進我們家，那簡直是開玩笑。」接著歷數兒子之前交的女朋友，「有在外國念了雙學位的，有郵輪公司大股東的女兒，我兒子在日本唸書時交往的女孩子，是天皇的遠親。」兒子跟女孩交往，都會帶回來給她看，她不喜歡的，就別繼續交往下去，省得日後給大家添困擾。

吉吉居然還沒覺悟到她不是因為男友想跟她求婚才來見母親，男友甚至還沒確定是否要跟她開始交往！吉吉平常老愛賣弄男友如何愛她，這會兒男友悶不吭聲，吉吉覺得男友八成是為她著想。「他要是當著母親的面說我好，說非我不娶，不但惹火他媽，也會讓他媽討厭我，他是為我著想，才裝作對我很冷淡。」吉吉後來這麼跟由果說。

由果聽著吉吉男友的母親如何強調女藝人和兒子有多不般配，如果是金馬影后，她也就睜一隻眼閉一隻眼算了，但是一個三線通告藝人，這有多丟人現眼。

「演藝圈裡很淫亂，我清楚得很，尤其是年輕的女藝人，已經沒有任何羞恥心了，我正想問問你是不是玩得太兇，那裡不太乾淨，我兒子最近常抱怨下面癢，八成是被你傳染了什麼病。」

吉吉哭喪著臉，卻答不上話。由果在旁邊早就感到不耐煩，吉吉很不會跟人吵架，給周園的留下人溫和善良的形象，照由果看吉吉只是太蠢，反應遲鈍。

「有一次錄影的時候，他們讓她盪鞦韆，她很怕高，他們知道她膽子小，故意把鞦韆推得很高，嚇得她一直尖叫，說她要摔下來了，後來她真的摔下來了，臉撞到地上，掉了一顆門牙，她呆頭呆腦地趴在地上，拿著那顆牙齒說這裡怎麼會有一顆牙齒？她門牙都掉了，說話嘴巴漏風，她還問這裡怎麼會有牙齒！她還很喜歡《冰雪奇緣》，一天到晚說《冰雪奇緣》是世界上最好看的電影，你可以想見她的腦袋有多空！」由果說。

聽著吉吉男友母親的話，由果坐不住了，突然站起來，衝到吉吉的男友和吉吉中間坐下，「讓一讓！」說著還把吉吉推到旁邊去。

「不好意思來晚了，我坐計程車，路上想大便，我們在街上找麥當勞上廁所，繞來繞去耽誤了不少時間，後來我看見旁邊有藥房，說乾脆買成人尿布穿起來，直接大在尿布上不就解決了？」由果這麼說。吉吉的男友居然還問：「後來呢？」

吉吉男友的母親問由果是誰，由果說她是吉吉。

母親一臉錯愕，指著吉吉說：「你是吉吉，那她是誰？」

由果在吉吉男友臉上親了一下說：「他弄錯了，我們兩個長得很像，有時候會搞錯，很多人都分不清楚。」

「你們長得根本不像！」

「噢，我也是這麼說的，我漂亮多了。」由果莫可奈何地聳聳肩。「為了防止弄錯，有時候我還得在臉上點一顆痣。」

吉吉男友的母親張口結舌。

「剛才我聽到什麼來著，你那個很癢？真抱歉，那不是什麼可怕的病，只是黴菌而已，你拿香港腳藥塗一塗就沒事了。」

吉吉快要昏倒，但好戲還在後頭。

「我們愛得十分熱烈。」由果對吉吉男友的母親說。「簡直一秒鐘都分不開，時時刻刻都想著對方……想著對方的從頭到腳，每個地方。」

由果捏捏吉吉男友的臉。「你這個小調皮，你說過心中就只有我，要跟我天長地久的。」

「我從來都沒有……」吉吉男友這麼說著，就讓由果的唇給堵住了口，由果抱著吉吉男友的腦袋，兩人熱烈舌吻。

吉吉後來非常生氣，跟由果大吵一架，由果說這只是演戲，她們都是幹演員這一行的，怎麼會把演戲當真嘛！她只是想替吉吉出一口氣，惹火她男友的母親而已。

「最倒霉的是我和我男友馬上被轟出去了，主菜都還沒上呢！我只喝了魚湯吃了烤田螺而已。吉吉後來跟我翻臉，我男友也跟我分了，他們怎麼無法分辨演戲和真實呢？真是一些腦袋僵化的人。」由果說。

然而那之後吉吉的男友對由果卻著了迷，纏著由果好一陣子。「煩不勝煩，被有錢人追求是一件很頭痛的事，人家說『有錢人跟你想的不一樣』、『貧窮限制了你的想像力』，一點也不錯，有錢人的花招多，凡是得花錢的事你平常都不會去想，但他們怎麼想都可以。有一次他訂作了一間巧克力屋給我，因為我開玩笑說如果住在巧克力屋裡，躺著不用動，伸手掰一塊就吃，結果我的狗吃了巧克力死掉了。吉吉到處說我搶她的男友，我處心積慮，早就設計好的。天曉得，我怎麼可能要跟她搶一個殺狗犯！」由果越說越氣憤。

「那男的很依賴他母親，但你令他感到興奮，尤其當著他母親的面。其實你不愛他沒關係，你如果嫁給他，依舊可以把他抓在手掌心，你要是聽我……」梁夢汝說。

「你們這兩個，真諷刺，你老要去教別人怎麼搞到男人，自己根本沒談過幾次戀愛，卻一副很知道的樣子，由果一天到晚搞到男人，卻不知道她怎麼辦到的。」鞏麗蓮說。

「你怎麼不說你一天到晚把自己當演員看，你只演過三級片，那根本不算電影。」梁夢汝說。

「三級片怎麼不算電影？用衣服穿得多和少來評價電影已經過時了。」鞏麗蓮說。

「這倒是真的。」由果說。

「又來了，你總是模糊焦點。關鍵根本不在衣服上頭，是片子本身，毫無價值。」梁夢汝說。

「模糊焦點的人是你！你們這些人，骨子裡歧視，道德觀守舊，嘴上又不承認，硬是要顧左右而言他，裝成你們關注的是別的東西。」鞏麗蓮說。

「你有被迫害妄想，你老認為別人記著的是你沒穿衣服。」梁夢汝說。

「我希望別人記得的是我沒穿衣服。」由果說。

「別忘了我們現在也沒穿衣服。」我說。我覺得其他人已經忘了，只有我記著，因為我仍保持著用力挺出胸部、吸緊小腹，雖然沒人看，但這是一種做人的原則。

「你說說看，你哪一部片演得好的？甚至一部像樣的片都沒有，《蛇女》那種東西，你還當作代表作！」梁夢汝說。

「什麼叫『《蛇女》那種東西』？那可是很多人的回憶。」鞏麗蓮說。

「還有《唐人街密令》。」我說。

「找人寫量身訂做的劇本？笑死人了！你幻想自己是一個真正的演員，指望有一個量身訂做的劇本就能改變你演技差的事實，你是在做夢，逃避你不會演戲的真相，你可以永遠指責問題出在劇本上。」

「我這次寫的故事還不錯，目前發展得很好。」我說。

「那個死人當殺手的？」梁夢汝說。

「她還沒死，只是快死了。」我說。

「我一點都看不出來她快死了。這個點子很可笑，我懷疑快死的人真的會比來日方長的人更不在乎殺人。」

「你又怎麼知道快死的人怎麼想？」我說。

「還有那些雇用殺手去殺人的人，更是沒說服力，說真的我恨過的人不少，我不希望他們去死，我希望他們去吃屎。」梁夢汝說。

「你把我的劇本給梁夢汝看了？」我驚訝地問鞏麗蓮。

「她是有經驗的專業編劇啊！比你有名多了。」鞏麗蓮說罷，轉臉對梁夢汝：「你其實是嫉妒吧？別人的劇本寫得好，你就挑毛病，愛莫的思路跟你不一樣，你那種只適合放在電視劇裡的老招早就過時了。你承認吧，你只有虛無的行情，那叫做有行無市，時代早就不屬於你了，只要是比你年輕的編劇你就不喜歡。其實被時代淘汰也沒什麼不好，為什麼一定要去擁抱空洞的群眾，他們也不是真的喜歡你，他們喜歡你也不意味著你不是一個孤獨的老太婆。」

「你自己不也說這劇本差嗎？人物陰陽怪氣，女主角特別討人厭，劇情又悶，說話無趣，你連看劇本都想睡覺，這種東西如果演出來，觀眾一定要求退票，但前提還得有人先買票。幸好以後的潮流，電影都在網路上播放，還有那種五分鐘說完一部電影的 youtube 影片，省大家的時間。」梁夢汝說。

我感到極大的衝擊，這明明就是一個精彩又有趣的故事！我和鞏麗蓮每天討論劇本，有任何想法，寫出一點東西，都和她交換意見，除了曉天，我是從不和任何人談及自己寫的東西的，甚至已經完成了的作品，而鞏麗蓮從來沒說她覺得這個劇本不好，甚至她討厭這個人物，她卻跑去和梁夢汝抱怨？

「愛莫也說 Lilian 演得不好啊！浮誇、充滿不安全感，演起戲來好像在撒嬌。」由果說。

我真想踩由果的腳，不是為了她把我批評鞏麗蓮演技的事說出來，而是她也知道鞏麗蓮快死了，不該這樣讓她難堪。

「你有什麼立場說我？你整天追在導演屁股後頭跑，人家是女演員被潛規則，你是倒過來對男導演霸王硬上弓，那傢伙也是可憐，都不知道招誰惹誰了。」鞏麗蓮說。

「我才沒有對段導霸王硬上弓！他對我那麼冷淡，我已經不喜歡他了。」由果大聲說。

「老要拿男導演、女演員說事，特別無聊。弄到後來男的都不風流，女的都不風騷，大家還有意思？」梁夢汝說。

「你別裝腔作勢，你這個人想騷都騷不起來，只會紙上談兵。人家要是只看你寫的文章，還以為你是什麼魔女呢，見到本尊都不敢相信自己的眼睛，哪兒來的整容失敗的妖怪，有一次去商場開幕，你還穿旗袍呢！笑死人，那是村里大嬸喝喜酒才會有的打扮。」鞏麗蓮說。

「那是設計師品牌！女明星穿去走奧斯卡紅毯的。」梁夢汝不甘示弱，「你到處跟人說什麼你在游泳池裡淹死人的故事，根本是假的，從來沒有什麼電視台高層帶你去豪華別墅。」梁夢汝說。

「『只要把話說得唬人，內容站不站得住腳根本不重要』，我記得這句話是你最愛說的。」鞏麗蓮說。

「你們倆別爭了，自己身上的例子用在別人身上未必行得通。」我說。

「那倒是真的，我認識一對雙胞胎，臉長得一模一樣，講同樣的笑話，但是一個有女孩緣，一個就沒有，」由果說。「因為一個屌很大，一個很小，真不可思議，他們是雙胞胎耶！我還跟吉吉說，如果不看老二的話，我根本分不清他們兩個。吉吉說，他們兩個的臉明明長得很不一樣好不好？」

「你不可能討所有的人喜歡，只能忠於自己。」我說。

「忠於自己的什麼？自己心中的幻象吧？」梁夢汝語帶輕蔑地說。「一張口就說什麼人不可能討所有人喜歡，所以要做自己，不要討好，不要媚俗，這種廢話我聽多了，那些說什麼做自己的人，連自己都不喜歡自己，真搞笑，當然別指望人家多喜歡你。年輕人都標榜特立獨行，沒什麼不好，閒著也是閒著嘛！但是難不成一路到老了還裝模作樣自以為桀驁不馴？到時候別人眼裡也就是個古怪冥頑的老廢物罷了，有禮貌的應付你，沒禮貌的還嫌你臭。愛莫啊，說你年輕，其實你也不年輕了，我在你這個年紀早就紅了，過了三十五歲還名不見經傳，大概就是沒什麼指望了。」

「也有一些人是老了才成名的啊，尤其像愛莫這種長得不好看，身材也不好的人，年紀大了才紅沒有差別。」由果說。

「我長得不好看，身材也不好？」我叫道。

「由果的意思是，愛莫是靠才華而非外貌成功的人。」梁夢汝冷笑，「又想攬下才華的桂冠，又不放手外貌的美名，卻要鄙薄重視外貌的價值觀，你心中大概自認比林由果這種頭腦不靈光、靠外表吃飯的人高一等。」

「梁夢汝你可別挑撥離間！」我大喊。

「你是因為被我說中才反應得這麼激烈，我可不意外，別忘了我是心理學博士。」

「你那學位根本是買來的！」我大喊。

「我其實不介意，才華也不是說拿出來就拿出來的，不像臉蛋和身材，藏都藏不住。」由果說。

「你那身材叫身材？你看看那叫做胸，那叫做腰嗎？你是一隻儒艮吧？瞧瞧我這個線條……」鞏麗蓮比了比自己的身軀弧線。「我住在你們家的時候，有一天回去，你倆都不在，我一開門，居然有個男的光溜溜躺在沙發床上看電視，我說你怎麼進來的？他說他有鑰匙，他都有鑰匙了，怎麼好趕他走，我哪兒弄得清他是什麼來頭，體格非常健壯呢！說是消防隊員，身上有一大片燒傷的痕跡，看起來很酷，他還抖肌肉我看，挺嚇人，好像被掉下來漏電的電線擊中似的。我們聊得很開心，一面吃花生米配燒酒，我還放我以前演的片子給他看。早年都是錄影帶，幸虧我有遠見，趁早請人幫我轉了光碟，後來又轉了MP4，你瞧瞧，這麼一路過來的科技發展，我簡直是見證人，我那個年頭的電影可都是膠片拍的呢！我跟他說，讓你見識一下哀家當年也是萬人迷，有一部鬼片，裡面我慘死，死得花容月貌就是了，死後還被姦屍，他看著看著就勃起了……」

「消防隊員？」由果叫道。「那可是我男友，你竟然跟他親親熱熱的，你太不夠意思了！」

「他又沒在老二上寫『林由果的前男友』，我怎麼知道？」翬麗蓮也提高了聲音。

「由果！你怎麼可以把鑰匙隨便給男人，也沒拿回來，我就知道有這麼一天！」

「你們別聽 Lilian 胡扯，都老皮老臉了，消防隊員見了她，消防栓不用打開，直接熄火。」

我們幾個人大吵大嚷的，一個中年肥胖的白人男子走了過來，這邊幾間木屋是沒有圍牆的，距離也很近，那男子粗聲粗氣地用英文向我們喊：「三更半夜，能不要那麼吵？讓你們吵得不能睡覺！」

我們幾人除了由果，都急著用浴巾遮住身體。

「這是旅館，又不是你家，就你睡覺，別人晚上有樂子呢！你回去打手槍吧！」由果大喊。

這話讓梁夢汝哈哈大笑，梁夢汝的笑聲像隻老母雞。那男子悻悻然離去。

我不解翬麗蓮和梁夢汝為何有此深厚的交情。

「我跟她有深厚的交情？別開玩笑了。我跟她是死對頭。」翬麗蓮說。「但是少了她，我會覺得很沒意思。」

翬麗蓮說這話時竟顯得有些落寞。

「我認識的人裡，沒有一個像她那樣對我說話如此直接、毒辣，其他人對我若不是敬而遠之，就是假裝客氣，背地裡閒言閒語，都是些骯髒難聽的話，沒一件是真事，卻說得好像她們多高尚，我有多低賤，但是不當著我的面說，我又怎麼辯駁？我若跑去跟她們面質，等於挖坑給自己跳，她們還笑我做賊心虛，都是一幫醜陋不堪的傢伙，一個人光是醜沒關係，可怕的是還裝正直。我不喜歡和人打交道，跟其他人疏遠，更不善爭執，碰到一個梁夢汝，她不跟我裝，她就是不看輕我，才直著來，我就懟回去，我跟她互相罵，痛快，後來鬥嘴鬥上癮，成了樂子。」翬麗蓮說。

「你別把我美化，我那時候對你沒客氣，我就是看著你討厭。」梁夢汝說。

「不奇怪，那時候我可比你紅。」

「你就沒紅過，你老人癡呆是不是？」

梁夢汝的助理出來讓我們別再嚷嚷了，夜都深了，梁夢汝真該休息了。

「都跟你說了別管我，我跑到這兒玩，就是圖高興。」梁夢汝說。

「你不休息別人還要休息呢！」

鞏麗蓮也說時間不早了，散了吧！我們早都穿上浴袍，否則可得要感冒了。梁夢汝的助理扶著她站起身。「你看我坐久了腿都軟了。」她笑笑說。

33.

醒來好似陰天，一會兒太陽露臉，又是亮敞敞的炎熱，因為起得晚，過了早餐供應時間，外頭街上的商店都沒開門，還真找不到東西吃。由果問櫃台能不能弄點吃的來，對方說廚房都在忙為婚禮準備的餐食。這個度假村服務生總共沒有幾個，櫃檯常常沒人影，平常中午在餐廳也只能吃到冷的咖哩雞。我們相信可以在婚禮的舞會吃到東西，因此換好裝準備去吃白食。

鞏麗蓮的女超人裝有一頂金色頭冠，整體看起來像八〇年代的迪斯可皇后。梁夢汝戴著黃色假髮和墨鏡，因為沒有風衣，她穿了一件便利商店雨衣，還是她從台灣帶來的。由果頭上戴著橡膠章魚頭罩，頸部以下倒是沒赤裸，而是穿著比基尼泳裝，下半身雖然涼快，但章魚頭罩很重，而且她對那廉價橡膠的材質過敏。我戴著加勒比海盜帽子，披著彩色大圍巾，腰間繫寬皮帶，插著玩具刀，腳上穿著雨靴，我整個人最像傑克船長的部分應該是辮子頭，我剛到島上那天就編好了，那時候當然不是為了當傑克船長，海灘上有泰國女人提著裝彩色珠子的竹籃，替人編辮子頭的，如果想選擇珠子的顏色要另行收費，多上一倍的價錢。編了頭髮以後我一直不能洗頭，現在我的頭皮非常癢。

我們四個奇裝異服在沙灘上走來走去，沒有找到舉行婚禮的地方，由果的肩膀和胸背起了很多疹子，太陽曬得我們滿頭大汗。度假村雖然寒酸簡陋，範圍卻不小，我們至今還沒好好探索過，不過到處都是陳舊、沒人住的空木屋。

我們在一片草地上找到婚禮現場，他們還搭建了一個可愛的玫瑰花架，上面插滿了塑膠花，有一些遮陽的棚子，二十來個賓客，還挺不少，新娘是個矮小的泰國女孩，新郎則是白人，這島是個迷人的地方，外頭街上的酒吧都是來這裡娶了泰國女孩的外國男人開的。新娘穿著樸素的白紗洋裝，頭戴花冠，賓客圍繞著新人，我們剛好趕上婚禮高潮，他們馬上就要交換戒指了。大家都穿得很隨性，沒有扮裝，再說一次，沒有任何人扮裝，這裡根本就沒有什麼扮妝舞會！我們四個滿頭大汗，肚子發出很大的咕嚕咕嚕聲。由果盯著擺滿了食物的長桌，說我們想辦法混入人群，過去偷吃。

「混入人群？你瞧瞧我們這身裝扮！」我說。

由果顧不了那麼許多了，她邁開大步想走過去拿吃的，但就在半途上，新娘的捧花丟過來了，由果本能地接住捧花，幾個泰國女孩朝她衝過來，由果拔腿就跑，但是她一跑動，巨大的章魚頭罩就開始搖晃，移動了位置，遮住她的眼睛，由果瞎跑一氣，撞翻了擺著酒杯飲料和點心的桌子，摔倒在地上的由果坐起來，扶了扶她的章魚頭罩，所有人圍過來，她站起身瞧見鞏麗蓮，把捧花丟給鞏麗蓮，鞏麗蓮好像拿到手榴彈一樣，驚慌地大喊：「不要給我這個東西！我不要！」「你不是說以後要在這裡舉行婚禮？」我說。沒想到鞏麗蓮舉起捧花想丟給我，我拔出腰間配劍叫道：「別想！」鞏麗蓮一轉身，見到梁夢汝在後面，轉而把捧花擲給梁夢汝，梁夢汝為了閃避，跌坐在地上。

場面一片大亂，梁夢汝的助理奔過來，扶起梁夢汝，一邊大喊「快走！」一邊像青蛙一樣蹲下來，打算把梁夢汝背在背上，哪曉得一個黑人男子，不是黑人，是個泰國人，曬得也很黑就是了，定睛一看就是前一天在海灘上替梁夢汝跑腿的男孩，突然從人群中冒出來，把梁夢汝的助理推開，用英文喊著：「她是我的！」總之我們四個各自扶著自己的頭罩、帽子、頭冠、假髮，我還揮舞著我的配劍，跌跌撞撞地逃跑，一路狂奔到海灘上。

34.

我們幾個癱坐在沙灘上，梁夢汝笑個不停，笑得喘不過氣，劇烈咳嗽起來。

四人把身上累贅的東西能脫的都脫了，只有梁夢汝還帶著她那頂假髮，她說她還想演一會兒林青霞。

沙灘上沒什麼人，方才還晴空萬里，現在天空卻陰沉沉的，烏雲密佈，四下有一種奇怪的既清晰又朦朧的感覺，世界如此冷澈，冷澈到銳利，銳利到清透，卻又被祓除了豔色，變得惘惘、傾斜，顆粒化，畫質粗糙。大海是黑色的，滿天壓下來的雲也是黑色的，盛著濃重的水氣，浮不上天又墜不下地，懸在那裡懸得很低，一抬頭彷彿天空是個煤炭色的茸毯蓋子，上頭有人往下摁。沙灘是灰色的，空氣是灰色的，真妙，連人都變成了黑白的。

「要下雨了。」鞏麗蓮說。

「現在回去，他們會不會要我們賠錢啊？」由果擔心地問。

「只有你一個人要賠錢，是你把桌子撞倒的，香檳都弄翻了。」鞏麗蓮說。

「不回去！」由果哇哇大叫。

我們靜靜聽著浪潮的聲音，這聲音令人忐忑不安。

「我怕大海。」由果說。「被捲進去好像沒有底。」

「這有什麼好怕，人生還不是一樣。」梁夢汝說。

由果發現遠處有個什麼東西，瞇著眼睛看了一會兒，跑了過去。

「由果你別往海邊跑，危險！」我喊。

由果蹲在地上瞧了一會兒，把那東西撿了回來，是一隻瀕死的魚。

鞏麗蓮縮了縮身子，一臉嫌噁心。「怎麼會跑到岸上？」

「我倒覺得是被人抓起來丟在這裡的。」我說。

「我要把牠放回海裡。」由果說。

「由果，沒用了，牠要死了，救不了。」梁夢汝說。

由果抽抽嗒嗒地說牠又還沒死，邊說著邊捧著魚跑往海邊，喊她也沒用，她堅持要把魚放回海裡，就算死也該讓牠回去。

「我很怕魚。」我誠實地說。「魚眼睛很怪，而且魚沒有體溫。」

梁夢汝的助理催促著她回去，眼看著就要下雨了，這雨一下就會是暴雨，但梁夢汝不肯，她的態度很倔強，簡直像拖不回家的柴犬。

由果走回來，梁夢汝問她：「由果你害怕死亡嗎？」

「我還這麼年輕，我不想死。」由果說，「不過，我想要活得高高興興的，如果活得不開心……」

「活得不開心怎麼樣？」梁夢汝追問。

由果聳肩。「不開心都是暫時的嘛！」

梁夢汝拍手。「說得好！不開心總會過去。」停頓了一下，「因為人都是會死的。」

活著就是件不開心的事，幸好人會死，我心想，在蛩麗蓮面前說這個，豈不是……等等！梁夢汝跟蛩麗蓮的交情，她是不是也知道蛩麗蓮快死了？又是跟蛩麗蓮直著來，鬥嘴，毒舌？可是這並不好笑！

「你這麼說太悲觀了。」我說。

梁夢汝轉過臉，「哦，那麼愛莫你說說看，對你而言，怎樣是高高興興地活著呢？」

我愣了一下，結結巴巴地說：「呃……寫出好作品？」

話才剛說完，大雨傾盆而下，不是大珠小珠落玉盤那樣唏哩嘩啦打在臉上，而是像樓上有人朝你一整桶水倒下來，所謂的被潑冷水描述的就是這一剎那情境。

我們幾人跳起來落荒而逃，由果還想跑回去撿她的章魚頭罩，說剛好可以遮雨。

「都淋成落湯雞了你還遮什麼雨，戴那個玩意兒你根本跑不動。」我大喊。

一行人笨拙地在沙地上跑，梁夢汝那個小黑男人一把將她抱起來，跑得倒是非常俐落，簡直像田徑選手，全程領先。梁夢汝的木屋離海灘最近，我們全都先跑進她的房間避雨。

35.

下午睡了個覺，雨停了，梁夢汝的助理說她不想吃晚飯，我們吃完飯到她屋裡找她一起去外頭街上的露天酒吧喝酒。

「別出去了，就在我這兒喝。」她說。

由果想去街上，但梁夢汝不讓我們走，她的臉色蒼白，蒙上一層詭異的濕漉漉的感覺。

那泰國男孩不在這裡，我忍不住好奇問他究竟是是什麼人。

「就跑腿打雜的，你以為呢？」梁夢汝微笑說。「我給他的小費特別多，多到是別人給他的十倍。」

「為什麼？」

「沒為什麼，錢這種東西，生不帶來死不帶去，就給需要的人。」

「我也需要。」我和由果同時說。

梁夢汝說那男孩也賣身，「他真是個很溫柔的人，但我可沒興趣。」

「你這年紀不正如狼似虎嗎？」鞏麗蓮說。

「說得好像你的年紀不是我的年紀。」梁夢汝說。

梁夢汝的助理給我們一人一瓶薑汁汽水，這是我最喜歡的。

「前幾天我前夫竟然打電話給我，意想不到吧，我跟他有十幾年沒聯絡了。」梁夢汝忽然說。的確，我隱約想起梁夢汝離過婚，但她從沒提過這事。

「他是聽到了什麼消息？」鞏麗蓮問。

梁夢汝搖頭。「他說去年夏天他有個朋友突然病倒，跨年晚上走了，一個多月前另一個朋友因為小病去醫院，誰曉得被檢查出來是絕症，一下子就死了，都是同齡人，大家也才五十多歲，怎麼就連番撒手，他最近也感覺自己身體越來越衰弱，對什麼都漸漸不起勁，有種夕陽餘暉的感覺，都不曉得什麼時候會死呢！想到畢竟跟我夫妻一場，說不定哪一天就天人永隔。」

梁夢汝忽然劇烈咳嗽，我想是下午淋了雨的緣故，看樣子她最近身體狀況也不太好。停了一會兒又繼續說：「他想跟我見個面，他說這些年過日子他都是硬撐，他現在的心情很脆弱，他在電話那邊嚶嚶哭，聽著真讓人難受……我是說噁心。天啊，我只要聽到他的聲音就覺得噁心，一個大男人，什麼年紀了，還用哭腔說話，他以前就會那個樣子，真是一點自覺都沒有。」

梁夢汝轉向我，提到下午在沙灘時我說的話，我有些困窘，我還以為沒人聽到呢！「高高興興地活著就是寫出好劇本？我根本不在乎寫作，或是教導人，我想的是過光鮮亮麗的生活，大家捧著我，鎂光燈對我閃⋯⋯。我挺喜歡現在的生活，要結束了有點可惜。我周圍圍繞著許多欣賞我、奉承我的人，我的活動排得滿滿的，我有各色各樣的朋友，因為我有名氣，很多人想接近我，無所謂，管他們為了什麼原因。我也不需要多愛他們，當然我很喜歡他們，你知道我最喜歡的是什麼事？逢年過節、出國、有人生日，為他們挑禮物，我很會看人，懂人的心理，我知道給人什麼樣的禮物他會驚喜，覺得我瞭解他，或者相信這份禮物貴重、物超所值。我喜歡看到他們打開禮物時的快樂，送禮是一種智慧，買東西送人比買給我自己還開心。喜歡的包包、鞋子什麼的，買下的瞬間很滿足，這種滿足卻消失得很快，送給別人不一樣，你建立了你在他人心中的價值。其實我也沒怎麼在乎這些事，朋友來來去去，我不想放太多感情在他們身上，我是個自由人。

「我年輕的時候很美。一個在書店打工的男孩子追求我，他喜歡讀書，在書店打工就是因為他愛讀書，他什麼書都看，而且過目不忘，你跟他聊天，無論談什麼話題，無論說到什麼最為不足道的小事，他都能聯想到某本書裡的某個段落，滔滔不絕地引經據典，有時候他想不起來細節，他會很焦慮，他要立刻衝進最近的書店，把那本書找到，翻開那一頁，他記得在哪一頁。那時候還沒有網路，如果像現在這樣有手機、有網路就好辦了。他甚至記得許多絕版書的內容。我很崇拜他，他年紀還比我小兩歲。但他的心中只有書，勝過一切，我那時沒覺察到。他是個窮小子，我剛才有提到嗎？他買不起書才在書店打工，後來還被開除了，因為他只顧著讀書，根本不管工作。

「我後來出了一場嚴重的車禍，碎掉了骨盆，在醫院裡躺了很長時間，我丈夫——那時候苦追我，對我照顧得無所不至。他在我身上花了不少錢。我根本不喜歡他，從頭到尾就沒有喜歡過他。他家是做玩具的，地下工廠，在夜市裡賣的品質粗劣，會掉漆，鬥雞眼的皮卡丘那類的，如果被抓盜版，就說那不是皮卡丘，是虎斑短腿貓。你別看做這種破東西，早年默默賺了不少錢，拿去炒股炒地皮什麼的，雖然不是富豪、大地主，他家也算有錢，過得挺享受。他對我很慷慨，我住院車禍躺在床上，大小便都要靠人幫忙，他給我請了一個看護，我和我家人都鬆一口氣，都成年人了我不想讓爸媽來給我把屎把尿，我嬰兒的時候他們做這些事已經夠不樂意了，我還是個女孩子，我又不是植物人不清醒，彼此都困窘。看護是專業的，她不認識我，我不認識她，不在意這個。

「對，我嫁給他了。嫁給他以後才明白我有多討厭他，多麼無法忍受。一直到現在，因為太討厭他，我把和他結婚視為一生的污點，醜惡的標記，以致於我始終把他當作那個在我的生命裡犯錯的人，如今我偶然生出一種想法，或許我才是在他的生命裡犯錯的那個人，但說誰對誰錯沒有意義，我不想要更好，我不想當對的人，如果愛情裡一定要有人好和對，我註定了會是那個壞和錯的人。其實這才是我想給讀者、那些信奉我的人的忠告，但不會有人想聽。你知道我為何能成為人們的愛情和婚姻導師？我永遠說我領悟到的事物的相反。」

梁夢汝一口氣說了這些，我們沒人敢插話，我不知道她為何告訴我們這些不為人知的事。

「我懂這個故事說的是什麼。」由果捧著薑汁汽水的空瓶子，打了一個嗝說，「當一個送人禮物的人，比當一個被人送禮物的人好。」

「你丈夫……我的意思是你前夫，他說想見你，你怎麼回答的？」我問。

梁夢汝沒說話。

「你這個人，真是死到臨頭都逞強。」鞏麗蓮說。

「我怎麼逞強了？我只是把實話說出來痛快，我可不像你，裝作一副老練地早就看開一切的模樣，其實到現在還在做白日夢。」

「我做什麼白日夢？」鞏麗蓮說。

「人活這一生就像說一個故事，雖然是一個故事，其實裡頭又包裹著許許多多其次的故事，數不清的小故事組成了最後那個大的故事，愛莫……」梁夢汝轉過臉對我說：「你倒是說說看，當編劇的，或者寫小說的人，創造一個故事，總要有起承轉合，總要有個主旨，但人的一生說的這個故事，究竟是想交代什麼？」

突然被這麼問，我一時語塞。

梁夢汝彷彿很疲累地往沙發一靠，仰著臉，閉著眼睛說：「你給鞏麗蓮寫那個劇本，你為什麼要讓主角是個將死之人？這個故事，你到底想說什麼呢？」

當著鞏麗蓮的面，我怎麼好答，我偷瞄了一眼鞏麗蓮，囁嚅著說：「我只是覺得，活著這件事，從生的那一頭跟從死的那一頭看過去，是不一樣的角度……」

「你懂什麼生的那一頭跟死的那一頭，淨是瞎扯一通！」鞏麗蓮打斷我。

「我瞎扯一通？我當然不懂啊，又不是我快死了。」我提高了聲量，想起前一日聽到鞏麗蓮跟梁夢汝抱怨劇本差的事，我的火又上來了。「你懂，我都不好開口呢，難道我能直接問你，人生走到盡頭是什麼感覺？」

「你問我？我怎麼會知道？」

「你不是快死了？」

「你詛咒我？我活得再不濟，也不想找死呢！何況跟你比，我覺得自己的日子還體面得多。」鞏麗蓮沒好氣地說。

梁夢汝一聽，哈哈大笑起來。

由果也跟著哈哈大笑，由果是個不知道哪裡好笑也能笑得東倒西歪的人。

梁夢汝先是瞪著由果，接著轉為一種驚訝的笑容。「天啊！你真年輕，我有時候都想不起來自己年輕過，彷彿那些跟我無關，年輕人看我也一個樣，好像我生下來就這麼老似的。」梁夢汝帶著一種夢幻的表情，喃喃說道：「你聽見打雷了嗎？聽見海浪，聽見雨的聲音了嗎？」

我們都一臉迷惑但安靜著好像可以用力把耳朵伸長地諦聽。

「啊！在大雨裡奔跑的感覺真好，雨打在身上，好像漫天掉落的音符，好像跑在暴烈的交響曲裡。再不喝茶就涼了，再不走天就黑了，再不說人就走了，昨天還聽夏夜的蟲鳴，今天楓葉都老了。」她睜開眼對由果說：「時光飛逝，不要過陳腔濫調的生活。」

36.

S一打開門，赫然在門口出現的是S的女兒，一衝進來便問：

「錢在哪裡？」

「你在說什麼？」

「別裝蒜了，你有一大筆錢。你上次回家來拿東西的時候，我偷看了你的手機。」

「你怎麼可以！」

「怕別人知道的事就別做，做了又留紀錄在手機裡就該刪除。錢呢？你明知道我的孩子病了需要錢，我是你的女兒，我孩子是你外孫，你怎麼能這麼吝嗇惡毒？你都快死了，你要那些錢做什麼？」

「你怎麼知道我快死了？噢，對了，你看了我的手機。」

「前幾天是不是有一個年輕男人去找你？」

「你監視我？」

「別顧左右而言他。」

「是有一個年輕人來按我的門鈴，他說是原來租那間屋的人，他和女友在那兒同居，後來分手了，他始終無法平復痛苦，走不出往日的記憶，他經常在附近徘徊，他忍不住要再看看他們曾經在那兒共度的痕跡。那屋子裡有很多傢俱是原來房東的，牆壁、地板都沒變過。他這麼想我能理解。」

「所以你就讓他進去了？你睡了他？」

「女孩子家講話怎麼這麼粗魯。」

「你不要一臉無知的樣子，我看了噁心，他在你家可待了不只一天。」

「既然你都知道，我也不隱瞞，他隔天又來了，我看他失魂落魄，也是可憐，第三天他說想留下來過夜，他就睡沙發，不打擾我。我瞧那神色，要是讓他出去在街上亂走，我怕他要跳樓自殺呢！再說他留下來有什麼不可以？」

「然後呢？你們說了什麼、做了什麼？」

「你為什麼想知道這些？」

「你不說就是心虛。」

「我們聊很多事，老實說他的樣子很不討我喜歡，太流氣，還有點粗魯，沒想到我們談得很投緣，別看他一臉生無可戀的樣子，他居然很健談，又幽默，你想像不到他還挺滑稽的，他很會逗我笑，我都不曉得為什麼，他有時候說的話明明很平常，我卻笑得停不下來，人仰馬翻。」

「你真不要臉。」

「我是救人一命，與其說他讓我笑，我在想怎麼不能說是我讓他忘了憂愁？他跟我聊天的時候，比手畫腳甚至興高采烈，都忘了他是個因為被女人拋棄而失魂落魄的人，這就是我的魔力，你明白嗎？」

「笑死人！你在做夢吧！」

「你以為我沒有這種能耐嗎？但是說著說著，他開始同情我，他覺得我是個該被疼惜的人，他同情我的孤獨，是他主動想和我上床，我拒絕了。」

「你拒絕？鮮美的肉送上門你為何不要？」

「我是個病人，我有種一旦跟他親熱，彷彿會讓病感染了他。」

「你在說什麼，你的病又不會傳染。」

「我說的不是病本身，是那種死亡的氣息。」

「你這種態度真討厭，你到底跟他說了什麼？說你的過往有多可憐，你的一生多不幸福？你太可笑了，你到底有什麼不幸？我跟爸爸沒有一絲對不起你，剛好相反，我們才是受害者。你不要老把自己描述得好像很委屈一樣，你知不知道在這個家裡，都讓著你一個人。有一次買沙發，我跟爸爸都喜歡棕色，因為你說要黃色，我們都沒吭氣，我們討厭死黃色的了。還有叫披薩的時候你總是要點夏威夷，我和爸都不吃鳳梨，然後披薩送來了你又說你不想吃了。你把自己想成誰？黛安娜王妃嗎？拜託，你活在什麼年代？連哈利王子都比我老！你總覺得我們家配不上你，爸爸配不上你，我也配不上你，但你只是一個毫無才華，庸庸碌碌的婦人而已！」

「你從來都不了解我。」

「你才不了解我，你有責任了解我，因為你是母親，但你不願意！」

「很好，你以前一直是一個沒有脾氣的小孩，我都不曉得你這麼討厭我。」

「因為你很沒神經。」

「誰說的，我很纖細，否則我也不會不快樂。」

「我不想再跟你說這些，錢呢？」

「被那個男人拿走了。」

「被他拿走？」

「他說他很缺錢，他走投無路，如果不馬上弄到一筆錢，他就會被人斷手斷腳。我後來猜想，他打算跟我上床，以為我就會給他錢，其實我本來就想給他，因為我同情他，但我沒打算給全部。我把錢藏在床底下，我不想藏得多隱密，弄到自己也搞不清楚藏在哪裡。總之被他發現了，他把全部的錢都拿走了。」

「什麼？他跟我說沒有拿到錢。」

「他跟你說？你認識他？」

「我讓他去找你的，我說你這個自以為是的女人很容易勾引，他起先不願意，我說錢讓他分一半，他才同意。他很有魅力吧？那傢伙是個流氓，專門騙人，但你就是拿他沒辦法。」

「他到底是誰？」

「他是我男朋友，就是我孩子的爸爸。」

「傻瓜，你這個傻瓜。那些錢本來就是要給你的，全部給你的，你搞砸了。」

這場戲是發生在S和女兒之間，我們從蘇美島回來以後寫的，寫這個段落時思路不順，腦子裡千頭萬緒靜不下來，寫了幾行又作廢，在椅子上坐不住，由果倒是很沉迷玩木偶戲，就是梁夢汝在蘇美島買的那個懸絲木偶，遺落在機場，鞏麗蓮撿了丟給我，我帶回家來隨手扔在客廳。由果原先不太喜歡這個木偶，後來卻玩出興致來，一會兒讓木偶在左邊說話，接著換到右邊，一人飾兩角，自己跟自己對話。

「你是誰？破舊的老傢伙！」

「我才想說這句話呢！你是誰？破舊的老傢伙！」

木偶在左邊揮了揮手，踢了踢腿，接著又在右邊揮了揮手，踢了踢腿。

「瞧，你跟我做同樣的動作，這是一面鏡子嗎？」

「放屁，你只是幾秒鐘前的我，不是現在的我。」

「因為只有一個我，所以不能同時出現在過去和現在啊！我要死了，和不和解？」

「不和解。我不要當木偶人，我不要被絲線牽著。」

「笨蛋，沒有這個絲線，你連站都站不起來。」

我轉過臉看由果玩木偶，很驚訝她的想像力。

「不要過陳腔濫調的生活。」由果搖晃著木偶說，剎那間木偶的線斷掉了。

這木偶本就陳舊，繫著的棉線都腐朽了，斷掉也不奇怪，木偶頹然攤在地上，由果愣愣地說，哎呀，死掉了！那個剎那我有種不祥的感覺。稍晚翠麗蓮打電話來，說梁夢汝過世了。

原來病重不久人世的是梁夢汝，這麼顯而易見的事，我卻因為執意認定是鞏麗蓮生病，而盲目得看不見。提議去蘇美島旅行的是梁夢汝，她把生命最後的時光用來和我們一起經歷了一場小旅行，我感到莫大的衝擊，是一種什麼樣的情感我難以形容，但那沙灘上的暴雨，懸掛在夜市的懸絲人偶，游泳池邊的裸體之夜，四人扮裝大鬧婚禮，一幕幕歷歷在目，使得梁夢汝的存在於我的記憶佔據了印象鮮明的一席之地。我想梁夢汝並沒有聽錯而誤以為有扮裝舞會，她根本知道沒有扮裝舞會，那是她的一場小遊戲。

寫這場戲時，我想到在蘇美島最後的夜晚，梁夢汝談及她的丈夫，原來人之將死並不會盡棄前嫌，不會和解，不會理解原本不理解的事，不會突然發現原本不存在的愛。

由果扮演S的女兒和鞏麗蓮對戲，我原本對由果沒任何期待，出乎意料之外由果的表現絕佳。

我們去參加梁夢汝的葬禮時，由果戴著那頂章魚頭罩，對，她後來跑回沙灘撿回來了。很多人來參加梁夢汝的葬禮，我警告由果別戴著章魚頭罩亂跑，一會兒頭罩又歪了遮住眼睛，不小心打翻棺材。鞏麗蓮拿出眼藥水點了幾滴，「以前剛開始拍戲的時候，哭戲哭不出來被罵，還被打過，真哭不出來只好點眼藥水，後來練就了說哭就哭的本事。觀眾對演技這種事沒概念，以為說哭就哭是最厲害的，演技好的代表，可不是我自誇，我哭功一流，好幾次在宣傳活動的時候表演過，叫我哭，幾秒鐘眼淚就流下來，控制自如。大概是那時候眼淚流乾了，現在想哭居然哭不出來。」

鞏麗蓮沉默了一會兒自己又接著說：「真沒意思，沒人跟我鬥嘴，假如梁夢汝還活著，她大概就會說：『什麼眼淚流乾了，你根本是年紀大了，有乾眼症，老人都有這個毛病。』」

鞏麗蓮自己笑起來。

我知道她笑著笑著會哭。「我覺得梁夢汝會比較希望我們笑，而不是哭。」我說。

37.

「不中！」

「不中！」

「不中！」

客廳裡傳來機械式的聲音重複這兩個字，是由果的手機，統一發票對獎的ＡＰＰ。由果皺著一張臉，那副氣惱的表情很像卡通人物。

我走進房間裡，一會兒由果歡呼著跑進來大喊：「中了！中了！中一千元！我就有預感，我要轉運了！」

「中一千元算什麼轉運啊？」

「你不懂啦！對中三個數字不難，多一個就很不容易，好幾年都中不了，十年都中不了，只差一個數字就是那麼遙遠，根本是完全不同的境界。」

「那對中頭獎、特獎那種你又怎麼說？」

「那是基因突變啦！」

由果顯得心情非常好，說：「走，去吃宵夜！」

「你該不會要請客吧？你還沒領獎金呢！」我說。

「愛莫你先墊嘛，領了錢再還你。」

由果才沒打算還我，為什麼我要花錢慶祝由果中獎啊？什麼邏輯！

但我還是和由果一起去夜市吃熱炒，可真巧，竟遇到之前拍短片那群年輕人，在同一家店！他們見了我，全都大聲歡呼起來，嚇了我一跳，丈二金剛摸不著頭腦。

小美，就是演女主角那女孩，搶在導演小牛前頭開口，告訴我上次那短片完成以後，做了一些學校裡的放映，得到熱烈的歡迎。

從那次看他們拍攝，到現在已經過了半年，我不知道片子這麼快就已經完成。

「我們原本只是剪一個實驗性的版本，想試試觀眾反應，只給少數人看，沒想到引起很強烈的迴響，消息傳出去，本來只在一些小的社團之間，很多人想看，我們舉行了幾次非公開的放映……」小牛說。

「我們不是故意的，有些人說這是一種策略……老實說，我就提過這種想法，他們不聽，不過後來誤打誤撞。總之這片子變得很有神祕感，大家都想看，找管道一睹為快，有特殊關係的人才有機會看到。」竹子插嘴。

說得跟真的似的，又不是膠片，只需要一台電腦而已，說什麼放映會。我心想，當然沒說出來。

「因為有幾個人寫了超酷的影評，被到處轉發。我看了都很驚訝，這是在說我們的片子嗎？我都不知道原來我們想表達這些東西。」小美吐了吐舌頭。

「只有你不知道，我們一開始就有很深刻的思想在裡面。」竹子說。

雖然我很好奇，但不知為何就是有種不良預感。

「你想看嗎？不過跟你的劇本有些不同。」小美說。

「變多不同的。」竹子說，想了想又改口：「也不是這麼講，我們沒做改動，只是把它的象徵性變得更豐富了，更強烈，更硬核一些。」

「你說的硬核是指什麼？」我問。

話說出口我就後悔，我其實不想知道。

「小粘有個朋友的親戚……」小牛說，我不知道小粘是誰，但有個戴棒球帽的男生微微舉了一下手，我想他就是小粘吧，我猜他有點得意。「是侏儒，我們靈機一動，想到可以在故事裡安排有一族畸形人，但是我們只有一個侏儒……」

小美插嘴：「他家還有別的侏儒，但不想演戲。」

「所以他一人飾演多個角色，我們幫他化特效妝，觀眾反正也分不清。他們是受到核污染的一些人，避居在森林裡。」

我聽了驚訝得合不攏嘴。

「另外還有公開處刑的段落，當然，你的劇本裡本來就有公開處刑，但處理得有點宗教性，我們覺得那太古典……」小牛說。

竹子打斷：「不是古典，是太守舊，而且太單薄。我們加進了很棒的東西。」

「讓蟾變成了雙重身分，這樣劇情會有一個出人意表的反轉。」小牛說。

我沒說話，我覺得他等著我發問，小牛和竹子都停頓，在等我發問，但兩人心情不同，小牛有些猶豫，好像怕我不高興他們做的更動，而竹子則很激動，以為自己是在釣人胃口。

不待導演小牛開口，竹子又搶先說道：「蟾一方面是個瘋瘋癲癲的流浪男子，一方面卻又是神祕的反抗軍首領，我們把他的角色變成像吳鳳那樣……」

「吳鳳？」

「對，犧牲自己去化解仇恨，他毀掉自己的容貌，讓他們以為他是他們的仇人，他說那個人天亮的時候會出現，你們可以做你們想做的。他們把他處死以後才發現他的真實身分，這裡又有一個反轉，你以為他們後悔萬分，並沒有，他們把他分屍了。天啊，這個處理簡直太屌了！那一幕我自己看了都淚流滿面。」竹子說。

我愣頭愣腦地說不出話來，小美抓著我興奮地說：「愛莫，你成了偶像了！好多人說這是天才之作。」

「我們尊重你的創作，雖然做了不少改動，但編劇只掛你的名字。」小牛說，接著又改口：「嚴格說來不算做了改動，我們並沒離開原本的故事。」

「其實編劇部分本來想把我和小牛的名字跟你並列，但小牛說那也許該和你討論，他這人就這麼彆扭。不過我們在片子裡很多地方放進濃厚的政治寓意，似乎變得太偏激，也許會被觀眾圍剿，早知道這麼受歡迎，就把我倆掛上去了。」竹子哈哈大笑。

簡直難以置信！

「愛莫姐，你一定想像不到，好多學生愛死這部片了！我們辦了一些討論會，大家的發言好激烈，每個人都被這部片激勵了。」小美說。

「你該感謝我們，雖然你原來寫的也不錯，但是，哎，就是少了那麼點東西，不太到位，少了那麼點力道、味道……」竹子得意洋洋地說。

「管他那麼多，只要紅了就好。」由果小聲對我說。「換個角度想，你算是意外撿到便宜。」

撿到便宜？我還應該高興了？我的嘴角抽動了一下。

「你不要說你都不想紅，那樣太假了。我知道你也膩煩當一個沒人放在眼裡的小牌編劇。」由果說。

由果說的沒錯，整天沉溺在自認高明的藝術世界裡，妄自尊大，事實上沒半個人鳥我，如果曉天在旁邊，此時又要糗我陷進這哭笑不得的局面。我若生氣、感覺被冒犯地否認那是我的劇本，與之劃清界線，除了落入傲慢的評價，恐怕也莫名其妙，對於毫無名氣的我，誰在乎那部電影表達出來的東西並非我的本意？

那仍舊是你的故事，我們並未離開原本的故事，他們老是這麼說，口口聲聲這麼說，弄得我自己都困惑，究竟什麼是「我原本的」故事？

我又思念起曉天，多麼想和曉天爭論這件事，那會多有趣。

「啊！對啦！你去看了曉天的街頭表演了嗎？」小牛問我。

我吃了一驚，曉天回來了？說的也是，三個月都過了，曉天早該回來了，只是因為我總有種幻覺，曉天回來理當和我聯絡，因此沒曉天的消息，我的意識自動停留在曉天身在波士頓的狀態。沒想到曉天不但已經回來，甚至連表演的事也沒跟我提，我始終把曉天的街頭表演創作視為「我們共有」的東西。

這個打擊對我而言實在太大。

他們幾人都去看過曉天的表演，似乎以為我必定也看過了。

「曉天好像變了一個人，他的身段很美，很柔軟，以前總覺得有那麼些陰柔，但這美猴王被他詮釋得很……怎麼說呢？」小牛說。「好像被鬼附身似的。」

「還是發顛瘋，」小美笑笑說。「但是很有魅力，震撼力超強，有種壓倒性的力量。」

「對，很有魄力，又很怪誕，說不上來。」小牛說。「我們都嚇到了。」

「我當場頭皮發麻，起雞皮疙瘩。他很厲害。」竹子語帶佩服地說。

38.

騎自行車往回家的路上，太陽落山，晚風徐徐，舒服得讓我跳下車，推著車走，一路哼著歌，只是歌詞記得零零落落。

在公寓樓下遇到晴恩，還以為是巧遇，雖有剎那感到這巧遇也太不自然，但晴恩見了我衝上來，慌慌張張地說：「我等你好久了！」我還懵著呢！晴恩說曉天受傷了，晴恩本是個有條理、幹練的人，此刻卻有些失神，我感染了她的驚慌失措，話聽得顛三倒四，曉天在醫院裡，人還沒醒，又說到動完手術，我見她那淒慘的臉色，完全不敢插話，假裝能全盤理解她說的意思，曉天是在街頭表演的時候被一群人毆打，頭部受了重傷，我竟然沒頭沒腦地問，那些人呢？

我把自行車推進樓梯間鎖上，跟著晴恩坐上計程車，一路晴恩都沒說話，我想發問，卻又不敢出聲。我的神智一點一點恢復鎮定，晴恩會跑來找我，曉天的傷勢一定很嚴重，且晴恩是很不情願地才來找我的。「曉天現在轉到普通病房了，但是他只偶爾睜開眼睛，跟他說什麼他好像聽不見。」晴恩說。

從見到晴恩，晴恩告訴我曉天受傷，我一直處於一種不進入情況的魔幻氛圍，好像直到此刻我才感受到驚嚇，並且混合著恐懼，與其說自責，不如說對自己的無能感到輕視和厭惡，我竟然慶幸有晴恩坐在我身邊，如果我一個人面對這件事，我什麼都不會！我甚至無法單獨承受，正在這麼想的時候，晴恩抓住我的手，哭了起來，我也緊抓著她的手，有一種心電感應似的東西流到我的意識裡，我似乎能知道晴恩在想，只要能讓曉天平安，她可以付出任何代價。

我們趕到病房時，曉天的父母也在那裡，他母親見到晴恩，忽地站起來說，曉天剛才醒來了，雖然沒說話，但她能感覺他醒了，他知道父母在身邊。護士剛來過，一會兒醫生也會過來。

晴恩抹一抹臉上的淚水，彎下身來握曉天的手。

「愛莫來看你了，曉天，愛莫就在這裡，她來看你了。」晴恩說。

晴恩知道我在曉天心裡的份量，為了讓曉天醒來，她才把我帶來，這個理由顯而易見，就算她再討厭我，和曉天能好起來相比，算得了什麼。

我望著躺在病床上的曉天，閉著眼，頭上包著紗布，現在已經不需要呼吸器了，但這張臉現在顯得出奇地陌生，使得這麼多年來他其實是我最親近的人這件事，變得不太真實起來，我這才發覺，潛意識裡我一直認為曉天很快就會回到我身旁，我壓根就沒有去想，我們「分開」了，我對於曉天在身邊習以為常，理所當然，也從不追究那意味著什麼，那是愛情嗎？或者，我其實知道是，卻在心底否認？但那還重要嗎？我沒有覺悟到我們早就被推開，彼此間生出無法企及的距離，而那是我一手造成的。

來時路上晴恩的臉上充滿了憂慮，她皺著眉，蒼白著臉，疲憊又悲傷，但此刻她面對曉天，即便曉天閉著眼根本看不見，晴恩還是轉為極其溫柔、平和的表情，她想拉我的手去觸摸曉天，但我一扭頭，衝出病房外。

晴恩跟著跑出來，衝上來抓住我。

「你要去哪裡？」

我沒說話。

「曉天一直很看重你，連在我的面前他也老是說你的事，他甚至不在乎我會因此不開心，我知道你沒把他放在心上，你看待他不像他那樣看待你，但你怎麼能這麼絕情？就算是普通朋友也有情份，你覺得事不干己嗎？」

我甩開晴恩的手，快步走開，甚至在醫院的走道上奔跑起來，如果不立刻跑開，我怕來不及，我怕眼淚馬上要流下來，被晴恩看見。

什麼嘛！高愛莫，你這個差勁的人！你竟然還有臉到這裡來！我對自己說。在計程車上我雖然很不進入情況，但恍惚中我也知道出了什麼事，我還一路跟來，自以為當曉天的救世主嗎？在我的潛意識裡，我相信晴恩做不到的，我能做到，因為我在曉天心裡比晴恩重要？我怎麼會臉皮厚成這樣？晴恩沒跟上來，我終於可以任憑眼淚狂流，跑出了醫院。

那之後我偷偷去看了曉天幾次，晴恩每天都來醫院，要躲開她也不容易，有一天讓晴恩逮到，她的表情很冷淡，我則縮著脖子尷尬地笑笑。曉天慢慢好起來了，但是他的記憶力變得不太靈光，有時想事情也有點遲鈍，和他聊天，以前他有興趣的各種話題，現在都變得很木然。曾經我們那麼有默契，說什麼話都能猜到彼此的反應，很多會心是不用嘴說，都清楚那在對方心裡激起什麼樣的漣漪，我們擁有專屬於彼此的糗對方的方式，有些玩笑只有我們知道那個梗是什麼，關於這些，他都表現得很呆滯，他忘了，或者他雖然記得，但他沒有感覺了，那裡不再有火花了，就好像一個原本屬於我們兩個的遊樂園，彩色的旋轉木馬，夜空下的摩天輪，上竄下衝的雲霄飛車，搖擺的很酷的海盜船，都靜止了，此起彼落閃耀的燈光熄滅，喧囂歡樂的音樂也沉默。那是一片死寂，一個空城。

去探望曉天這件事變得沒有意義，我不再去了，曉天的家人，還有晴恩很盡心照顧他，我在那裡顯得很多餘，立場很詭異，沒有任何用處，我自己也覺得很尷尬。

有一個我沒有說出來的祕密。其實曉天已經不認得我了，但我沒讓晴恩知道，我假裝成曉天知道我是誰，我們還是很泰然地談話，我甚至自己發笑，一副跟曉天談得很投機的樣子，但曉天對待我的態度其實是一種溫和的禮貌，他根本不知道眼前這個莫名其妙的人是誰。

我不願意讓晴恩知道曉天忘記我了，這是一種恥辱，我不想在晴恩面前認輸，但事實上，在曉天與晴恩之間，我已經不存在。

39.

曉天受傷至今，已經半年了。

這段時間裡，我和曉天沒有見過面，倒是和晴恩偶爾聯絡，關心一下曉天恢復的情形。晴恩說曉天好得多了，記憶力也有進步，甚至可以處理一些以前的工作。我當然沒問曉天有沒有想起我。曉天就算記起我，晴恩也不會提吧！又來了，多麼自戀的人！我一邊罵自己，又有那麼點不甘心。

有時我會萌生一種念頭，我要去跟曉天道歉，他會原諒我，然後他就會想起我對他而言是多麼特別，我們可以重新開始，不一定要戀愛，但我們可以找回以前的那種親近，曉天會再一次愛我，說不定我也會愛上曉天。

我知道這是個自私的白日夢。

走在西門町街頭，和曉天剛認識的時候常來這兒，我已經很久很久沒走近這裡了。乍看之下不覺得變了許多，但幾乎所有商店都不一樣了。曉天以前很喜歡玩模型，我則喜歡動漫周邊商品，我們每個禮拜都會去一次萬年大樓，看看有什麼新玩意兒。曉天還喜歡吃甜不辣、排骨飯。我們會去看賣曉天喜歡的滑板鞋的店舖，曉天總是看來看去，百看不厭，卻買不下手。我們還曾買噴漆在巷子裡的牆上塗鴉過。我們也總是去唱片行，我老是嘲笑曉天喜歡的饒舌歌手長得醜，曉天則不敢恭維我喜歡的暢銷流行歌手，我們會一起聽一些另類音樂的試聽，回去再抱怨在家聽總是沒有在唱片行聽的時候感覺好。

這一切都過去了，我現在一點都不喜歡動漫周邊商品，曉天也早就不買滑板鞋了。滿巷子都是雜亂的塗鴉，唱片行早就消失了。

我突然驚覺，往日時光，什麼時候早已遠去。

腦中響起《一個巨星的誕生》裡 Lady Gaga 唱的《Always remember us this way》，曾經以為永遠記住我們年輕時的樣子，彷彿就能回到過去，但過去就和未來一樣，從不默默在那裡等待。

曉天不會想起我了，或者，曉天會不會想起我，已經不重要了。原來曉天去波士頓前來我家，我們爭吵的那次，就是我倆的訣別，我竟然到現在才覺悟到這個事實！

周遭景物令我有種悲愴的感受，同時對那彷彿熟悉卻完全陌生的氣氛，生出不同的理解——我正在和過去道別，曾經和曉天共有的過去，那不只是和某個人共享的時光，那就是我的青春時光。此刻劃下句點。我從未明白曉天在我人生裡的份量，我把那看得太平凡了，就像空氣，你呼吸它，感覺不到重量，感覺不到價值。

一個假日上午，在河邊的公園，太陽暖洋洋的，非常舒服，一掃連日來我心中的陰霾，幾個菲傭推著老人的輪椅，聚集在花圃旁，也有騎自行車的年輕男女，推著嬰兒車的母親，幾個中年人牽著小狗，一個女人追上跑在前面的小博美，彎身撿牠剛拉的屎。

突然熟悉的人影映入眼簾，有一剎那我以為是自己的幻覺，或者我其實在做夢，是曉天，曉天在做街頭表演，身上穿的不是之前我們一起討論，我看著曉天做出來的美猴王服裝，是一件我沒見過的小丑服。

曉天在表演默劇，他的動作真優美，美得好像有透明而幻麗的光、奇妙而跳躍的聲音、閃爍的顏色從他身上流洩出來。時間不停止地進進出出，但有一些不可磨滅的，令人心碎又莊嚴的美凍結在他的靈魂，他可能忘記很多事，但他不會忘記如何操作他的身體，把他自己變成一支畫筆，在時空中揮灑。

然而曉天表演的是默劇，他在自己一個人的世界裡，他看著那裡面的景物，他觸摸，攀爬，滑行，飛翔，那是一個完全不屬於我的世界，我被排除在外，或許他正撿起掉落在地上的蘋果，他閉眼諦聽遠方的雷聲，他嗅著暴風的氣息，或者那裡頭有人聲喧嘩，有一輛摩托車歪歪倒倒地蛇行過來，差點撞著他，他逗弄婦人懷裡的孩子，他追逐被風吹掉的帽子，我對那歡欣的繽紛一無所知，我看不見。

晴恩坐在旁邊，她很專注地望著他，眼神充滿了愛和關切，我同時感受到她的一種緊繃的覺察，她本能地監視著周遭來往的人，有誰企圖接近曉天，她臉上的神色就會突然變得很警戒。有幾個穿著連帽T恤，吵吵鬧鬧的年輕人走過來，我看到晴恩握緊了雙拳，她微微向前傾身，我感覺她要站起來了，但她沒有動，只是注視著，像一隻鷹，或者一隻獵豹，她在守護著曉天，誰要是敢動曉天一根毫毛，她就會跟他拚命。那幾個年輕人走了，並沒有停下腳步。晴恩放鬆了，她給曉天一個溫柔的微笑。

多麼美的畫面，在這樣湛藍的天和溫暖平靜的陽光下，美麗得讓人的心揪了起來，我的眼眶濕熱，感動又帶著酸楚，眼淚莫名流下來，不知怎麼地就止不住了。

40.

由果入圍金馬獎最佳女配角！

由果已經搬了出去幾個月了，這件事我沒有人可以對著大聲尖叫，表達我的不可置信。這麼說有點對不起由果，但第一瞬間我真的懷疑評審的腦筋壞掉了。

替鞏麗蓮量身訂做的劇本已經完成，老賈在幫忙找資金。劇本完成後，我偶爾也和鞏麗蓮聯絡，但我倆沒什麼積極情緒，有時她會提出劇本應該再做些修改，但興致並不很高昂，彼此心知肚明，沒有被拍攝的劇本，意義不大。

老賈來找我，我以為找資金的事有了進展，結果是他跟維若妮卡大吵一架，心情很鬱悶。

「維若妮卡為了公司的事焦頭爛額，她可能會被迫放棄公司。」老賈說。「我能體諒她壓力大，脾氣變得很壞，我不能要求她抑制自己的焦慮，裝得若無其事，但她實在太難相處，而且把氣都出在我頭上，對我不公平。

「我愛莫能助。」我說。我發現父母給我起這個名字真有學問。

「我跟由果的事被她發現了。」

「你跟由果什麼事？」

「我也不知道她怎麼發現的，或許只是我自己中了陷阱，被她套出話來，女人實在太工於心計了。」老賈說。

老賈跟由果上床。

「你跟由果發生什麼事？」我又問一次。我感覺弗林特船長又附身。

「就一次！一次而已。那天我跟她都心情不好。段子發躁鬱症，當著所有人的面大罵由果，說他要把由果換掉。那天我也有我自己不順利的事，後來我們去喝酒……」

「連由果你也上？」我驚訝道。

「你怎麼說這種話？由果是你的朋友耶，你這樣說未免太刻薄。」老賈搖搖頭。「真不敢相信，你竟然和維若妮卡說了一模一樣的話。」

維若妮卡抱怨公司的事，偏偏罵著罵著就把矛頭對向老賈，說他花心，到處捻花惹草，「我沒有跟任何女學生有染，只是打情罵俏，雙方都一點那種意思也沒有。」老賈叫冤。老賈喜歡那種曖昧，似有若無，好像在玩火邊界，實則不可能，他就戀棧一而再再而三玩這種遊戲。然而維若妮卡大罵由果無恥、下賤，勾引老賈，冷笑老賈別自以為有魅力，他是被由果給利用了，老賈火了，為由果辯駁，「由果不是那樣的人，她是個很率真的女孩。」

可想而知維若妮卡氣瘋了。

老賈很委屈，那只是一時意亂情迷，「不，連意亂情迷也沒有，那只是……生活裡有時就會發生一點意外的插曲嘛，完全不意味著什麼，如果沒人知道，就跟沒發生一樣。」老賈一臉認真地說。

頒獎前夕。老賈找我去看電影公司的內部試映，除了由果的女配角獎，這部片還入圍了導演和兩項技術獎，算是頗受矚目，他們賭段培安會拿獎，甚至由果的勝算也不小，打算在頒獎後上映。

「由果得獎的可能也不小？」我有些意外。

「你別小看由果。」老賈說這話口氣語帶指責，讓我有些不快。

看完電影，我久久說不出話來。

由果勝算不小這句話，我明白了。我確實小看了由果，由果展現了我未曾看過，完全陌生的一面。

戴君凝是主角，由果是配角，但我敢說，觀眾看完這部電影，過一個月，沒人會對戴君凝演的角色留有印象，你會完全不記得她在電影裡說了什麼、做了什麼，但你會記得由果的角色，不，你會記得林由果，更正確地說，你一走出電影院就很清楚由果在你心中留下鮮明強烈的印象，這份印象會變成由果的印記，一直持續下去。

「由果是明日之星。」老賈說。

我很想反駁，卻說不出反駁的話。我為什麼要反駁，因為我喜歡跟老賈唱反調？不，我可不是總在跟老賈唱反調，他說的本來就經常是錯的，我才是對的，我想要反駁，我覺得我應該反駁，是因為我不想贊同，實際上我應當贊同，我心裡是贊同的，我不願意說，因為我嫉妒由果，要承認我嫉妒由果是很難的，即使只是在內心裡對自己說。

這部電影和段培安以往的風格很不一樣，最大的差異是用了很多特寫——段培安原本偏好全景，長鏡頭——而這些特寫，幾乎全用在由果身上！

起先我以為段培安拍這部電影時忽然改變想法，想嘗試不同的美學，由果可說撿到便宜，但隨即便推翻了這種想法，心裡禁不住猜測……不，仔細把影片重新回想一遍，我甚至大膽確定，由果影響了段培安。

原本的故事被完全改變了。電影的前半部就如原先我所知的版本，觀眾看到男人偷拍鄰居女孩和她的男友，以此要脅她發生關係，但影片發展下去，再一次看手機偷拍到的影片，你會發現由果轉過臉，望向對面二樓的男人陽台的方向，畫面定格，拉近到由果的臉，鏡頭不知不覺轉至由果房間內，時空切換到女孩與男友親熱的當下，換言之，時空倒退回去，女孩知道有人在偷窺。但這還不是事件的源頭，時空再倒退往前，不是男人操控了女孩，而是女孩操控著男人，女孩知道男人迷戀著她，不，女孩知道她有讓男人迷戀的能力。

男人和未婚妻的世界因為女孩的出現而逐漸搖晃、傾斜、崩塌，這仍舊是故事的梗概，但兩人的生活本來就淡而無味，只有女孩是不平常的，令人著迷，時而神祕，時而激烈，當她顯得無辜時，你完全相信她是天使，站在她的一邊，當她殘忍時，你又會認為她是惡魔，任何人都會成為她的犧牲品。戴君凝的優雅、莊重，凸顯出由果混合了純潔與野性的魅惑感，以及她超越常人的大膽。可以看出由果的特寫鏡頭是很用心拍的，把她拍得非比尋常地漂亮，燈光下了功夫，光影的層次不僅烘托出由果的美麗，也營造人物複雜的心理情境，而由果在這些鏡頭裡，每一個表情都很到位。

當然最引人注目，說不定也會引人非議的，由果在片子裡有相當多裸露鏡頭。由果跟我住在一起的時候就很喜歡光著身子，我看習慣她的裸體了，就大眾被洗腦的那種性感美女標準，由果不合格，胸部小，肚子有點圓，大腿也粗，但我始終覺得由果的胸型很美的，雖然不大，但很挺實，她的身材很像歐洲古代的繪畫、雕像裡的女性。

回想起這部片的拍攝過程裡，由果老是抱怨段導嫌他煩，老賈也說由果成天追在段子屁股後頭，嚇得段子得找地方躲，我算是明白了，其實是由果裸體的鏡頭讓我想通的；由果的裸體在電影裡很自然，毫無賣弄，和她平常看待身體的態度一樣。由果並不是段子的棋子，由果在做她自己，她不斷地把自己對角色的想法強灌給段子，段子當然避之唯恐不及，但她終究成功地說服段子了，事實也證明，她是對的。

由果對這個故事，對人物，有比段子更深刻的了解，更超越的眼光嗎？我倒不覺得，由果只對她自己的角色有感覺，她的腦袋裡源源不絕生出的想法，都是關於她自己的角色，她創造著無數她自己的鏡頭，更豐富的，更有吸引力，甚至，依照由果的心性，更奇怪，更好玩的。

但她打動了段子，我猜想原本段子只是同意讓女孩給觀眾的印象更強烈一些的想法，或許就是多給由果幾個鏡頭，但隨著由果給予的關於女孩這個角色更豐富的可能性，他慢慢改變了視野，開始讓女孩牽動故事，最後女孩的存在感超過了其他所有。這也要拜由果的表現亮眼所賜。但並非任何演員都能走由果這樣的路子，這也可能只發生在這部片，她剛好碰上的是段子這種導演，段子很有才華，某些段子迷甚至覺得他是天才，但段子事實上沒什麼自信，他是個優柔寡斷的男人，整天愁眉苦臉，段子上次來家裡，和他說話時你能感受到這個男人心裡永遠抱持著眼前所有的事情都不夠好，不管是他自己或者別人，不管是他想的、做的，或者別人想的、做的，都不完美，都離完美還很遠，還可以更好，然而更好是什麼呢？他卻不知道。段子不是焦慮，是沮喪，但他卻裝出一副一切他都還在琢磨的樣子。

「由果好像改變了段子。」我對老賈說。

「她才沒有改變段子，她只是改變了這部片。段子那個人不可能改變，你看著好了，段子下一部片不會這樣拍。」

「我估計段子不敢再用由果，即便這部片成功了。」我說。

我和老賈想到段子那副神經質的樣子，同時笑起來。

隔天頒獎典禮，我沒看直播，半夜打開電腦看得獎名單，由果得獎了。

當晚我發訊息恭喜由果，她沒回，不奇怪，她應該在慶功宴。隔天我打電話給她，她也沒接，由果忙起來了，當然。

電影上映，由果成了話題熱點，有一半原因是她在電影裡大脫特脫，不乏好事者追問被搶盡風采，硬生生從主角變配角的戴君凝有何感想，戴君凝木著臉說自己就只是盡好演員的本分，別的不想多談，但接著又忍不住加上一句，她不知道這片子會變得情色，讓她挑大樑她可也不敢，她這人還是老派一些，比較自重的，由果聽了笑呵呵，情色？我覺得挺健康的呀，好幾個鏡頭把我的奶拍得很醜呢，形狀都歪了，我也沒介意。

那之後由果以驚人的氣勢和速度紅起來，由果過往的各種怪誕行為，語不驚人死不休的言論，也都被挖出來津津樂道，不少人攻擊她毫無羞恥心，想法怪胎，長相不佳，身材不好還愛露，惹人厭惡，但也有數量相當多的人熱愛她的自由奔放、特立獨行和勇敢，她大而化之，不矯情，不裝腔作勢，你罵她，她無所謂，她承認自己不完美。由果成了年輕女孩的偶像。

到這種地步，我已經不便再跟由果聯絡了，那會顯得我很現實，厚著臉皮攀附。

「哎，弄了半天我以前都白脫了。」鞏麗蓮嘆道。「我想問題是出在我的身材太好。」

41.

站在我前面的是一個短頭髮戴眼鏡的女子，三十左右吧我猜，算是年輕人了，至少跟整間教室裡的老太婆、歐巴桑比起來。穿著兩截式的緊身韻律服，很瘦，但身材比例很怪，上身奇長，兩截式的服裝特別凸顯出中段軀幹像一條蛇，扭動、跳躍地又特別厲害，裝了彈簧似的，整個人像從滑稽卡通裡跑出來的，只要一停下動作，就把下巴抬得高高的，貌似十分驕傲於自己的身材，畢竟放眼望去全是些脂肪垂贅、腋下肉晃、滿面浮腫的婆娘，但顯然，真不是瘦和年輕就好看啊！站在她後頭我感到很暈，無法嚴肅看待周遭的景象，我轉過臉偷瞄一眼鞏麗蓮，她倒是十分盡興，尤其是全班一起邊蹦跳邊大喊大叫的時候，我能從五十人的吼聲當中聽見她那沙啞的聲音。

是鞏麗蓮找我跟她一起來上健身房的有氧課，她拿到兩張試用卷。她已經很久沒在家裡跳鄭多燕了，一個人跳沒勁，現在也缺乏堅持的意志力，想試試上團體課。

「我不要，你自己一個人去，幹嘛拖我下水。」我說。

鞏麗蓮又一百零一次老調重彈，自己的明星身分怕引人側目，我要是梁夢汝，就毫不客氣地叫她認清事實，就算額頭上寫鞏麗蓮三個字，也沒人知道你是誰啦！

「我是為了你的健康著想。」鞏麗蓮擺出苦口婆心的姿態。

我拗不過她。

「你怎麼穿著睡衣就來了？」鞏麗蓮見了我大喊。

「這是我的運動服啊！」我說。

上完有氧課大汗淋漓，沖完澡鞏麗蓮要去泡三溫暖水池，我對於和一群大媽把下體浸泡在一個小小的水池，心理上有疙瘩，敬謝不敏，裹著浴巾去烤箱。打開門裡頭只有一個粉色長髮的女子，頭頂已經長出一片黑髮來，我心想這髮色和維若妮卡真像，豈料女子一抬頭，就是維若妮卡。

「愛莫？我以前在這兒沒看過你。」

「當然，我第一次來。」我心裡還補了一句，也是最後一次。

「我來上飛輪的，出一身汗，發洩一下，騎飛輪很要命的，到咬牙切齒的程度。」維若妮卡笑笑說。

我正打算說點什麼不痛不癢附和的話，維若妮卡突然開口：「你最近見過老賈嗎？」

「沒，好一陣子沒聯絡了。」

「我和老賈分居了。」

吃驚歸吃驚，我心裡不怎麼相信。「沒那麼嚴重吧？」我說。我知道老賈和維若妮卡吵架，有時候其中一個人會負氣離家出走，但是過了幾天就又若無其事地回去。

「就為了林由果。」維若妮卡說。

「還在為由果的事不愉快？老賈跟由果只能算是……呃，擦槍走火。別說老賈不會看上由果，由果對老賈這型的也沒有興趣。」

「你不懂，你跟老賈認識很多年了，你倆也很談得來……」

「我跟老賈才談不來。」

維若妮卡對我的插嘴視若無睹。「但我一點都不會擔心你和老賈怎麼樣，我知道天塌下來，男人都死光了，你也不會想碰老賈。」

「這是真的，你的眼光很犀利，洞見深刻，判斷英明。」

「老賈對你也是。」

雖然巴不得如此，但不知為何聽起來並不讓人很高興？

「但由果不同，她跟你相反，你看起來聰明，其實很笨，由果樣子傻，實則很精明……」

「我怎麼就笨了？」

我抗議，但維若妮卡仍舊沒聽見一樣繼續說：「由果那種人，你以為腦袋壞掉了的男人才會看上她，要是讓人知道自己跟由果在一起，簡直是丟臉，她不是那種帶在身邊會讓人驕傲的女孩。但她就是有一種魔力，到後來讓你覺得天下人都恥笑你，你也要她，因為她就是那麼特別。」

維若妮卡也曾是一個有魔力的，獨特的女人，讓男人覺得能爭取到她就像得天下那樣了不起，我心裡想著，不知不覺，這已成過去，竟有些哀傷。

維若妮卡說了事情的來龍去脈，因為公司虧損得很嚴重，面臨增資的決定，這超過維若妮卡的負擔，她可能需要讓出她的股份。強尼要求讓由果擔任品牌的代言人，這是讓品牌起死回生的唯一方法，維若妮卡當然不情願，也莫可奈何。然而由果的經紀公司開出的酬勞遠超過維若妮卡和強尼的預期，尤其是配合條件的嚴苛，對維若妮卡這邊來說很不利，由果那方在很多情形下都能拒絕合作而不會受到懲罰，這會使品牌這邊壓力很大，並且承受許多無法預期的風險。「你不是跟林由果私交很好？你去找她談談。」強尼真是站著說話不腰疼，哪有這麼簡單的事，明知行不通不說，更不願意彎下腰，但情勢就是，即便知道去找由果只是平白受屈辱，也不得不做。也是放手一搏了，有種跳崖的感覺。

「代言的事都是交由經紀公司處理的，我不能私下談。」由果說，笑容很甜美。

「你可以跟公司說一下，這個品牌很時髦、年輕、活潑，形象很正面，和你很相符。」維若妮卡說。

「我的形象不正面呢！」由果大笑。「我也不漂亮，你的品牌就像你，是給好看的人的。」

「我一直覺得你很漂亮，我是真心的。」

維若妮卡真算是低聲下氣了，但她這麼說不假，以前維若妮卡就私下跟我聊過，她覺得由果的臉其實是漂亮的，要是瘦一些，表情不要那樣耍怪扮醜，也可以算得上美人了，雖然不是普羅大眾期待的那種美。

「從你嘴裡聽到這樣的話我真高興。」

「年輕人都很喜歡你，自然，不迎合任何人，敢說敢做，也很可愛。」

「但老賈跟我說你在背後罵我耶，說我臉皮又厚又下流。」

這番話維若妮卡當場無法招架，她當然那麼跟老賈說過，可那是她和老賈吵架的時候，老賈跟由果有一腿，怎麼，那不算臉皮厚又下流？她還不能罵？老賈竟然跑去告訴由果，這個男人到底是怎麼想的？被老婆指責了辯不過，委屈地跑去情婦那裡哭訴？他有什麼委屈啊，他可是做錯事的人！兩個人站在同一陣線，背地裡把她當共同敵人？她在老賈面前罵由果，老賈去說給由果聽，那麼由果在老賈面前又說了她什麼呢？指不定更難聽，誰又來告訴她真相？「我很同情你，但我恐怕幫不上這個忙。」由果堆滿笑容地說：「因為我也正在籌措個人品牌呢！我有我自己的穿衣打扮風格，跟你的品牌完全不一樣，聽說現在年輕人都很關注我怎麼打扮，喜歡我那種邋遢放肆，毫不隱藏身材的缺點，說那樣才是自由，是真性情。」

這番話讓維若妮卡只能苦笑。

「你大概想說，看起來聰明事實上很笨的人是我吧！」維若妮卡對我說。

「不，什麼叫聰明或笨，是看人怎麼定義的。」我說，這不是在安慰維若妮卡，我是真心這麼想。

「搞品牌這件事，一開始就錯了。」維若妮卡說。「原本是一個夢想，但打從著手去實行的那一刻起，就忘了初心。」

折騰了那麼久，受盡折磨，白忙一場，真的只是一場錯誤嗎？一件不該開始的事，或者只是因為在哪一個時間點上犯了錯，如果時光倒流，它可以是別的樣子的？不管怎麼樣，如今的結果，這一切是否毫不值得？

我並不這麼想。

鞏麗蓮推門進來。

「維若妮卡？真巧。你看吧，愛莫，就是要趁著年輕開始鍛鍊，到老你會感激我。說實在的你也不年輕了。」鞏麗蓮說著，在我身邊坐下。

「我剛認識老賈的時候，他看起來是個很笨拙的人，我那時剛從美國回來，怎麼說呢，有點放浪形駭，我挺會搞事的，惹很多麻煩。」維若妮卡笑笑。「老賈很保守，那時候他講話慢條斯理的，溫文儒雅，跟現在不一樣，他現在變得很滑頭。」

「那是他對自己有錯覺。」我撇了撇嘴說。

「那時候他的情路坎坷，他條件不錯，一表人才，風度翩翩，但是感情上很死板，交往的女友對他一直三心二意，讓他吃了不少苦頭，他卻很想不開。我那時有別的男友，但不是頂認真，我跟老賈認識，彼此周遭有很多其他的朋友，常是一堆人在一起，後來有些獨處的機會，我喜歡愚弄他，因為他什麼事都會一副大驚小怪的樣子，我覺得很可愛。回想起來……」

維若妮卡好像陷入沉思。

「在說老賈？」鞏麗蓮開口。「我第一眼看到他，覺得好像《北京遇上西雅圖》的吳秀波。」

我和維若妮卡一聽，同時發出爆笑。

鞏麗蓮竟有如此準確的眼光，形容得再貼切不過，我之前竟然沒想到過。老賈跟吳秀波確實有種神似，要比對輪廓五官，談不上相像，但那個相貌的神韻、氣味，整個人的情調，十分雷同。最妙的就是吳秀波一直是暖男人設，卻因為沸沸揚揚的婚外情落得形象崩毀，成了渣男代表。

「我已經很久很久沒有回想起那時候的事。有一天晚上我喝醉了跟人大打出手，把對方打得頭破血流，被帶去派出所。我父母都在美國，我才突然醒悟到，我其實沒有半個朋友，表面上每天有很多人一起吃喝玩樂，但彼此連最低限度的關心也沒有，我想到他，可能因為他是暖男形象吧？總之，他慌慌張張地跑來了，冬天的深夜裡，穿著一件黑色的長大衣，戴著一副黑框眼鏡，表情很懵，帶著擔憂，卻又愣頭愣腦的，那一剎那，我發現我居然愛上這個男人了。」維若妮卡說。

這是多令人動情的回憶，儘管我跟老賈太熟了，影響了我的想像力，但我仍被那愛戀心動的美所深深打動，正想說維若妮卡憶起往事，仍記得那時對老賈的情感，表示她還是愛著老賈的，誰說一切不能重新開始呢？老賈會迷途知返……

誰知我還沒開口，鞏麗蓮便說：「都過去的事了，再好的事都有過去的一天，何況都多久以前了，再想也沒意思。」

最喜歡沉浸在當年的明明就是你自己！

「還不如定睛看看現在，人老了，以前那些找樂子的事，現在行不通，以前吃得開的本錢現在也沒了，現在有現在的玩法，你得去找出來。」鞏麗蓮說。

我驚奇地望著她。

「我喜歡這個論調。」維若妮卡說。

可不是嗎？人生苦短，過往不戀，來日並不方長。

「但我們沒有你那麼老。」維若妮卡大笑。

42.

就在我幾乎已經放棄對我替鞏麗蓮寫的那個劇本找到資金抱任何期待——雖然我還是想像老賈在為此奔走，他當然不是為了我，是為他自己——此時老賈忽然傳來訊息，他找到有意願投資的金主了。

我跟老賈約在咖啡廳，等了他半小時，見他匆匆忙忙搓著手進來，一邊坐下一邊說著：「真不好意思遲到了，最近忙，我從開會中溜出來的。」

「說得好像我才應該不好意思似的。」

「何必這麼計較？」

老賈點了咖啡。「就像我在簡訊裡跟你說的，找到有意願投資的人了，看了故事大綱，對這個題材很有興趣，我跟他們解釋了一下劇本的特色，他們很欣賞你的才華。」

老賈這番話，我聽著有種不祥的預感。

「你不覺得這情節很似曾相似？你的金主最好能明白，我跟布萊德彼特並不熟。」我說。

說。

老賈乾笑兩聲。

「不過，鞏麗蓮的知名度太低了，投資人希望能有比較受歡迎的演員參與演出。」老賈說。

我能明白，人家拿出錢不是往水裡丟好玩的，要說拍電影為了理想，那是開玩笑，前頭把話講得那麼神聖高尚，後來票房奇慘，面子也掛不住，結果罵罵咧咧地怨怪又是時機不好，又是宣傳不佳，又是觀眾品味低落，自討沒趣。要找明星來客串，我並不反對。

老賈眼神閃爍，欲言又止，支吾半天才說，投資人希望由果參與演出。要把由果的名字說出來那麼難，老賈真是心虛。

我沒問老賈和維若妮卡之間的事，他未必知道我先前和維若妮卡見過，我自是不主動提。其實我也好一陣子沒有維若妮卡的消息。

「由果和鞏麗蓮試著對過詞，感覺還不錯，當時由果的表現蠻令我驚豔的，她演女兒這個角色，氣質不太對，但可以試試。」我說。

老賈好像鬆一口氣。「我就說由果很有潛力，你一直小看了她。」

我心裡哼了一聲，你別給你一點客套你還得寸進尺！

「不過，女兒的角色似乎戲份太少了，能不能加一點？」老賈諂媚地笑著說。

我吃了一驚，這才是老賈跑來找我的目的。關於讓由果演出的事，他們已經談好了，雖然只是初步的想法，在我看來頗一廂情願，但顯然老賈在不考慮我是否會反對的情形下，便逕自與對方作出各種設想。我雖生氣，繼而一想這也很平常，老賈的談判以達到目的為前提，只要能讓對方點頭，可以隨口犧牲很多東西，這種談判方式到頭來總是弄得什麼原則都沒有，但他會說你以為堅持守住什麼，其實到頭來你也是一無所得。

「讓我想想。」我說。

「我以為你會暴跳如雷呢！」老賈拍拍胸口，裝出驚魂未定的樣子。「愛莫你的脾氣也不是很好。」

「誰說的？我都驚訝有我這麼好脾氣的編劇呢！」

「說的也是，你不會又吵又鬧，你只會拂袖而去而已。」

答應修改劇本是我走錯的第一步。

但那時我不知道。

我迫不及待把找到資金的消息告訴鞏麗蓮。我們的努力終於得到回饋！打從開始弄這個劇本，轉眼都過了一年呢！我以為鞏麗蓮知道了會喜極而泣，沒想到她平靜地說：「經驗告訴我，來得突然的幸福，後來都是一場空。」

「你這個人真掃興。」我說。

鞏麗蓮一語成讖，之後有兩三個月完全沒老賈的消息，我都當作這件事告吹了，畢竟像這樣彷彿充滿希望後來無疾而終，也是司空見慣。幸好我跟鞏麗蓮平常不怎麼聯絡，她也從不主動詢問我，否則我還真有些尷尬。

沒想到老賈突然跑來找我，興高采烈地說電影的資金搞定了，他費多大的勁哪！來來回回討論了好久，解決了多少難題，我耐心地聽他說完，「很感謝你出這麼大力，但是沒有白紙黑字的合約，什麼都言之過早。」我說。

「不，已經談了很多細節了，如果不是真要做，不會談那麼多深入的東西。」老賈說完，又露出那種閃爍的眼神。

「由果已經答應演出了。」他說。

我先是驚訝，接著悵然，驚訝的是，我完全沒有得到由果的消息，她要演出我編劇的電影，竟然連招呼也沒有打一聲，回想我構思這個故事的過程，由果一直在旁的，那時和鞏麗蓮，我們三人住在一起，每天瞎鬧，由果還和鞏麗蓮睡在一張沙發床上。我知道由果現在很忙，每天新聞都有她的消息，由果突然現身某歌手演唱會，在舞台上走光，由果和某偶像男藝人當眾開低俗玩笑，由果開了網路脫口秀節目，由果可能在好萊塢電影中客串演出……，由果當然不可能和我們聯絡。

「那很好，現在要找到由果合作，沒那麼容易了。」我說。

「並不是那樣的。」老賈猶豫了一下，說道：「那都是放消息，其實由果並沒有那麼多好的演出機會。真正有價值的代言、活動並不多，好萊塢的演出也不是真的。由果還是盼望更進一步證明她的實力。」

「說得真語重心長。」

「你幹嘛酸溜溜的，由果難道不是你的朋友？由果以前常說很崇拜你。」

所以是我心眼小了？

「你跟由果住在一起那麼久，你還不了解由果？」老賈說著，居然露出苦笑，「對，你並不了解她，愛莫，你從來不了解任何人，但是你自以為很懂。」

「我不了解，你了解，因為我沒你那麼了解由果，所以我是一個自我中心，愚蠢又盲目的人囉？」

「不要那麼說，為什麼你老是喜歡一下子把事情反推到極致去？」

我不管老賈到底喜歡由果什麼，喜歡到足以背叛維若妮卡，但是為了由果跑來這裡對我說三道四，真令我火大。

我望著老賈，發現跟我前一次見到他相比，竟然蒼老了不少，和年輕女孩在一起沒變得充滿青春活力，反倒精氣耗竭？我心中冷笑。

「由果是個真性情的女孩，」老賈說，「她對自己或者別人的好壞都很坦然，即使被別人踩在腳底下的時候她也笑嘻嘻的，由果追求的不是名利，她只是對自己能做的都很認真。」

真感人呢！我拍拍手。

突然間我意識到，老賈是真的喜歡由果！為了由果而犧牲和維若妮卡的婚姻，在我看來簡直是不可思議的選擇，但老賈只是沉醉在陷入戀愛的快樂，或者，他知道危險，卻義無反顧？

我回過神，聽到老賈說：「不過愛莫，那個劇本……要做一番修改。」

「我明白，沒有劇本不修改的，而且是翻來覆去地改。」

「我知道你的性子，你到頭來會耐不住……」

「你就直說了我其實不適合當編劇。」我打斷老賈的話。「你們想大幅增加由果的戲份，你還記得由果演段子的電影，段子被她嚇得魂飛魄散，那時候我們還拿段子開玩笑，現在我們要面對一模一樣的事情了。」

「但是段子那部片的成績出乎意料地好啊！為什麼你用一種負面的態度看待這件事？我覺得你對由果有成見，過去你跟由果很親近，但在你眼裡她只是一個上不了檯面的小牌通告藝人，你認為她一輩子都該是個成不了氣候，落人笑柄的小牌通告藝人，現在由果紅了，你無法接受她的成功。」

「我無法接受她的成功？我們一起去看電影試映的時候，我是不是也說由果演得很好？我承認由果的實力，她得獎是應該的，我那時不也這麼說？」

「你可有但書呢，你說因為另外兩個入圍者差強人意，由果運氣好，遇到很弱的對手。」

「那是事實呀！」

「你看吧！你認為由果成功是撿到便宜，真相是你根本就不認為由果配得上成功。愛莫，你是個高傲的人，你瞧不起的人成功了，你卻沒有，你不願意面對。」

「我否定由果的成功，因為我是個失敗者？」

老賈真的惹火我了。「你是因為和由果有姦情才袒護她，你這個渣男，還跑到這兒來教訓我！」

我倏地站起身想走，老賈拉住我的手。

「別走，對不起，愛莫，是我錯了。你別意氣用事，我不對，好不好？你理性一點，我們好好談。」

我甩開老賈的手。旁邊的人看見了，還以為我們是情侶或者夫妻吵架呢！

「我考慮過你的個性和脾氣，你有你的想法，你既有堅持，又不想承擔衝突，不如這樣，你把劇本賣給我們……」

「『我們』是誰？我以為你一直是站在我這邊的。」我冷笑。「噢，我弄錯了，你是站在錢那邊的。」

「愛莫，你不要小孩子氣，說這樣不成熟的話你有意思嗎？沒有錢你要怎麼拍電影？你寫一個劇本當好玩的，其他的人呢？這事過去幾年我倆反來覆去都爭辯無數次了，你總是裝出一副明白道理的樣子，骨子裡卻還是不切實際。有時候跟你爭，我說不過你，你正面反面都能說得頭頭是道，但是你從來都不去承擔壓力，你永遠撂下一種自由、清高的姿態就撒手逃走了，面對任何事你都這個態度。」

我沉默了。

老賈說得並沒有錯。

「你把劇本賣給我們，掛原著劇本，我們再找一個編劇來改編，你保持你的原則，不用你妥協，皆大歡喜，怎麼樣？」老賈說。

聽起來很有道理，但根本不該是這樣！這個劇本當初是為了鞏麗蓮寫的，是給鞏麗蓮量身訂做的，這是初衷，是這個劇本誕生的意義。

「忘了鞏麗蓮吧！」老賈按捺不住了，用拳頭敲了一下桌子。「如果無法拍攝，它根本就不是電影，只是一堆紙而已，你以為鞏麗蓮又得到什麼？」

我嚇了一跳，我還沒見過老賈這麼激動呢！幾乎像是預言似的，幾天後老賈竟然因為心臟病昏倒，緊急送進醫院。

43.

鬼門關前走一回，老賈撿回一條命，也沒想像的那麼嚴重，經過評估暫時不需要做手術，但他需要好好休養，不可過分勞累、壓力過大。我到醫院去看老賈。

「你看看我為了你的劇本奔走，差點連命都送掉了。」老賈的一張臉浮腫，神色彷彿老了許多，一開口竟然還能嬉皮笑臉。

以前在同公司上班時我聽老賈說過他有心臟病，我沒當一回事，他自己也沒當一回事。廢話，我要怎麼當一回事，難不成還把老賈捧在手心裡？

「昏倒的那一瞬間，我以為自己要一命歸西了，但是眼前沒有出現人生的跑馬燈，我想大概還有救，真奇怪，不到一秒鐘的時間，腦子裡卻轉了好多事。」老賈說。

「你還記得這些？」

「當然，我又沒死。」

我望見桌上放著切好的哈密瓜，是老賈最喜歡吃的。「那是維若妮卡帶來的吧？總不可能是由果？」我諷刺地說。

「你能不能對我不要那麼劍拔弩張？我差點就死了。」老賈委屈地說。

「你又沒死。」

「別不近人情，愛莫，你想想，如果我沒救回來，這世界上從今爾後沒我這個人了，你再也見不到我，你不會覺得悵然若失？」

「不會。」

我答得很乾脆，但我並沒有真的去想像老賈從世界上消失。我會很在乎嗎？還不至於吧？

「真令人傷感，我敢說除了我以外，沒人會願意折騰自己去賣你的劇本。」

「我可沒拿槍指著你的頭。」

我又想起了曉天，是因為有曉天，我才肆無忌憚地寫自己想寫的東西，我總是對曉天說，我想寫不能被定義的東西，然而沒有了曉天，彷彿再也沒有人理解我腦子裡天馬行空的想法，再也沒有人能與之對話，我所謂的無法被定義，成了一座孤島。

我望了一眼老賈憔悴的臉，生出一些同情。

「我這陣子好累，做什麼事總心有餘力不足的感覺。」老賈嘆了口說。

「誰叫你跟年輕女孩……」我又忍不住要譏諷老賈，卻被他打斷。

「對，就是因為由果。但你不要想汚了，」老賈說，「由果很精力旺盛，她是個充滿生命力的女孩。」

「為了由果放棄維若妮卡，你覺得值得嗎？」

「你搞錯了，放在天平兩邊的不是由果和維若妮卡，而是兩個不同的我自己。」老賈說。一邊是習慣了的、安逸的、了無新意的自己，另一邊是想要冒險、改變、熱烈的自己。

確實如此！天平的兩端往往不是什麼別的選項，而是自己，兩種可能的自己。

「梁夢汝過世的時候我想了很多，維若妮卡每天指責我的不是，有時候我很納悶，這麼多年來我們到底在幹什麼？辛苦地過完一生到底得到了什麼？我們一定做錯了什麼，想錯了什麼，如果可以重來，不對，就從現在開始，我應該更怎麼樣一點，才是對的？」

我在心中同時問自己這個問題，我呢？我應該，或者我想要，更怎麼樣一點？人老在覺得自己不夠怎樣，生活不夠怎樣，世界不夠怎樣，而這一切，都是事實！你走在一條無法回頭的路上，直到有一天，你走得太遠。早已不是，原本的方向。

我想要更怎麼樣一點？更堅定一點，但也更柔和一點，更認真一點，但也更無所謂一點。更愛或者更不愛一點？

「更不顧一切一點。」老賈的話打斷我的思路。

隨即露出苦笑。「但我又害怕，而且總是感到疲憊，我想躺在床上不動，想只喝杯咖啡，聽音樂發呆，想什麼都不做，想安靜，甚至，消失，我問自己，我真的想勇往直前，我真的還想要飛翔、想要瘋狂嗎？」

但只要看到由果在旁邊，這些懷疑都不見了，他甚至可以閉著眼一路往前衝，他什麼都不在乎，整個世界在騷亂，人云亦云，耳邊詮釋嘈雜，笑聲不斷，但由果都不在乎。

有時候他會想到年輕時的自己，還有維若妮卡，以前的維若妮卡也那樣野，那樣放肆，那樣自由，笑得那樣燦爛，那樣輕飄飄地上天下地。

從前這樣，從前那樣，但沒有從前了。

44.

老賈出院以後沒了消息，我也沒在想電影的事，不料過了半年，老賈打電話來，告訴我這部電影預計的資金，以及會付給我的費用。

明知鞏麗蓮的風采會被由果搶走，但我就因此拒絕、阻撓這部電影進行？我還不至於那麼不現實，這是背叛鞏麗蓮，但我同意了老賈。只是那時我不知道後來的結果是，儘管我堅持鞏麗蓮必須參與演出，但我的話沒有任何份量，我以為劇本會被修改成飾演女兒的由果的戲份與鞏麗蓮幾乎旗鼓相當，故事裡女兒對母親的影響力會成為關鍵，我沒有想到的是，鞏麗蓮的角色完全消失了，被原本的女兒取而代之，故事變成一個年輕女孩被宣告得了絕症，只剩下一年的生命，於是被一個犯罪組織利用去殺人。

從頭到尾老賈拚了命要促成電影的拍攝，跟和我的交情無關，甚至不是為著他自己的利益，他是為了由果。很諷刺的，我為了鞏麗蓮量身訂做的電影，變成了老賈為由果量身訂做的電影，由果終於有了完全屬於她自己的作品，一人撐起整部電影的光亮，即便其他幾個演員也都是好演員，表現不俗。

我不知道由果是否這次也參與大量修改劇本的意見，若是如此，我也不得不承認由果是編劇的天才了。不過由果的編劇天才都在於把她自己一個人的魔力、神采，在鏡頭前放大、放大、再放大，她很懂如何凸顯自己特色。

但老賈終究被由果被甩了。由果跟老賈有過一段情嗎？或者始終只是老賈單方面的情願？我不知道由果是不是利用了老賈，他倆之間的事只有他倆明白，總之，由果的新歡是強尼，這緋聞最近在娛樂新聞也挺熱門。

我想起在蘇美島的那個晚上，梁夢汝說人的一生就像在說一個故事，但這個故事其實又包含著無數個小的故事。所謂的「故事」，究竟意味著什麼呢？創作一個故事，總好像必須要有格式，有因果，必須負載著為了要去說出個什麼意義來，梁夢汝問我，寫給鞏麗蓮的那個劇本，是想說什麼，我想起寫給小牛那群人的劇本、寫給鞏麗蓮後來變成了由果挑大樑的電影，故事換了一雙眼睛看，換了一張嘴去說，就成了另一個故事，故事究竟有沒有它自己？那個它自己又是什麼，在什麼時刻誕生的？

人的一生說了數不清的故事，這些無窮的故事散亂，充滿矛盾、歧義，它們會被什麼指向一處，變成同一個故事嗎？

和曉天共同的回憶也是一個故事，我可以變換各種方式去詮釋那個故事，或者我以為自已可以選擇保存或者切割、推開那個回憶，但事實上，每個故事在當下便已完成了，每一個瞬間就涵蓋了過去和未來的可能，在那個點上，它已經是完整的了，有它自己的內在邏輯。人或可眷戀、頻頻回首、躊躇未知，但活著這件事本身只發生、結束在當下片刻，不仰賴倒帶或者不確定的未來，因為它自己就是過去與未來。

犟麗蓮要我去她家幫忙，她在整理舊衣服，有些要送人，有些可以捐出去，有些拿去當垃圾扔。好幾櫃子的衣服，一大部分都十年沒穿過了，以後也不可能再穿，說捨不得其實沒有意義，知道該整理但始終懶於這大工程，扒拉一下，太多衣服連自己什麼時候有這麼一件都沒印象。

犟麗蓮取出一件黑絲絨洋裝，「這就是我提過的，為了走紅毯買的，那時候穿起來可美了，店裡大特價買的，我一試穿就覺得特別適合走紅毯，多高雅！現在穿不進去了，你要不試試看？」

我笑一笑，搖頭。我指著另一件淺藍色的亮片魚尾裙，「那也是你買來走紅毯的？我記得你也提過。」

「不是，我說的是粉紅色，我想穿粉紅色的那件去走紅毯。」犟麗蓮從衣櫃裡取出一模一樣的粉紅色、綠色魚尾裙，「這件我包色，我太喜歡它了。」

「包色？這哪是走紅毯的規格，唱紅包場也沒這麼隨便吧！」我大笑。

為了走紅毯而買的衣服，鞏麗蓮有好多件，各種風格。

的確可惜，這些衣服都是回憶，不管穿過的沒穿過的，有些是美好的回憶，有些提起了傷心事，有些喚起當時是如此懷抱夢想、意氣飛揚的悵然，有些標誌著曾經的成功，有些是失敗，是揮手告別的時候了。

「我一直有一種迷信，如果把這些衣服丟掉，我就不會得獎了。」鞏麗蓮說。「聽起來有點好笑，但你內心裡真的有渴望的時候，你一定會在乎，在乎到生出忌諱。」

「你的意思是現在不渴望、不在乎了？」

「和你一起弄那個劇本的時候，我確實有種馬上就要得獎，要大紅大紫，臨門一腳了的那種感覺。」

「我很抱歉。」我說。我一直不敢主動提關於那部電影的事，我怕一開口會全是辯解，說我盡力替她爭取了，說事情我也無法控制，說現實就是如此，但事實是，我愧對鞏麗蓮。

鞏麗蓮沒得到演出機會，連一個跑龍套角色都沒有，但她的反應很平淡。

「不高興又能怎樣？」她說。

「你其實不喜歡那個劇本吧？」我問。

「怎麼會？那可是我辛辛苦苦和你一起弄出來的，雖然都是你寫的，我可也給了不少意見。」

「你給的意見都是能不能讓你穿漂亮的衣服，有歐洲的場景，跟男主角接吻、上床，之類的。」

鞏麗蓮把一件件衣服丟在地上，我折好，裝進紙箱。

「每次打開衣櫃看見這些衣服，其實明白自己不可能再穿了，心裡酸酸的，酸的不是沒有再穿的機會，而是以前的自己那麼天真。」鞏麗蓮說。

我停下動作，問鞏麗蓮：「你後悔過拍三級片嗎？」

我一直想問她這個問題，但不好啟齒。

「我後悔過去對這件事很在乎，」鞏麗蓮說：「那使我變成一個不夠勇敢的人。」

衣服收拾到一半，鞏麗蓮說先這樣吧，取了她的筆記本來，打開，不是筆記電腦，是紙本筆記。

「打字我沒有靈感，還是習慣用筆寫。」她說。

「你在寫什麼？」

「劇本，給我自己量身訂做的劇本。我自己寫我愛幹嘛幹嘛。」

鞏麗蓮翻開筆記本。
「我早料到事情交給年輕人就是靠不住，還是得自己來。」
我讀了筆記本上的幾行字。
鄒文豪？這名字我有模糊印象。啊，對啦，在替鞏麗蓮寫劇本前，曾經調查過她的事，她演電視連續劇時和編劇傳緋聞，但她暗戀的是同劇的男演員，鄒文豪並非他的名字，而是劇中角色的名字。至於演鄒文豪的那個演員，我還沒開口，鞏麗蓮自己說了起來。
「那是以前和我一起演電視劇的演員，我都喊他戲裡的名字，鄒文豪，我總是把他和戲裡那個人物混為一談。他後來都在大陸拍戲，台灣這邊都沒人聽過的一些電視劇，賺了不少錢，後來跟朋友做生意，賣運動器材，因為太不紅了吧！找不到關於他結婚了沒有的訊息。」
「你現在還喜歡他？」
過往的那種如夢似幻的印象，愛戀是真情，卻非真事，這種記憶反而是最美的。
鞏麗蓮的回答卻大出我意料之外。
「其實我前些天見到他了。」
「真的假的？」
「在迪化街一間茶館裡，我和朋友聊天，他就坐在斜對角，和兩個朋友一起，他沒認出我。他胖了些，臉變圓了，以前比較好看，但有些瞬間還是能找到他以前那種神韻。」

「你沒和他招呼？」

「我走到他旁邊去，假裝看架子上那些茶葉，我聽到他跟朋友說：『現在可以在家自己檢驗攝護腺癌，藥房有賣試劑，就放在櫃台，都不用怕不好意思開口，直接拿了去結帳……』」

我和鞏麗蓮同時大笑起來。

我看著鞏麗蓮的筆記，寫得真不錯，大意是，鄒文豪和鞏麗蓮再相遇，鄒文豪說，他那時候偷偷喜歡她的，但她那時候很愛抱怨，對什麼都不滿，而且很現實，又計較錢，鞏麗蓮則細數鄒文豪那時的各種缺點，跟女藝人亂搞，女的還背後到處說他的性癖好。

雖然抱怨當年對方種種不是，畢竟遙遠了，爭吵一番，也非真不愉快，吵著吵著就和好了。

兩個人走在燈光昏暗，無人的騎樓，鞏麗蓮看見那兒有一台投幣式搖搖馬，黃色長頸鹿的造型，雖然一眼就看出是長頸鹿，但既沒有長脖子也沒有長腿，頭圓圓的，身體圓圓的，腿也圓圓的。鞏麗蓮大喜，哇哇叫著說：「我要坐那個！小時候就想坐那個，從來都沒有坐過呢！」

鄒文豪緊張地四下張望，小聲說：「你坐不下啦！那個是給小孩坐的，你坐上去會壞掉。」

鞏麗蓮把銅板掏出來，放進投幣孔。

燈光亮起，陰影裡的搖搖馬從黑白變成了彩色，鞏麗蓮爬上去，驟然響起的奶聲奶氣的童謠嚇了鄒文豪一跳，「快點下來，人家看到要笑你的。」長頸鹿旋轉著上上下下，鞏麗蓮坐在上頭好像熊騎在老鼠背上。小時候這種機器放的音樂都是耳熟能詳的卡通主題歌，現在的童謠都完全陌生了呢！「不像話，坐壞了要賠錢的。」「才不會呢！這個東西牢靠得很。」

才說著，長頸鹿的基座便彎曲，垮了下來，鞏麗蓮踉蹌了一下，被鄒文豪扶著，否則她要摔個狗吃屎。

「快跑！」鞏麗蓮一落地便喊。

「你這是肇事逃逸，弄壞了人家的機器你要負責的。」

「怎麼可能是我弄壞的，一定是在我之前有更胖的人坐過嘛！」

鞏麗蓮喊著，抓起落後的鄒文豪的手，兩個人的背影，一邊笑一邊跑著。

鏡小說

032

再放浪一點

作　　者：成英姝
責任編輯：劉子菁、林芳如
責任企劃：劉凱瑛
裝幀設計：鄭宇斌
主　　編：劉璞
副總編輯：鄭建宗
總 編 輯：董成瑜
發 行 人：裴偉

出　　版：鏡文學股份有限公司
11070 台北市信義區東興路 45 號 4 樓
電　　話：02-6633-3500
傳　　真：02-6633-3544
讀者服務信箱：MF.Publication@mirrorfiction.com

總 經 銷：大和書報圖書股份有限公司
242 新北市新莊區五工五路 2 號
電　　話：02-8990-2588
傳　　真：02-2299-7900

內頁排版：宸遠彩藝
印　　刷：漾格科技股份有限公司
出版日期：2020 年 6 月 初版一刷
I S B N：978-986-98868-1-9
定　　價：380 元

國家圖書館出版品預行編目 (CIP) 資料

再放浪一點 / 成英姝著.
-- 初版. -- 臺北市 : 鏡文學, 2020.06
336 面 ; 14.8×21 公分 . -- (鏡小說 ; 32)
ISBN 978-986-98868-1-9(平裝)

863.57　　109005475